Nanjing
Cultural Talent
南京文化人才

好小说

是改出来的

毕飞宇工作室小说沙龙

庞余亮　主编

南京出版传媒集团
南京出版社

图书在版编目（CIP）数据

好小说是改出来的 : 毕飞宇工作室小说沙龙 / 庞余
亮主编. -- 南京 : 南京出版社, 2023.3
　　ISBN 978-7-5533-3919-1

　　Ⅰ. ①好… Ⅱ. ①庞… Ⅲ. ①小说评论－中国－当代
Ⅳ. ①I207.42

　　中国版本图书馆CIP数据核字（2022）第219825号

书　　名　好小说是改出来的——毕飞宇工作室小说沙龙
主　　编　庞余亮
出版发行　南京出版传媒集团
　　　　　南 京 出 版 社
　　社址：南京市太平门街53号　　　　　邮编：210016
　　网址：http://www.njcbs.cn　　　　　电子信箱：njcbs1988@163.com
　　联系电话：025-83283893、83283864（营销）　025-83112257（编务）

出 版 人　项晓宁
出 品 人　卢海鸣
责任编辑　孙海彦
装帧设计　赵海玥
责任印制　杨福彬

排　　版　南京新华丰制版有限公司
印　　刷　南京爱德印刷有限公司
开　　本　787毫米×1092毫米　　1/16
印　　张　18.5
字　　数　244千
版　　次　2023年3月第1版
印　　次　2023年3月第1次印刷
书　　号　ISBN 978-7-5533-3919-1
定　　价　98.00元

用微信或京东
APP扫码购书

用淘宝APP
扫码购书

目 录

第1期：最纯粹的2014年12月6日

写在前面的话

　　人生中有很多星期六，可作为一个小说作者，还是为已过去的2014年12月6日这个星期六而感慨，因为在这个星期六，我回到了老家兴化，毕飞宇也回到了老家兴化，与我们同行的还有《雨花》主编李风宇先生。我们和40多位兴化小说作者在一起，第一次完成了对一篇小说进行文本意义上的分析。不谈主义，只谈问题。这样的分析，于很多兴化小说作者，都是"平生以来"的第一次。

　　这样的第一次还因为是在"毕飞宇工作室"。这是兴化老家为兴化的骄傲毕飞宇所建立的工作场所，位于兴化儒学广场，是有四进的明清风格的建筑。兴化是"中国小说之乡"，"小说人口"的比例很高，但很多创作热情很高的业余作者都没有得到很好的小说培训机会。毕飞宇就想为兴化作者做件实实在在的事情，在"毕飞宇工作室"建立"小说沙龙"。一年举办四次"小说沙龙"。他还为"小说沙龙"确定了一个原则，那就是参与这件事的每一位小说家每一个编辑必须是"志愿者"，必须是"义工"，做一个纯粹的小说沙龙，让毕飞宇工作室真正成为一个开放的文学场所，成为兴化所有爱文学的人并能够为爱文学的人有所帮助的工作室。

　　毕飞宇先生聘请我为"毕飞宇工作室·小说沙龙"指导老师，第1期"小说沙龙"的稿件由我来选定。通过《兴化日报》征集，收到了兴化籍业余小说作者十余篇匿名稿件，当时我先筛出了其中的四篇。经过仔细阅读，我又从中选出两篇。这两篇风格不一，但最后选定的这篇《福扣》更具典型意义。《福扣》的写作方式正是兴化大多数业余作者的习惯写作方式。也正因为如此，熟悉兴化业余作者的我没有猜出《福扣》的作者是谁。仅仅知道，这是一个业余作者的小说处女作，在此之前，他写过散文。

按照毕飞宇先生的布置，依旧把隐去作者的小说文本《福扣》分发给每一位报名参加小说沙龙的作者，请他们充分阅读并准备发言。因为没有作者的名字，很多作者在准备的发言中就少了许多羁绊。2014年12月6日上午，晴寒的兴化阳光特别地明朗。40多名兴化业余作者用三个小时的时间探讨和分析了一篇小说《福扣》。在毕飞宇先生的引导下，每个与会的业余作者的注意力都被引导到《福扣》的文本分析上，坦荡、开阔和无畏代替了最初的拘谨和局促。在分析《福扣》的同时，大家也在剖析自己的局限与不足。三个小时，几乎都是黄金时间。本来是想把改稿后的《福扣》推荐在《雨花》发表，想不到《雨花》主编李风宇先生当场表示，他很欣赏"毕飞宇工作室·小说沙龙"如此坦诚如此生动的文学批评方式，希望把《福扣》原稿和沙龙的录音实录原汁原味地展示给《雨花》的读者们。

录音稿由郭亚群女士整理，由我把"毕飞宇工作室·小说沙龙"第1期的资料全部汇总，想了许多名字，还是用一位兴化业余小说作者的话"最纯粹的2014年12月6日"作为题目。纯粹，没有杂念，也不等于单纯，但它特别有力量。为此，很期待"毕飞宇工作室·小说沙龙"的第2期。

——庞余亮

庞余亮：正视自己，审视自己，沉淀自己，毕飞宇工作室第1期小说沙龙其实就是一个自我沉淀的过程。我记得小时候我妈妈一缸水抬好了之后一定要用一块明矾在里面过一下，兴化作者在写作过程中存在一个很大的局限性，沉淀的过程太少，自省的过程太少，今天兴化市委宣传部和毕飞宇工作室给我们提供这样一个自省的机会。今天的会议，我是个"课代表"的角色，今天课的内容形式更像自习课，大家可以畅所欲言，我们提供了一个版本，就是——《福扣》，供大家批评。

邹祥龙：很高兴今天上午在儒学广场参加一个具有特别意义的聚会。兴化历史上是吴风楚韵，到元末明初，施耐庵与《水浒传》、罗贯中与《三国演义》、李春芳与《西游记》、陆西星与《封神演义》留下诸多美好的画笔，再到当代兴化籍在外驰骋文坛的一大批名家，以及一批在兴化本土默默无闻用文字记录生活反映情感的一大批文学爱好者，由此形成了一个特殊的"兴化文学现象""兴化小说现象"。正因为这样的历史渊源和当今的文化地域特色，中国小说协会授予兴化"中国小说之乡"。在当下社会，物质比较丰富，社会处于一种喧嚣状态，如何以精神引领更多的人关注生活的真正意义，尤其是用文学、用小说丰富人们的精神世界、引领社会精神文化的发展，成为一个具有世界意义的课题。今天毕飞宇工作室小说沙龙首次举行活动，感谢毕飞宇先生来到家乡兴化与家乡热爱文学的人们面对面交流，感谢《雨花》主编李风宇。毕飞宇工作室将兴化人与小说联系起来，展示兴化用小说来展现历史的积淀。

李风宇：来之前我就知道兴化出作家，也出文学作品，兴化是小说之乡，出的作品非常多，从兴化走出去的作家让全国瞩目。毕飞宇工作室设立在这里，进一步挖掘兴化的创作潜力、创作人才，会有非常好的效果，会出很多好作品。

庞余亮：毕飞宇工作室的成立对兴化小说写作者的帮助会很大，但就要求各位将所有的抛开，将已得到的名利全部抛开，一定要全身心地投入到这个小说的分析当中来。

毕飞宇：我非常感谢家乡能够给我建立这样一个工作室，在我看来，我能得到这样一个工作室是我的一份荣耀，但是荣耀就是荣耀，不是私人的财产，我心目中的工作室是一个公共的空间，是一个开放的空间，这样的空间得以建立，许多人作出了非常多的努力。工作室已经建立，这么好的地方，不能暴殄天物，要用起来，所以我渴望能在工作室里切实做一些有意思的事情，切实就是我们不吹牛。我的基本愿望是出作品，这个是可以做到的，所以我请《雨花》的主编参加我们的活动，基本上我们是找到了一个非常好的阵地，当然我也恳求《雨花》，不要在文学面前过多地看人情，还是要看作品。在文学面前，我一直是铁面无私，好就是好，不好就是不好，没有任何话可以讲。工作室的活动不是一期两期，我们要持续相当长的一段时间，我们的工作也特别简单，就是研讨，面对面地研讨，因此我唯一恳求的就是我们所有的小说爱好者，面对文学时，胸怀要开阔，不能因为自己的作品受到了批评小心眼，更不能因为跟谁过不去利用小说这个平台打击报复，这是很可耻的，也是不能让人接受的。我们以爱文学的心面对每一位朋友的作品，真诚地发表自己的意见，赞美可以，批评也可以，通过这个办法最后提高的是自己。我们爱文学，我们要把小说写好，我们一起努力。

庞余亮：现在这个面对面的机会非常难得，大家要珍惜。棉花要开两次花，第一次花是夏季花，第二次是结成果子后再开一次花，才能成为棉花。实际上我们每个文学爱好者在开始的时候已经开了一次花，但要真正成为棉花还要再开第二次花，这个第二次开花的过程是非常痛苦的。兴化人有个普遍的特点跟北方人不一样，不容易把自己的内心敞开。

吴萍：《福扣》的时代感是非常强的，看到小说就隐约看到了那个人的年龄，那个时代的背景隐在了小说的背后，这个是第一印象，非常深的。看这个小说，7000字左右，现在比较好的短篇小说一是要简单，不能复杂，人物不需要太多。二是要有深度。不论是什么形式，哪怕是电影，一定要有诚意，诚意达到一定的深度时，它会当场把你扑倒，这一点小说可能有些欠缺。

庞余亮：我的第一感觉是没有完全构思好，想到哪写到哪。兴化作者有个通病，写小说头脑中有个原型，这个是对的，但我们经常是直接把生活搬进小说。这个就涉及故事与小说的关系，虚构与写实的关系，虚构与小说的关系。当这个原型出现的时候，我们怎样处理这个原型，小说有它的高度，小说一见面就将你扑倒的感觉在这个小说中我们没有感受到。我们先从这个主题看一看，这个小说为什么不能让我们扑倒。

沈光宇：这个小说是成长小说，写了一个人的成长，说了一个主题思想就是不吃字不学无术带来的人生悲剧。还有一个主题，佛家说过"人的一切痛苦都来自人的爱欲"，他确实太爱，爱三丫头、爱王村花，所以造成了终身的痛苦。我感觉有两个方面的问题，一是背景交代不够，这个是怎样，但为什么会是这样，这里面少了一个铺垫。比如说，在那个时代，他不吃字，说大了就是"读书无用论"，是当时普遍存在的现象，应该带一点读书无用论的背景。第二，他的家庭背景应该带一点，他的父亲也没有什么文化，因为福扣初中毕业就把他爸爸的字模仿得很像，就能去冒领柴油，可见父亲文化程度也不高。福扣一步步成长，最后敢于做那么多事情，能够做那么多事情，我认为是他父亲在背后支撑。另外交代不够的是，王村花家很有钱，她可以跟电影明星比，为什么就跟福扣勾搭成奸呢？这里应该有很多故事。我觉得这些问题应该交代一下。7000字不算长也不短，感觉是堆积出来的故事，相互之间没有关联。

庞余亮：实际上，你说的就是小说缺少逻辑性。小说的逻辑性非常重要，我们很多小说缺少的就是逻辑。很多时候我们写故事，生活原型有的，但是你放到艺术表现力上来，逻辑性就相当重要。小说应该是有速度向前走的，但是我在这篇小说中没有看到速度，他的速度是慢的，他想到一块来一块，人物出现很多。我一直想一个问题，福扣最后离开了家乡，他走之前的哪一个遭遇让他决定走的？其实前面很多事情都可以让他走，为什么最后一件事情让他走？逻辑性还是不够。

毕飞宇：庞老师说这个小说慢，我特别同意，你看小说的第一个自然小段，福扣的名字是算命先生取的，第二个自然段长相喜人，第三个上学的时候，第四个福扣能吃，要我写，我上来就是第五个自然段，前面我都不要，因为这样快，小说的快不是火车的快，它是看不出来的，完全在于你的取舍。小说里哪几个东西最吸引我们？我们先把这个东西找到。

王锐：我觉得第一个是斗牛，因为我没有经历过，但是我觉得我还没有看到什么，牛就死了；还有就是进城看三丫头的那一段，与三丫头的落差；再后面就是与王村花的苟且。

庞余亮：刚才我讲小说的逻辑性，其实小说要有一个内在的环出现。作者已经做了一个环，但这个环是断的，就像打铁一样，铁环与铁环之间扣不起来。比如情书是贯穿始终的细节，如果逻辑性做得漂亮的话，这个情书在后面对小说是应该有推动力的，但是，我们觉得他该使力的时候他出现了，期待他使力的时候他忽然又放弃了。

易康：小说给我的感觉是淡了一点、散了一点，没有达到环环相扣的效果。小说有两段话，我看了以后特别有感觉，"福扣悟出一个道理，王也会死"，后来又悟出"老婆不是找的"，当时我觉得他写到这儿应该带出一点东西出来，你说他完全没有带吧也不一定，但是好像不明显。两个悟之间没有什么关系。我觉得他小说的风格有点像汪曾祺先生、孙犁先生。一个作者确定自己的写作风格，应该根据自己的经历、经验、学养、情感取向、价值取向等，而不是一看这个小说不错，我就模仿他。汪先生之所以成功就是他在那个时代找到了自己最善于表现的方式，独树一帜。

庞余亮：我倒不觉得他像汪先生，汪先生的小说很飘逸，《福扣》很土，大部分的兴化作者极有可能写这样的小说。他的毛病在哪里？刚刚说到逻辑性的问题，另外一个就是语言很矛盾，比如第二段"福扣长相非常喜人，上初中的时候就酷酷的，很潇洒的那种"。时代背景是20世纪70年代末80年代初，这种语言不是那个时代的语言，后面这样的语言有很多。这个语言出现在人物身上就像一个70年代末的人在玩手机，这是不可能的，小说的随意性伤害了小说的感觉。小说是手艺活，很多时候我们忘记了。

陆泉根：小说的语言有很多地方给人穿越的感觉，比如"酷酷的""村花"，所以语言上可能还需要加工。另外故事和情节是两回事，故事是堆积起来的，情节必须环环相扣，要有逻辑联系。另外人物的塑造方面，福扣好像有一种宿命的感觉，作者好像规定下来他不管是学手艺还是爱情都是失败的，最后败走苏南。

毕飞宇：哎！失败，那你能不能细数一下他哪几个事情是失败的？

陆泉根：比如情书、斗牛、造船、砌灶、偷情，最后败走苏南。

毕飞宇：我觉得这五件事情对小说来讲至关重要，从某种程度上来讲，其实作者把这五件事情写好了，这个小说就及格了。现在的问题是我们如何能把这五件事情写好，这就不是研讨会了，是小说沙龙了，我们一个个讨论他的几件事情写得好不好。第一个事情，情书。

刘春龙：如果我来写这个小说，肯定会围绕"福"和"扣"做点文章。这个"扣"实际上是一个结，扣分死扣和活扣，有一句话"命运给你关上了一扇门，一定会给你打开一扇窗"，他小说中有这个影子，最后他去苏南打工了，但是写得很平，尾巴没有翘起来。另外我觉得情书这一段中，一开始我看到三丫头成了宝旗家的人时，我是有期待的，我期待小说后面有出乎意料的东西，但是从这段往下我就没有期待了。看到情书又出现时，我又有期待了，如果是我写的话，我会让福扣和郑招弟在一起，捉奸的是崔二伙，王村花就可以不出现，这样会更有意思。

毕飞宇：这一点我非常同意。

庞余亮：我更喜欢三丫头出现，如果让我来写，三丫头应该是同学，所有人都是同学，它是一个群像的小说，那就应该把这一拨20世纪70年代末80年代初的农村青年的命运写出来，通过福扣一个人来解开。这个小说更像一个中篇小说的容量，因为人物太多。他把一个村庄都写进去了，一个村庄可以写成一个短篇，但是短篇小说的着力点在什么地方？比如说1975年的春节，福扣身上人物命运的走向几乎没有，是平的。他脸皮的"厚"与"薄"的转变没有出现，最后他离开是因为脸皮薄了，前面干了那么多事他脸皮都是厚的，厚跟薄之间发生了什么转变，这个关键点没有出现。

陈永光：看完之后我觉得它更像一个小说的梗概，可以展开的情节有些没有展开，有些转折的地方没有铺垫，他如果按照这个写法，可能容量要变成中篇。

庞余亮：现在扩大容量是不可能的。假如让我来构思，我会这样：算命先生就是他们的老师，因为在农村起名字一般是请先生起，这里面的人物都是他们初小班里的，这一拨人的命运纠结在一起，然后一个个出场，就漂亮了。但是小说中就很突兀，一会儿出一个一会儿出另一个，不知道哪里来的。有个地方我看到了，他的父亲在不停地升迁，我特别喜欢一个细节，就是母亲对父亲说，你之所以升迁，是因为你儿子倒霉了。这样一个农村妇女在炫耀，我为你生了这个好儿子，你才升了官，因为我这个女人命好，有这个儿子才有你这个男人的今天。第二个细节就是三丫头在城里招待他的时候，福扣的心里话，但是语言不标准。小说家应该有敏锐的观察能力，这个观察能力我们都有，但是我们没有把这双慧眼打开，缺少小说家的敏锐。

李凤宇：写小说是说事的，这个小说里有事，而且有很多事，这是很可贵的，但是不尽如人意的地方就是语言太平了，没有张力。如果他的这五个故事都能写得很精彩，转换得也很好，就是一篇比较好的作品了。

陈永光：其实我们可以把这五个故事分个类。比如学习不好、造船、砌灶失败与他的能力有关，但是斗牛、偷情等跟能力就没有关系了。我觉得要么把小说往长里写，要么就分开，比如他和三丫头、王村花的故事单独成一篇，另外围绕能力方面再写一篇。

毕飞宇：我想跟你讨论一个问题，如果要把这个小说写得短一点，你说应该是加还是减？

陈永光：肯定要减，我觉得斗牛的事情就可以不说了。

毕飞宇：我的看法和你正好相反，要想写得短，唯一的办法就是加，怎么加？在几个重要的点上把它加清楚了，其他的关系要减，人物关系不能加，必须减。如果要它短，我们就要加，加细节，把细节弄丰盈了，它反而短了。这个思路要搞清楚，千万不要以为一减就短了，一加就长了。

庞余亮：兴化船厅里有一种双面雕，雕刻的过程就是去掉多余的东西，增加细节的东西，双面雕正反两面花纹都不一样，这说明雕刻过程中加了很多细节。写作就像雕刻。这篇小说多了很多东西，也少了很多东西。比如斗牛这个片段，他把自己知道的放了上去，什么《渡江侦察记》等等。这里应该加上福扣这个人的人物性格，这是埋下伏笔的时候，为后面的悲剧命运留下一点东西，但是他纯粹地写斗牛，没有为小说的人物塑造做准备。人物塑造应该是每时每刻都在进行的。文章中写到福扣很能吃，能吃的人往往性能力比较强，他能吃能斗就说明他很想征服这个世界，但在征服这个村庄的过程中他失败了，他的脸皮、承受能力没有了，这其中他的先生、同学、女同学，所有人物都要围绕他的性格来。有个细节我觉得没有写出来，一般的父亲看到儿子这样闯祸，应该找一个媳妇扣住他。

毕飞宇：我觉得余亮说得特别有意思，比方说，他在捉奸的时候没有写到房间里面去。如果写这个时把笔伸进房间里去，这个男人这辈子得到的唯一的夸奖就是通奸的时候，女人夸了他："外面都说你不行，你比那个死鬼强多了。"这个话如果讲出来，整个人物就放光了，但这个光是斜的，唯一得到的赞美就那么一点事情了。好了，我们回过头来看造船，大家觉得写得简单还是复杂？要加还是要减？

王桂国：造船是个笑话，笨瓦工起房子，他能把四周围墙都砌起来，把自己围在里面，他忘了留门。像这样的笑话能不能进入小说，能不能让人信服？农村里学木匠要有灵气、巧劲，他上学的时候识字不好，那么他爸爸叫他学木匠，这样构思是不是不够稳妥？

庞余亮：这点我要反对，因为他爸爸是干部，干部叫子弟去学木匠，在那个时代是可以的，这跟识字不好、有没有灵气没关系。木匠不是有灵气才学的，这要站在人情世故方面考虑，村支书或会计家的小孩要去学什么，村里的人是在意的，乡村伦理的关系很重要。

毕飞宇：我们还回到造船，木匠起船起到最后把自己围起来。马三立说相声，他身上痒，有人开个秘方给他，最后这个秘方就是挠挠。你的说法就是马三立这样说相声，效果不好，但马三立最后怎么说，你还记得吗？有人给他什么东西，是一个信封，打开后又是一个信封，再打开又是一个，它是有这样一个过程的。在造船这个地方如何写好，我们一起想想。

罗有高：造船这个情节写得非常不真实，第一点，他去买钉子、木料都是一个人买的，造船在农村拉大锯还要两个人，一个人不可能完成，真实性不存在，再不好的木料，最起码还要两个人拉大锯，把木料分开。

庞余亮：毕飞宇不懂农活，但毕飞宇的小说农活写得特别好。这就是小说家。

毕飞宇：真实不真实不取决于任何东西。在作品面前，有一个上帝是存在的，这个上帝是作家，作家让它真实，有能力让它真实，它一定真实。作家没有能力让它真实，它一定不真实。这就取决于你，取决于我，不取决于读者。

如果是我写，这个小说7000字，造船这一段最少1000字，我的任务是如何让这1000字饱满好看，绝对不可能几句话打发了。如果一个短篇7000字，这个地方占七分之一或八分之一，一定把造船的过程写得饱满，乃至于惊心动魄。刚才陈永光讲小说像一个故事梗概，这个判断特别对。

庞余亮：作家考验的不是写实能力，不是把生活写出来，而是在虚拟世界解决问题的能力，不是把生活中的问题搬到纸上，这个解决的过程相当重要。

毕飞宇：小学五年级时，老师就教我们详略得当，一个作家把详略得当四个字解决好，小说最起码80分。造船这个点太好了，包括砌灶，不知道作者怎么就暴殄天物。王锐，你觉得哪几个点让你兴奋？

王锐：当时看的时候特别想把斗牛这段展开，牛斗死了好像是一个失败，但主要责任不在福扣身上。如果我改，就把每一个失败归结到福扣身上，我觉得每一个失败都是主人公本身性格的弱点造成的。造船这个点不让我兴奋的原因是那么一棵大树怎么就看不见呢？

刘春龙：假如我写，围绕情书这个点，福扣喜欢郑招弟，她太漂亮了。其他人可以不回我的情书，郑招弟怎么能不回。造船时，郑招弟在边上干农活，他心思全在郑招弟身上，想她怎么跟崔二伙搭起来的，有没有办法在他们结婚前把她弄回来。在造船这个细节上，把内心活动与看到的糅合起来，因为心思不在造船上才会有那么一个笑话。

毕飞宇：假如造船是冬天，这边有一棵树，树下的地特别平整，离它七八米的地方有一块斜坡，福扣和另一个人过去了，福扣在树下点了根烟，解开衣服挂到树上，说："好吧，我们放样子吧。"另一个人就走到斜坡处找砖头想铺砌一块平地，这时福扣讲："笨死了，这不挺好的吗，就在这吧。"说着往树上一靠，这不就真实了吗？上帝是存在的，这上帝取决于自己，我们要让它真实。跟小说家不要谈真实，一切都是可以的。帽子、衣服挂在树上，甚至火柴就放在树下，所谓真实是丰收牌香烟和镇江牌火柴。

庞余亮：我们兴化作家最缺的就是在虚拟世界解决问题的能力，现在反复强调生活的真实，实际上我们更要强调艺术的真实。我们要向前跨一步，这个很难，但是我们需要克服。

陈永光： 新闻的前提是真实，小说是在虚构的前提下讲真实。

毕飞宇： 小说来自虚拟世界，是想象的世界，在那个世界要真。

庞余亮： 其实作家是唯心主义，闭上眼睛，世界就不存在；睁开眼睛，世界就是我的。兴化作家写了这么多文章，但是我们的缺点太明显，太拘谨，认为小说一定要符合生活。汪曾祺我们永远学不上，因为他是"贵族"，他的小说贵族气太浓，我们兴化人是"贫民"。每个人应该从自己出发，自己长自己。

毕飞宇： 汪曾祺写一个人有点文化其实没文化，如何塑造他，让他真实，汪曾祺让他去写字，写他对毛笔字的看法，他说这个字写得很黑。表面是描述一个人写字，其实这是标准地刻画人物。从造船的准备开始，每个细节都应该通向那条道路。这个船中间有一棵树，这就是"谐"，如何让他"谐"，就要亦庄亦谐。要谐就要庄，特别大张旗鼓、郑重其事。最后的结果才能变成"谐"，语言还要庄严、肃穆。这就像马三立的相声。

董景云： 这个很简单，我们农村造船要有隆重的仪式，烧香、敬菩萨，家人在周围都很期待，父母把福扣拉到一边说："你已经失败多次了，这一次你一定要给我们长面子。"包括他的女朋友、同学们都在那看。最后还是失败了，强烈的反差就有了。

毕飞宇： 这个多好！

庞余亮： 我觉得这个细节比较好，妈妈的期待很重要，这里面有个外在关系和内在关系，小说是关系的总和，他、爸爸、妈妈构成一个内在关系，福扣之所以一次次失败应该是妈妈在纵容，造船时妈妈说你要争口气，福扣也有这个想法，所以他所有命运的悲剧都在这个造船当中，线应该都埋在里面，才有后面的几个故事。还有这五个故事中的面子问题很重要，它有福扣的面子、妈妈的面子、爸爸的面子。所以我一开始提出的问题，福扣走了，为什么走，找出为什么走，才能找出小说的温度。

毕飞宇：提到面子问题，我立即想到小说结尾，我不会说他到苏南打工了，只是这个人消失了，他妈妈说无锡有一个国企请他去当副总经理。所有人都知道是个谎言，但对小说来讲是真的。

用造船做脉络很好，他的直觉选择性也好，只是他没有写好。从一开始情窦初开的荒唐，到最后那份更加荒唐的性事，他选择用写情书做脉络是有道理的。

庞余亮：我觉得小说的主线一开始是有的，但小说的随意性太强，"福扣师傅"一会儿指福扣自己，一会儿指福扣的师傅。这种随意性在兴化小说里有很多，用兴化的土语写到书面语言上，以为全国人都能听懂，这是兴化小说走出去的一大障碍。我们在小说自觉性上面做得很不好。他的语言和人物的出现很有随意性，人物的出现莫名其妙，又一下子就没了，我们要有意识地训练自己，当第一个情景出现时要与后面有所呼应，人物布局、细节布局很重要。

吴萍：我个人比较喜欢特别干净的短篇，短篇其实应该是很精致的东西，就是艺术品。这篇小说给我的整体感觉就是不干净，关系比较庞杂，人物比较枝蔓，我觉得这些都是短篇应该规避的东西。其实短篇小说只要描写对了一种情绪、一种关系或者一种感觉就成功了，比如这篇小说就可以从一封情书开始描写福扣跟两个女人的关系。可是他写得很平，很死，不会撩人，这一点就是失败的。

庞余亮：学习的过程相当重要，大家要踊跃谈，没有负担，敞开谈，谈错了不要紧。

毕飞宇：其实这种研讨对一个小说家的成长比一个人关在家里面写一年，作用都要大，所受到的启发和刺激强度都要大。我们还沿着造船来说，如果福扣造船时没有一棵树在中间，最后还形成一个笑话。福扣是个死脑筋，他放样子的时候把弧线放得很好，可是他手艺不到，弧线他弯不起来，他总是在做的时候往外放一点，最后船造起来时，大家发现这个船像个棺材，旁边来了一个比较刻毒的女人，她说："哎呀，人家做的都是船，你怎么做得像个棺材？"福扣要面子，他就说："我这个人比较直率，我的大脑适合于做直线的事情，只要是弯的，我都不喜欢，我都做不起来。"好，从那天开始，他就开始做瓦匠，瓦匠是做直的东西的，他就做烟囱了，应该做弯的他把它做直了，应该做直的，他最后给做弯了。

庞余亮：这个就涉及人物的成长问题，人物性格的生长，怎么生长，小说家要有一个清醒的认识。比如福扣，生活中出现了一个人很好玩，在他身上出现了一些故事，我把它搬到文字中来，刚才毕飞宇讲的两个故事就有逻辑力向前推了，而原来的小说中没有这个逻辑力，所以逻辑思维能力相当重要。

毕飞宇：逻辑问题非常重要。逻辑问题其实就是能量问题，自行车的脚踏板一定是180度的，一个在前一个在后，只有这样设计才能前进。这个逻辑关系保证了两条腿永远能给他能量，所以自行车前进了。小说在任何时候，它的内部一定有它充足的能量，有能量才能往下读，读者的眼睛是沿着作家的能量往前走的，而文字没有能量，字典里的字你不会去读两天，因为没有能量。小说为什么吸引你看，因为小说的文字内部提供能量。我们要是把小说的逻辑关系找到了，我们也就找到了自行车的两个踏板，找到了踏板就会源源不断地提供能量。如果想把小说写得更好，就要懂得有时候放大，有时候控制，那就是节奏，逻辑和能量的控制就形成了节奏，有了节奏的小说就更漂亮了。我们现在在打腻子，然后用砂纸打，我们再砌，砌完了再打，然后再砌，小说就好看了。要它好看有很多工序在里头。

小说打印稿上是四竖排，出现大量人物的是最后一竖排，这个是不行的，在这个地方有很多东西要交代的，再出现这么多的人物一定是不堪重负的，相反，前面的部分太轻了，这个就类似于阴天拖囊草，你到最后肯定倒下来了。所以要想办法让它均衡。

庞余亮：小说的情感也很重要，我们在写小说的时候有没有完全理解这个人物，作为作者似乎只是知道他，而没有理解他。很多时候我们写小说实际上就应该在写自己，我就是福扣，福扣就是我，如果你达到这一步的话，可能逻辑性就强了，当我是福扣的时候我来写这个小说，可能角度就不一样了。这就是小说家的情感问题。好的小说家的情感是真正能一下子把你打通的，打通了就漂亮。这个里面我没有看到作者的情感，语调有些怪，情感很矛盾，他没有完全地站在福扣的角度来理解。

毕飞宇：我想提一点，如果我们想把小说写好，小说写得好的人是有前提的，那就是他首先应该是一个非常好的读者，很会看，看得很仔细。我们看这个小说之后来参加这样的沙龙活动应该是可以脱稿的，每个细节都能还原，有些话应该能背出来，这样才能讨论。我们来参加活动前，将这个不成熟的文本看得很仔细，然后它好在哪，不好在哪，我们讨论以后，说实在的，我们不是在帮这个作者，而是在帮我们自己。

庞余亮：在这里就是一个自我帮助的过程，在磨合当中提高自己。我们在看小说的时候，眼中要有个手术刀，把它拆下来，然后再合起来。

毕飞宇：我们第一个能力是要学会拆小说，大的部分是哪几块，一个部分里有几个人物，有几个动态，他的情绪变化是由强变弱的还是由弱变强的，我们在讨论的时候说到哪个部分，脑子里就应该立即找到那个对应的东西，只有这样我们才能提高。所有写好的人一定是有巨大的投入，只有这样才能把事情做好。每个人认真一点，一定会有所提高，才华不要讨论，才华是固定的，每个人的才华在那不会多也不会少，你认真你的才华就能发挥到99%，你不认真，也许50%都不到，就这个区别。

我们把偷情被发现的那一部分读一下，我想问一个问题，最后福扣为什么狼狈，败露了，身上几件衣服败露了，为什么要两条裤子？一条裤子已经足够了。刚才我讲详略得当，踏脚裤已经写了，没必要再写花裤衩。

庞余亮：以我的生活经验，这个裤子脱的时候是连在一起的，穿的时候也是连在一起的，这个是对的，他写的是生活的真实，放在小说的真实当中，一条踏脚裤就够了。

毕飞宇：即使是两条裤子，写的时候应该这样写：他的下身穿了一条踏脚裤外面还带了一条花短裤，如果这样写，东西就成立了，写法是不一样的。好作家和好读者的眼睛是很毒的，一定要通过大量阅读才能将毒的眼光练出来。只有将这个毒的眼光练出来才能写出来。如何能提高，就是我们谈的一个一个的小细节。

金倜：这篇小说的优点和缺点都出在了同一个地方，几个细节是他的亮点，写情书也好，造船也好，砌灶也好，包括来亲戚也好，很多语言非常好，里面有很多闪光的东西，对任何文学作品来说，最有吸引力的是语言。但是缺点也在这，他的叙述没有铺得开来，确实像梗概一样，有很多叙述有隔靴搔痒的嫌疑，所以亮点本身又变成了他的缺点。另外小说的幽默也很重要，不管是正常意义上的幽默还是黑色幽默，这个小说应该是带有一点黑色幽默的，但是他的表达不到位，不够俏皮，所以优点变成了缺点，实际上还是一种拘谨，不管是表达还是想象，过于拘泥一些东西。参加这样的活动一定会对自己有所帮助，作者最后改，不仅要接受大家好的建议，还要从语言的碰撞当中产生的火花、灵感，来提高自己，因为他的生活不是我的生活，他修改后也许超过我们发言的人。

毕飞宇：我说一个小说的基本技术问题，假设我们看二楼，我们每个写小说的人，我能跳到二楼，没人信，其实跳到二楼是非常容易的事情，只要拿个楼梯就可以，我一步步地往上走，跟走路一样的就走上去了，为什么？

就是在一楼和二楼之间，小说家给读者造了一个楼梯，很简单，他就上去了。你没有这个楼梯，你铺垫不到，你说你跳上去，谁信啊？事实上每个人都能上去，而且不需要任何特殊的才能。唯一的区别就是你有没有给自己砌一个楼梯，就这么简单。

庞余亮： 在9点之前与11点半之后，我们的生命中肯定有什么东西被改变，时间很快，但这样的改变我希望大家能够记下来，消化。消化很重要，下次我希望我们就小说的记忆、小说的文本进行讨论，不要泛泛而谈，一定要抓到某一点深下去，挖下去。最好是"凌迟"，置之死地而后生。

毕飞宇： 每个爱文学的人都应该有文学胸怀，怎么批评都不要紧。

本文为毕飞宇工作室第1期小说沙龙实录，由郭亚群整理，

首发于《雨花》杂志2015年第2期。

福扣 /孔凡春

福扣很能吃，一次和同学打赌，吃了十个烧饼，老师说烧饼吃多了，字就吃不下去，所以福扣不吃字。福扣的同学不敢吃烧饼。

福扣读初中的时候，已经恢复高考，这对上学晕书的福扣来说，心里还是有些小小的打击的。因为班上的女生对诸如保旗这样成绩好的同学，眼睛里竟常常发出软软的、痴痴的、甜甜的、异样的光。这让家庭条件、长相很有信心的福扣心里有些难受，福扣是要面子的男人。成绩是上不去了，想到其他同学如果考上高中自己就这样回村肯定会很丢面子，所以福扣想找点动静，考不上高中，找个漂亮的对象回村里，肯定能挣回面子。

福扣肚子里的货是不足以写出一封能让女生心动的情书的，何况福扣的字更是像一捆乱树枝，让人看不出横平竖直。倒是同村的同学崔二伙写得一手好字，于是福扣请崔二伙帮他写了一封情书，可福扣又不知道有哪个女生能看得上他。福扣把班上二十个女生剔除八个自己看不上的，把其他十二个女生的名字写成小纸条，用抽签的方式再剔除六人。抽签归抽签，最后福扣还是换掉了三个，福扣要崔二伙把帮他写的情书用复写纸复成六份叠好后给他。下午体育课，福扣假装上厕所，溜进教室迅速地把叠好的情书放进六个女同学的书包。体育课一结束，第一个返回教室，等到放学大家背着书包回去，福扣才松了一口气。

鸿雁传书，鸿雁飞掉了，情书也石沉大海。福扣的初恋就这样草草收场了。

福扣的父亲说："吃字有什么用？能写不如能说，能说不如能做。"于是福扣去生产队做了牛倌。

福扣是养牛的命，福扣喂了几个月的牛，把牛养得确实壮实。福扣骑着牛就找到了将军般的感觉，养牛、驯牛成了福扣的乐趣。福扣的牛很彪悍，全村十九个组将近一百头牛，福扣的牛是王。那年夏天，头上顶了个大太阳，福扣和小伙伴们骑着牛在满是树荫的河堤上让牛吃草。突然，福扣远远望见圩堤的那头有一个穿花褂子的人，蹲在树下，又似乎旁边的小树还在摇晃，而且摇晃得有些不正常，福扣的胯下突然也有些不正常，人也变得兴奋起来。福扣觉得他的坐骑不是牛是马，便提议小伙伴们赛马。福扣的牛一会儿便跑到了目的地。树枝不动了，福扣又领着小伙伴们往回赛，但牛毕竟不是马，跑了几个回合跑不动了，福扣便远远地看着那树枝，不一会儿花褂子起来走了，福扣希望下面能再跑出一个不穿花褂子的人来，但是没有。福扣说你们的牛太无用了，跑这么一会儿就跑不动了，我再跑一趟。福扣的牛又奔到了圩堤那头的一片树丛，福扣下来撒了泡尿，知道刚才树摇晃的原因了。花褂子没带纸，树叶成了替代品，福扣突然感觉兴奋点没有了，有些失落，捡起树枝当成马鞭把牛抽了回去。牛累了，人也出了很多的汗，有个小伙伴提议下河洗澡，于是呼啦，牛和人扑通都下水了，五头牛五个人顿时让河面有了生机，偏偏这时候邻队的小伙伴也骑着牛到这里了，福扣一伙顿时高呼："下来，下来！"九个人九头牛让河面变得有些壮观，崔二伙说像是《渡江侦察记》，福扣说那我们去四队的瓜田侦察吧，小伙伴们都说好，现在看瓜的也热得不敢出来。于是留下一人看牛，八个人分两组去瓜田侦察了。

他们去侦察了，河里却出了事，福扣的牛和邻队的牛斗了起来。福扣的牛好斗，一般的牛是斗不过它的，但今天体力透支，加上邻队的那头牛也很凶猛，两牛相斗，难分胜负，不可开交，急得留下的小伙伴喊救命，但终究没有救下福扣牛王的命，牛王被邻队的牛犄角划肠而死。

福扣的成绩不好，斗牛又出了这么大的事，好在福扣的父亲是个队长。福扣在家休息了一段时间悟出了一个道理，王也会死，他的牛王不是累死的，而是技不如"牛"。悟出了"技术"的重要性，福扣就想学手艺，福扣的妈妈说好，荒年饿不死手艺人，福扣的父亲也说好，家有黄金不如一技在身。福扣就拜师学习木瓦两着（匠）。学手艺要三年出师，其实一般的人第三年都可以单独做活了，第三年所谓学徒其实是为师父多打一年工。福扣的父亲已经做了大队长，是庄上的二把手，福扣的师傅不想要福扣这一年的工钱，但提前出师要让其他徒弟服气，所以福扣的师傅想让福扣单独做个活，正好四队要打条船，队里做了个顺水人情。

福扣知道打好这条船，他就变成了福扣师傅，所以福扣心里满满的期待。三丫头答应福扣只要福扣用自己赚的钱为她买一块"钟山"牌手表，她就同意和福扣好，福扣变成了福扣师傅，买表的钱便是肯定有了。

夏天，收麦子的季节，队里的农活忙，师傅和师兄弟们也忙。太阳毒，福扣在四队场边的河堤上找了一棵大树，晒不到太阳，四面是凉风。福扣把公社奖给他父亲的"农业学大寨"的草帽挂在树上，掏出一支飞马牌的香烟，风大火柴点不着，往大树边靠了靠，蹲了下来。福扣没蹲下去，福扣远远地看见一个女人朝这边走了过来，远远地看像三丫头，肯定是。

福扣以为三丫头听到他要打出师船的消息肯定会来看他的，三丫头还会恭喜他，看样子三丫头手上还拿着东西，福扣顾不得想太多，福扣只想造好声势，让三丫头看到福扣师傅的架势。福扣以树为中央，选好了点，准备打桩弹线。

"福扣、福扣，先把这碗鸡蛋吃掉。"福扣的母亲看到儿子做活这么认真笑得很开心。

福扣三两下就吃掉了一大碗鸡蛋，因为这么体贴的是母亲而不是三丫头，他心里未免还是有些怏怏的。福扣母亲不知道儿子的心事，看他吃完了就拿出几块红布条要福扣系在四个点的桩上，又拿出一把香要福扣敬敬神灵。

福扣蹲在树下避着风好不容易把香点燃，但福扣祷告的不是神灵，也不是鲁班。福扣想，等船造好了，是要垫起来底朝上上桐油、清漆晒干的，到那时候等晚上队里收工，他会邀三丫头来看这出师船的，然后把三丫头塞进去，福扣甚至想，到时船下面要垫高一点，否则人难进去……

晚上福扣的母亲到三丫头家串门，说，人家小伙都是三年出师，我家福扣两年就出师了，福扣出生的时候，脐带绕在脖子上打了结，算命先生说不是结，是扣，什么好事都能留得住，是福扣。我们家福扣，能吃能做，将来肯定比他爸命好。

三丫头说，就是不吃字。

三丫头的母亲马上说，嗯，你爸爸吃字呢，笔写算盘，当年私塾里二十多个人数他最出众，不是我这个倒霉鬼，他连老婆恐怕都找不到。

就是，我家那口子当年和你爸也一起读过私塾的，读了两年就不读了，现在不照样当大队长啊。

嗯，字又不能当饭吃，三丫头的母亲附和着，关键是要能做，还要命好。

三丫头听着两个长辈谈话，倒也觉得有些道理，笑嘻嘻的，直到福扣的母亲满心欢喜地离去。

桩也打了，线也弹了，香也烧了，福扣想到船底朝上，猛地发现差点犯了大错，师傅再三叮嘱，先铺底，后上帮，腮一圈，封挡浪，箍板按板一上成船样。要是以树为中央，不是要把树箍到里面了吗？

福扣等母亲一走，赶忙把四个桩拔了，以树西为船底东线重新打桩、划线。

胜利在向我招手，曙光在前头，福扣感觉大喇叭里这歌就是唱给他的，满怀信心地等着三丫头成为人们口中的福扣师娘。

福扣把船底铺好了、帮上好了、腮圈好了，要铺挡浪板了才发现还是犯了错，船底的长度只占船的三分之一，树还是结结实实地长在船头上。

福扣总觉得很憋屈，福扣明明知道要避开大树的，偏偏怎么就不记得有船舱，还有船头呢？憋屈归憋屈，还是花了一天的工夫把船头打好的部分拆了下来。

三丫头说福扣做事顾头不顾屁股。福扣的妈妈说，大热天不知道在树下做活的才是呆子，何况药是试出来的，哪个天生下来第一次做大事就保证滴水不漏的，再说，挡浪板是弯的，我儿子性子是直的，不注意也是很正常的。

"福扣打船——顾此失彼"就成了歇后语流传至今。

好在福扣的父亲做了村里的代支书，代归代，反正是一把手。福扣不知道"失之东隅，收之桑榆"这个成语，福扣只想现在送两块"钟山"手表能不能买到三丫头的心。

福扣的父亲做了一把手，福扣也成了福扣师傅。一把手按照夫人直性子最好做直事的想法，要福扣去做瓦工的活。

福扣和他师兄一起去砌大队部食堂的灶。福扣踌躇满志，大队部等于是福扣家的大队部，师兄现在还是徒弟，他已经变成了师傅。上午灶膛砌好了，下午砌烟囱，烟囱高度三米左右，室内高不到两米，当福扣和师兄把烟囱砌到临近屋顶的时候，福扣突然感觉到不对劲，烟囱的底部肯定是对着屋顶开的口子，而临近屋顶却偏差很多。福扣说，师兄我去尿一下，没等师兄回话，福扣便蹿了出去。五分钟的作业，福扣在外面又等了十分钟，听到师兄说："不得命了！"随后又是轰的一声，福扣知道烟囱倒了，是他离开的时候倒的。福扣进去便说，师兄不是我说你，怎么一步都不能离的。师兄说，你走了我就下来抽烟了，一点都没碰。福扣说，肯定是你下来时撞过了。这事只有两个人知道，但事后"福扣砌灶——一步不能离"的笑话还是传了出去。

但福扣心里很不得劲，三丫头说了，福扣是个无用的人，做什么都做不成。

烟囱尽管倒了，最后还是补砌好了，更重要的是第二天，福扣父亲的"代"字去掉了，是支书了。福扣的妈妈说，福扣爸爸，你是沾了儿子的光，你每一次好处，儿子都为你背了黑锅，不是儿子，我们家不会这样风光。想想也是，尽管三丫头不信，但三丫头的妈妈信，这又给福扣心里多少增加了些希望。三丫头的妈妈和福扣的妈妈说，福扣的命好哩，你家福扣将来肯定有出息。

可是没几天，福扣的心情好不起来了，不，是坏透了。保旗考上了大学，家里放了许多鞭炮。保旗和福扣家是邻居，保旗家成天不离人去说好话，道喜道贺。也是，考上大学就是城里人，吃皇粮的公家人了。福扣知道从此他不可能和保旗在同一起跑线了，更可气的是晚上保旗喊几个同学吃晚饭，三丫头既不是同一个班的同学又不是邻居的也在保旗家里玩。

那天晚上，福扣喝了很多酒，保旗说福扣够朋友，爽气，三丫头说像小丑、疯子。

福扣喝多了，又受了三丫头的奚落，带着酒气、怒气、怨气跌跌撞撞地回到家。

福扣父亲上县城开三干会了，三丫头的父母和福扣母亲一起在家聊天，大概是三丫头的父亲想做生产队保管员，福扣母亲已经做主答应了。看到福扣回来，要福扣不要害羞，男追女，隔层山，脸皮厚，要嫌、要缠，不要怕花钱。福扣啊，反正三丫头父母都同意了，你还怕什么哩？

福扣说，怕三丫头不愿意哩。

三丫头的父亲笑起来一脸慈祥，福扣啊，哪叫你不肯吃字的，书中自有颜如玉啊。福扣不知道颜如玉是什么，福扣听成了书中自有三丫头，更加叹气，心中后悔当初不知道读书与不读书有这么大差距，顿时感觉保旗站在月亮上，三丫头如嫦娥奔月。福扣说，唉，不知道以后保旗遇到我们乡下人还认不认了呢。三丫头父亲说，福扣，这又不对了，宁可擂穿鼓，不可放倒旗，三百六十行行行出状元，八败命还怕死来做哩，只要会吃苦，笨人也能让能人变成奴。

福扣听三丫头的父亲这样说，心里平静了许多，洗脚睡觉，我福扣好歹也是师傅级别的人。

福扣想找老婆，已经被打击了两次，对找老婆突然悟出了一个道理，老婆不是找的，是撞的，不定哪天天上就掉下个林妹妹。那时公社电影院正在各个庄上放尤三姐，说实话福扣更喜欢尤三姐，尤三姐就像三丫头，比病恹恹的林妹妹更好。

福扣尽管心里把找改成撞，但毕竟还是想着女人的，想着三丫头可能会撞保旗又是一阵骚动，福扣想找些刺激，他去夹长鱼了。

夹长鱼就是夹黄鳝，一个人用电筒或火把照着，一个人拿着篾制的夹子，在秧田或是水田里寻找田鸡长鱼，一个晚上能夹上一蛇皮口袋的长鱼田鸡。而电筒打的时间一长，电池就没劲了，亮度不够，也有用火把的，就是用一根棍子顶头多裹些棉花或碎布，然后蘸上柴油，但柴油也是要计划的，既费钱又难买。

福扣是村支书的儿子，这事难不倒福扣。福扣找了张便笺，写上供柴油贰拾斤的字样交给崔二伙，崔二伙拿着福扣写的字条，再到任何一个生产队的保管员那里就可以不费事地领到免费的柴油。福扣的字条落款自然不是福扣，而是福扣做支书父亲的名字。

这样福扣和他的小伙伴们便经常有的玩、有的吃。

五队保管员是三丫头的父亲。有一天崔二伙去领柴油，正好碰到支书，福扣的父亲看到了字条，认出字条是他写的字，但确实又记不得自己批过这字条，而且还是当天的日期，便问崔二伙，我什么时候给你批过柴油，崔二伙不吱声，福扣的父亲就知道，肯定是福扣学的他的字，这个小伙上学不识字，学我的字倒是这么上心。

三丫头的父亲从福扣父亲的脸上看不出支书会生多大的气，但从此没有保管员敢提供柴油给崔二伙了。

三丫头说车越吆胆越小，贼越做胆越大，福扣这种人不能交往。

三丫头就姐妹一个，其实三丫头上面还有两个，一个难产，一个有病，都跑了。三丫头姓师，刘庄姓刘的大半庄，姓郑的一个角，杂姓一条巷。农村里宗族势力是有的，大户大族不仅不被人欺负，做什么事都容易很多。如果三丫头的父亲姓刘，或许在庄上起码也做到大队会计了，如今还是沾三丫头的光才做了队里的保管员，所以三丫头的父母还是很看好福扣，可三丫头偏偏又看上了保旗。

这些事加在一起，三丫头越发看不起福扣。三丫头这几天经常去保旗家玩，庄上人看出些门道，都说郎才女貌。福扣的母亲说，想吃什么天鹅肉，三丫头的母亲说保旗不一定看得上三丫头，福扣娘还是我们做亲家的好。福扣的母亲说，嘿，鸡长了翅膀就一定是飞机啊，三丫头这么好的姑娘还不配他们家啊？

说来说去，除了三丫头，两家人都是愿意的。

没过多长时间，分田到户了，保旗已经到省城上大学了，那天三丫头一直送到庄东头，三丫头还买了一支五块钱的钢笔送给保旗。分田到户福扣家无所谓，支书还是支书，田里的活自有人帮着料理，保旗家就不一样了，少了一个大劳力哩，倒是三丫头经常去帮忙。

冬季县里有大型水利工程，保旗的父亲肯定是要去的。保旗的母亲半夜突然肚子疼得要命，满头的汗。庄上男劳力都去河工了，赤脚医生挂了两瓶水，一点用都没有。三丫头一定要保旗母亲去公社医院，保旗母亲不肯，想等到天亮，三丫头硬是一个人撑船把保旗母亲送到六七里外的公社医院。保旗母亲已经疼得不能说话，不能走路了，三丫头背着她去找医生，公社医院的严医生原来是省城大医院的人，下放到公社医院，前几年刚平反，省人民医院要调回，严医生死活没有去。严医生说是胰腺炎，再晚来一个小时神仙也救不活了。

三丫头救了保旗母亲的命，后来三丫头就成了保旗家的人。

保旗毕业分到了县水产公司，过了两年三丫头也成了城里人。

福扣师傅到公社建筑站做了会计。

三丫头再回到庄上已经会说城里话了，穿着很讲究，让人一眼看上去就有气势，福扣看到三丫头心里非常失落。福扣没有酒量，但福扣好酒，就如同福扣数学不好还做会计一样。福扣的账出错，不仅仅是因为拿了公家的钱喝酒，反正会计福扣也不想当，也当不好。福扣的父亲就找书记，第二年福扣就做了建筑站的副站长。

有一次福扣进城开会，结束后特地看看三丫头，三丫头倒是很热情。三丫头在水产公司开的宾馆做大堂经理，知道福扣要来就请了假，又打了一个电话告诉保旗，亲戚来了，晚上早点回来，记得多买点东西。三丫头的房子不算很大，但布置得很好。不过能在城里有个50平方米的自己的房子也算不错了，公家分的，三丫头说这话时一脸自豪。吃苹果，三丫头从冰箱里拿出一个苹果，很快削好了，送到福扣手上。这是印度苹果，是保旗同事出差带回来的。不要说印度苹果，就是中国的苹果，福扣在夏天里也没有吃过，冰箱在商场里见过。就是三丫头削的苹果也是那么漂亮，福扣心里暗自感慨，城里人就是和乡下人不一样。福扣感觉在三丫头面前矮了很多。

门口有自行车的声音，保旗回来了，自行车后驮了一袋东西，三丫头帮着拿下来，翻了翻都是妇女用品。福扣心里不屑，这不是男人做的事，三丫头也叫了起来，要你买的菜哩。保旗脸红红的，连忙说忙晕了，就去买，福扣你坐会儿，晚上我们好好喝两杯。保旗去买菜，福扣就说：啊哎，保旗是个大忙人，越有权越忙。三丫头不停地笑，三丫头说他不是忙的，我说到亲戚，他以为是……以为什么，三丫头不说了。福扣开始没听懂，对三丫头说，你家保旗对你真好，这些东西他都帮你买。三丫头又笑，不是，今天我说到亲戚要他买菜的，他以为是……三丫头又不说了，福扣也是过来人，这次听懂了。福扣心里想城里人就是比乡下人文明，有情趣，不过做城里的男人还要帮老婆做这些事，福扣心里隐隐觉得有些不屑。这样想着福扣又觉得心里的矮得到了些拔高。

这次拜访，福扣意外地从三丫头嘴里知道马上要建水产二公司，保旗说公司正在考察选址。第二天福扣的父亲和公社书记就来找保旗一起请水产公司的领导去他们公社考察，考察的结果是公司领导对杨庄很满意。

三个月后，福扣接到通知，要他带队承建水产二公司，想不到的是甲方代表竟然是三丫头。福扣和三丫头谈判的时候才感觉到三丫头的不简单，用工、用料、工期、价格、安全、质量竟然头头是道，最后还提了一个条件，福扣一定要带上崔二伙做。

福扣他们吃住在工地，三丫头在庄上租了一户民房。

杨庄的大会堂有个大彩电，每天都有专人负责放，偶尔公社还放一放电影。

三丫头每晚没事都去看电视。三丫头粉妆玉琢，丽质天成，城里人确实与众不同，二十六七岁的人看上去不会超过二十岁，难怪福扣念念不忘。三丫头到杨庄时间不长便成了偶像人物，男人们有事没事总喜欢和三丫头搭搭讪，但三丫头显得很矜持。

福扣现在是副站长，父亲是公社的党委委员，福扣骑着全公社第一辆幸福250，头上安全帽一戴，确实有些样范，时不时地南腔北调，让人总觉得是个见过世面的人物。但三丫头每天除了在工地上和福扣接触，偶尔到福扣的临时办公室坐坐外，自己的租房里是不让其他人进的。

杨庄的大彩电比公社的彩电还大一倍，那时尽管也有些刚结婚的人家开始买电视了，但又小又是黑白的。大会堂无疑是一个庄子晚上最活跃的场所，三丫头一个星期才回城一次，所以每晚也是常客。三丫头到大会堂看电视从来都是好位置，好几个婆娘回家都和男人们说，你们不是看电视，是去看花的。也是，只要三丫头还在看电视，大会堂的人就满满的，三丫头一走，马上就稀松很多。

崔二伙是三丫头安排的，现在跟在福扣后面，小总管似的，结结账、进进货、催催工。崔二伙对象就是福扣的同学郑招弟，郑招弟和三丫头是表亲，郑招弟的母亲和三丫头的母亲是亲姐妹。

有一天郑招弟来工地看崔二伙，当然也是要看看三丫头的。这天中饭是三丫头请的，四个人一起在工地食堂吃的。福扣想不到三丫头的酒量那么大。好在崔二伙也是好酒量，这一顿饭吃得很是融洽。

但崔二伙酒有点多了，不停地夸三丫头漂亮。对于男人的夸赞女人肯定是开心的，但当着妹妹的面姐姐的接受还是要有尺度的。三丫头说，我这妹夫从小就花心哩，福扣你应该知道我妹夫这个人啊，十六岁就给女人写情书了，崔二伙急得又是挤眼睛又是说岔话，可是三丫头说得兴起。

福扣终于知道当年的六封情书为什么都石沉大海了，崔二伙站起来敬福扣酒，不是敬而是自罚了一大杯，福扣，当年不是我故意的，你叫我写的情书我忘了写你的名字，最后署的是我自己的名字。

三丫头说人家帮你写的东西你也不看看啊？福扣说他叠得四角方方的，我不好拆，福扣又说怪不得一个人都没有回音。只有崔二伙一人知道的秘密终于公开了，郑招弟笑着说，冤啊，知道是你福扣，我怎么会嫁给崔二伙。

招弟啊，就冲你这句话，晚上我请客。三丫头也留招弟，崔二伙已经烂醉如泥了，好在福扣只顾赏花没怎么喝酒，福扣便要骑车去集镇买菜，郑招弟说男人不懂买菜，我跟你去。招弟没有坐过摩托车，有些紧张，去集镇还有一段土路，福扣说你抱着我就不怎么颠了。招弟紧紧地抱着福扣，抱松了一抖一抖地撞着福扣的背，抱紧了又贴在福扣的背上，撩得福扣想入非非。想到酒桌上招弟说的话，福扣特别亢奋，一不留神车子差点栽到路边的沟里，招弟手也一滑，正好碰到福扣。

这顿晚饭，崔二伙没起得来，三个人在三丫头家里吃的，聊天喝酒，招弟说看福扣越看越顺眼，又悄悄地在三丫头耳边说了几句什么，两个人哈哈大笑。福扣问说的什么，两个人只是笑，就不肯告诉福扣，后来福扣被人驮回工地宿舍了。

这次聚会后，三丫头对福扣的态度变化很明显，还叫福扣有空去玩。不过崔二伙却仗着三丫头变得有些不买福扣的账了。福扣说他，崔二伙嘴上不回，背地里却不改正，工地上保管员说单是一笔二十吨的石子，他就算给人家二十五吨，福扣便不让崔二伙做总管，但碍于三丫头和招弟的面子，加上又是发小，福扣还让崔二伙负责工地安全。崔二伙没油水捞了，就开始恨福扣。

转眼夏天就过去了，秋天来了，天凉了。这段时间庄上的男人因为晚上经常看不到三丫头心里头感觉有些失落，女人们则感觉比以前轻松了很多，人家三丫头又不是动物园里的动物，经常给你看的，人家不能因为要满足你们这些男人龌龊的念头就非得天天来陪你看电视吧。

但好事者还是悄悄地看出来些门道，福扣看电视的时候三丫头肯定在，三丫头不在福扣肯定也不在。这事很快传到了崔二伙耳朵里。

这些天晚上崔二伙有事没事就到三丫头出租房的附近转悠。那天大会堂里看电影，三丫头没去看，崔二伙就在不远处能看着三丫头家动静的地方找了一个茅厕蹲在那里。他终于看到福扣进了三丫头的院子，接着又看到三丫头出来左右看了看，进院子把门关上了。崔二伙很生气地想把门踢开问一问三丫头，保旗哪里不如一个瓦匠。他跑到三丫头院外又冷静下来了，透过门缝看到堂屋的门也关了，崔二伙翻过院墙，来到三丫头房间的窗户下，听见福扣在问，那天郑招弟究竟和你说的什么。三丫头说，你总问这个干吗？福扣说今天再不告诉我，我就不让你快活……接下来的动静，让崔二伙听了焦躁得很。

招弟竟然也摸过，他更忍不下这口气，把三丫头的大门搭子搭上让福扣不能出来，然后他去喊人来捉奸。不过这"肉头"事一般人是不肯做的，那怎么办，崔二伙想了一个主意，他跑到没有院子的邻居家的厨房找到一个洗脸的铜盆，拿了一把铲子，跑到三丫头门口敲起来。"不得了了，走水失火了。"夜里这声音惊醒了半个村子，大会堂看电影的人都跑来救火了。福扣正在做事，一听到门口有人喊失火，吓得六魂出窍，一骨碌立即下来迅速地穿上衣服，到了院子一听门外都是人的声音。"哪里失火？哪里失火？"大门出不去了，福扣做贼心虚，只想快快逃走。福扣急中生智，三丫头租房的院东是个猪圈，猪圈里没有猪，是空的，福扣就从院墙上跳了下去。出了三丫头的租房，福扣紧张的心平静了很多，他故作镇静地朝人群走去，又故作紧张地问："哪里失火？"

崔二伙明明看见福扣进去的，大门反搭着，福扣怎么就出来了呢？崔二伙用电筒照了照福扣，"哈哈，哪里失火，你说哪里？"

福扣说："我怎么知道？"崔二伙用电筒照了照说，大家看看，哪里失火？"哈哈""嘻嘻"，人群中一阵笑声、嘘声，福扣莫名其妙。福扣朝自己身上再一看，不得了了，他慌乱中把三丫头的花裤子穿了出来。福扣顿时觉得很害臊，在崔二伙的手电筒护送下狼狈地逃走了，只听到身后崔二伙在说："你说哪里失火？"

因为这事，福扣被撤了职。

有人说在苏南看到了打工的福扣。福扣的母亲说，想得起来的，我家福扣女人缘太好，物归本主，妻归前夫，福扣去苏南的建筑公司做副总了。老实说，不是为了福扣这个家庭的考虑，福扣父亲才不同意他去那么远的地方工作呢。

本文为毕飞宇工作室第1期小说沙龙讨论作品的修改稿，

首发于《雨花》杂志2015年第5期。

第2期：拯救绝对是有价值的

庞余亮： 毕飞宇工作室小说沙龙第1期的活动成果登载在了2015年第2期《雨花》杂志上。杂志出来后，我接到了很多外地朋友的电话，都很羡慕这个活动，都希望来参加。小说沙龙是针对小说而言的，今天，我们的小说作者提供的文本《不想说》也开始从乡村走向城市、从过去走到当下。总结上次小说沙龙活动的缺陷，这次我们的讨论，希望能直接进入文本。

易扬： 整个小说的结构有点松散，第一部分讲外公的内容比较多，跟中心不太贴合。小说是两条线，一条线在家里，一条线在学校，两条线似乎没有相互暗合、互相隐喻的地方，最后也没能很好地汇成一条线。父母离婚的消息是仇小丽带给"我"的，我觉得这个不太真实，在可能性上稍微差了点。小说的主人公是小学生曹剑，他的很多语言过于成熟，成熟得已经脱离了小学生的身份，他形容爸爸像"死猪"一样，这种过于激烈的抵触和碰撞，我不太理解得了。另外，这个小说从头至尾，都觉得很像须一瓜的《小学生黄博浩文档选》，作者估计看过的，或者看过类似的东西，但里面又有很多用歪的地方，或者精华的地方没有学到，比如须一瓜从学生的角度错用了一些成语，我觉得这个点就比较闪光。

庞余亮： 刚刚说到的模仿或者借鉴，我认为这个是次要的，归根到底还是回到这个小说文本当中。就是说我看了起码五遍之后，有个疑问要问大家，曹剑的父母有没有离婚？我认为他的结构虽然松散，但是作者好像在有意识地构造一个环形的结构。它是一个从起点到起点或者说是从终点到终点的环形结构。就像一个开始学着打毛衣的人，他想打出花样，不过花样出现了错觉，这个错觉就导致了整个结构的松散。我们回到小说的文本，从文本当中我们才知道作者的缺陷在哪里，他的结构、他的语言、他的情感、他的视点，包括他对这个小说的态度。

易康：读了这个小说，我有这样几个感受：第一，小说缺乏一个核心、一个中轴，从篇幅来看，写家庭的比较多，中心事件应该围绕着家庭变故来写，但前面一至三段跟后面的联系似乎不是很紧密，四、五两节还是比较紧凑的，在第一段结束他插入了那个检讨书，这种手法是可以运用的，但他中断叙述忽然插入好像没有什么充足的理由。到了第六段时，我觉得该收尾了、该为最后的结尾叙事了，但作者还是不厌其烦地写老师和他妈妈在美容院里的事情，这些东西可以简化一点渗入一些其他的内容为结尾作铺垫。第二，我觉得这个小说试图运用一些新的手法，作者很想用先锋文学或者是现代主义文学来构造这个小说。对于运用现代主义文学的手法我有这样一个看法，你的作品可以荒诞，可以含混，可以主题不确定，但是要有逻辑，比如《局外人》也是含混的，但是《局外人》第一部与第二部之间的联系是相当紧密的。第三，就是细节，在写作的过程中我感觉整体是可以荒诞的，但是细节要合情合理，至少能自圆其说。上一次活动时有人提到一个真实性的问题，我觉得细节还是要真实的，这个真实不是为了还原现实，文学没有还原现实的责任。我觉得细节的真实是为了混淆，为了混淆虚构。第四点我认为小说的语言还是很活泼的，也比较幽默，我觉得幽默与油滑之间这个度要把握好，幽默是智慧，油滑是小聪明，小聪明弄得不好就有可能弄巧成拙。最后我说一下人物，人物我认为写得最好的应该是妈妈，爸爸其次，其中还有个舅舅，出场不多，我觉得还是蛮生动的。至于臭蛋、外公、外婆，我觉得在描写上只有动作行为，好像没有精神上的东西。他们人在动，但是精气神却没有动起来。同时我觉得人物和人物之间要构成一定的关系。比如在第二段的第二行有这样一段话："我已经五年级了，已经能够把我那辆大黄花五百块钱买的自行车骑得飞快。"在这个地方我觉得可以插入一点东西，比如说臭蛋也有自行车，臭蛋的自行车是他爸爸买的，而我的自行车是妈妈买的，同学的自行车大多是爸爸买的，人家就问我自行车是谁买的，我说是妈妈买的。这样就能把爸爸妈妈的关系从这一段渗透一点。

庞余亮：我有一个问题，假如让你写这个小说，外公这个人物是不是放在第一个叙述？这里面人物很多，很多对称的关系，从小孩到大人，如果让你来剪裁，你会怎么剪裁？我始终认为这个第一段写得不对劲。如果让你来写，第一段应该怎么入手？

易康：我写小说的时候，一般是撒出很多线条，写的时候一一照应前面的东西，到结尾的时候把线条全部收起来。

庞余亮：把线条撒出去，这个就是小说的认真。这个小说的优点是他是有追求的，这一点要比《福扣》有进步，《福扣》是自发的，没有自觉的追求。追求在哪里？他想完成一个独立的世界。但是他最大的问题就是不认真。这个小说是很随意的，他有认真的地方，但更多的是不认真。

吴萍：关于人物，我一直觉得短篇里面不要塞得太多，这个小说里出现了太多的人物，读的时候在每个上面都需要分心思。写人物时，很重要的是要写出深度，这个小说中人物的深度是缺乏的。另外我觉得整篇小说的层次是乱的，给人一种不清晰的感觉。刚刚庞老师讲，这个小说写的是一个小孩子对世界的反抗，但是他的陈述我不是很喜欢。从写作手法来说，写作者的自我意识要比上一篇《福扣》的作者强很多，可以看到这个作者写小说的野心以及把握当下的欲望。小说中从"妈妈像豹子"，后来妈妈直接被"豹子"这个词所替代，这是一个求新的写法，这个写法可以用，但是我觉得和整个文章的气息是不符合的。最后我想说一下上一次我们讨论的真实，刚刚易康老师说在细节的把握上还是要回到真实，我觉得细节的真实未必是这个东西的真实存在，这当然会让读者在读的时候有一种真实感，就是当时他的表现瞬间切入的感觉会在读者的内心或者与曾经经历过的事情有一种重合，这才是一种真实，这个真实才能打动人。

庞余亮： 这个作者在叙述的时候，外公、外婆、爸爸、妈妈、豹子，豹子最后出了一个大问题，他前面还有个雄狮呢，实际上，写豹子就是豹子，他最后还出现雄狮这一块，这个细节完全是一个败笔。雄狮和豹子之间究竟是一个什么样的关系，这是第一。如果让我写这个小说，我肯定不叫外公，妈妈姓什么没有写，那比如说"老王"，或者直接是"王老头"，因为整个语调是玩世不恭的，那么"豹子"就成立了。而整个叙述的语言是很油滑的，他是正统的环境下戴着一顶很滑稽的帽子，因此出现这样一个问题。所以，在叙述当中你一定要注意到每个细节的认真性。我们要讨论的第一个问题就是小说的随意性，很多人以为小说写出来就成功了，这种写法你写一辈子都没有用，因为这个难度太低了。我们兴化好多写小说的，包括以前我都有这个问题，就是给人取名字太随意，这个细节作者做得相当不好，很懒，"曹剑""仇小丽""张大华"，现在的小孩有谁取这样的名字？你回过头来想想，外公外婆也是很随意的，等到后面豹子出现的时候，一下子就很矛盾了。当然他每一段都有自己的强调，每一段都想构成一个环，但是不结实，很松散。

沈光宇： 这个小说确实让人耳目一新，摆脱我们本土作家关注乡土的路线，无论语言还是结构都是一种新气象。这是一个问题小说，在经济社会发展的情况下，家庭破裂带来的冲击。他说了一个非常严肃的主题，他摆脱了传统的讲故事的模式，而用了电影电视的那种时空交叉，以至于展现的人物和空间就更广阔一些。但是我也觉得人物太多，外公为什么接他，为什么偏爱他，我觉得说得还不够，比如遥控器抢夺战，奶奶是互不偏袒，我觉得这个时候外公外婆已经看到了这个家庭的危机，应该对外孙多一点偏护，打个伏笔。从语言来讲，它是一个家庭悲剧，用一个甜蜜的外壳裹着一个苦涩的药，我觉得这个方法是很好的，而且其中运用了一个反复的方式"死猪不怕开水烫"，爸爸已经到忍无可忍，他的屈辱已经到了极致，以致最后摔花瓶，这是一个爆发。但是语言有点过分贫嘴了，有些地方有失偏颇。

庞余亮：刚刚沈老讲的抢遥控器，我认为这个是整个小说最闪光的地方，通过实实在在的细节来体现人物的性格。所以我说第一个阶段落在外公接他回来有点不妥，如果一开始就是抢遥控器，通过抢遥控器再引出写检讨书的事情，把它紧凑在一起，这种踩点就相当漂亮了。为什么要抢遥控器，因为我不想写检讨书，然后把检讨书的事情引出来，反反复复，检讨书这个事情可以贯穿始终。然后父母离婚又是一条线，高老师和母亲之间的关系也是一条线，可以选三条线，舅舅可以不出现，因为舅舅出现了，舅妈没有出现，你看里面，有很多东西是很随意的。小说实际上是很讲究的，毕飞宇先生近期在接受采访的时候说过一段话：短篇小说是一个讲究的人干的讲究的事。"讲究"这个词很重要。有一句话我当时看了非常窝火，11岁的小孩说一夜回到了解放前，"解放前"这个词语能用在这个小孩身上吗？谁知道"解放前"啊？"解放前"这个词语现在的小孩子懂吗？

董景云：我觉得这个小说整体都很随意。第一，人物出场很随意，想到哪说到哪，在9000字的小说里面有十个人物，我建议把人物精简一部分，比如刚刚说的舅舅完全可以不要，仇小丽和臭蛋只要选一个就行了。第二是语言的随意性，文章的语言看起来很活泼，但是太随性了，我们要敬重我们的语言，这篇文章让我们觉得有一种对语言的不敬重。当然有可能他刻意地把这些词语用错，但是我觉得不能。比如说"奴颜献婢"，我还特地查了一下，根本就没有这个成语，应该是"奴颜婢膝"，还有"当外婆埋汰他的时候"，这个"埋汰"是北方的方言，意思是不干净，用在这里就错了。第三个是人物关系的随意，里面有很多的人物关系，外公外婆，臭蛋与我，外公外婆与我和臭蛋的态度，还有高老师跟我还有妈妈之间的关系，父母之间的家庭矛盾，矛盾太多，人物就不能凸显出来，最终成了一个合影。还有，他的主题闪烁不定。他主要的笔墨是家庭关系的破裂，以及这种破裂对小孩子的身心所造成的伤害，这个着重写比较好。我觉得高老师是需要的，因为她涉及了小孩子的成长与家庭之间的关系。但能不能这样构思，最后爸爸走了和妈妈离婚了，爸爸和高老师在一起了。高老师也走了，也没了。妈妈带着高老师去美容，妈妈老是跟高老师抱怨我的男人太差了，但是高老师隔着窗户看到这个男人接孩子放学，高老师觉得妈妈对自己的丈夫都不尊重还能尊重谁呢？

庞余亮：我插一句，这个小说里面的观点是很不好的，这是我极不喜欢的一点。我们兴化作者有这样一个通病，对女性的不尊重，兴化有很多作者在这个方面做得相当不到位。现在对女人不尊重的小说是不被容忍的。

董维华：这篇小说语言比较活泼，改变了传统的手法。从我的角度看，他的随意性停在视角上，一开始外公出来了，说像个鹅，然后说上桥了，说是鸡立鹤群。说爸爸是死猪不怕开水烫，我数了一下出现了九次，比较他爸爸的官和仇小丽的官，是眼屎与牛屎，我觉得他的视角是来自农村的，但他写的却是城市化的东西。外公是保卫科长，外婆是公交车售票员，他的父亲是公务员小干部，母亲是经商的，是个管理人员。应该说他的视角都在城市，但里面却有很多农村化的语言，我觉得是违背合理性的。如果让我写一定要有铺垫，要有交代。我是个警察，我习惯了破案，看这个小说，我就有这个感觉，这个作者来自农村，现在生活在城市，他是个干部。如果我写，我会把爷爷奶奶写到农村里，这样他那么多的视角就成立了。同时又有第二个好处，这里面是一个强势的女人看不起一个平庸的男人，这就又带来一个新的问题，城里人看不起农村人，特别是从农村走进城市的人，这样可以让文章更丰富一点。这个小说是以一个小孩子的视角来写对家庭和学校的看法，但是成人化的语言太多。其实还不是语言的问题，而是很多成人化的思维方式。作品没有选择一个点，把那一个点往一个要紧的位置上去推，甚至在语言风格上，在简洁与啰唆之间，他也取了一个平均值。他既没有做到简洁，也没有做到一种非常高级的啰唆，如果他在选择一个点上面狠一点，可能这个小说就有救了。

庞余亮：这个小说如果换成我和妈妈在一起奔跑的过程中解决检讨书、解决爸妈离婚、解决跟高老师的问题，它就是一个很好的现代派小说。妈妈讨好高老师也好，跟爸爸的斗争也好，做生意也好，其实归根到底都是为了曹剑。小说中所面临的问题、面对的现实，我们很多都不清醒，刚才毕老师讲了混沌的问题，所以小说当中出现的人物都是很不清醒的，朦朦胧胧地出现，朦朦胧胧地解决。这个小说之前已经改过一次，我一直期待他能把妈妈这个形象改过来，但是他一直没能做到这点。写人物，我的经验是不管你有没有抓到笔，首先你要做人物分析，我要赋予人物什么，哪个首先出现，哪个后来出现，哪个在左边的道路上，哪个在右边的道路上。

陈社：这个小说最可取的就是写了这个11岁的孩子，只要把11岁的孩子写透、写精彩，比把母亲写好更精彩。11岁的男孩子许多思维是和成人不一样的，如果完全合理、完全符合逻辑了，那他就不是11岁的男孩了。他必然有一些我们成年人难以理解的东西，要写出男孩子与他父母、外公这一辈的代沟。比如说，现在四五年级的孩子，他的网络语言很多，玩手机比我们厉害，在小说中把这方面体现出来，那么小说的人物个性就能突出出来。事件是为人物服务的，小孩写得真实了、饱满了，就好了。这部小说的人物比较散、比较随意，该用足力量的地方，他没有挖下去，把不需要写的删去，精彩的就凸显出来了。

刘春龙：庞余亮刚才问了一句话，说猜猜他的父母有没有离婚，说实话我搞不清楚。

庞余亮："小说是让你理解"这个观点是错误的，如果一个小说作者以这样一个观点去写小说的话，绝对不会成功。这就是小说立场的问题，我写小说是表达我自己，我表达完了，读者去理解，至于你喜欢不喜欢，那是另外一件事。

刘春龙：我很赞赏他用小孩子的视角写小说，他的绝大部分语言是符合小孩子特征的，可能在主题提炼上还有点欠缺，人物用力浅尝辄止。这个小说的主题可以提炼到救救孩子，如果我写，我会将这个小孩设置成一个核心，与所有的人物要有呼应，比如说，家庭里的成员对小孩的教育可能有几种不同的态度，爷爷奶奶可能是隔代宠爱；父亲教育小孩子是一种包容，尊重童真的态度，让他过一个快乐的童年；而妈妈是个女强人，她希望小孩子出人头地，希望每一门都考100分。围绕对曹剑教育的态度不同形成一种冲突，由此解决困惑，或许解决不了，但可以告诉大家我的困惑在哪，你怎样破解这个困惑。

庞余亮：小说归根到底是写人的困境，为什么要重点写妈妈，妈妈的困境凝聚了全家人的困境，她对丈夫、儿子要求严，实际上她自身的困境更深。

陈社：春龙刚才讲要把小说写成救救孩子，我的观点却恰好相反，我要写成救救大人，这个孩子是想救救妈妈、救救爸爸、救救老师，如果写成这个可能比救救孩子更有意思。

汪夕禄：如果我来修改的话，首先从结构上，把第一到第三部分删去，直接从第四部分开头；人物也太多，重点是我、爸爸、妈妈、高老师、仇小丽就行了；语言很不简洁，长句多，四字成语泛滥，有些词语不准确。

庞余亮：这个作者就像一个裁缝一样，拿着剪刀，没想好，一剪刀就下去了。归根到底，还是剪裁的能力不够，很多作者都有这样的问题。

冯巧岚：我觉得短篇小说不一定就非得那么几个人物，只不过他把关系搞复杂了一点。如果是我写可能每个关系都交代清楚。

庞余亮：不是人物多的问题，而是不管人物出现多少，你必须给他光明、给他阴影。就像生了一个小孩，你不管他，你没养他，那生他干吗呢？不如不生。比如张大华，就是臭蛋，其实臭蛋在里面是很不成功的，他只是一个符号而已。比如"你姓什么"在农村很普遍，外孙到家里来，奶奶肯定教育亲孙子："你姓什么，他姓什么？"一句话就能把关系全部交代掉了，但是作者没有交代。为什么我要把后面的东西拖到前面来，因为高老师和妈妈进美容院，这一块是非常迷人的，这一段放在前面比讲外公外婆自行车要好得多。两个女人去美容院，高老师的钱肯定是妈妈出，在这个微妙的细节当中会有很多性格出来。实际上小说就是讲了谎言被戳破的过程，对一个小孩子的心理打击是巨大的。这个接孩子的过程，虽然作者肯定很得意，他比喻外公像一只鹅，他在处理外公这个形象的时候节奏太慢，实际上不需要爸爸进来，也不需要外婆进来，都不需要。可能20世纪80年代的人都经历过一个词语——异化。这个小说就是兴化文学创作的异化，我很喜欢这种异化。你回头看自己写的东西，如果100篇是一样的东西的话，那一点意思都没有，要学会异化，但是我们要考虑自己有没有异化的能力。

吴萍：这篇小说着眼于当下，写每个人或者是社会的困境，触到了现代性的问题。我们兴化人一直在寻找小说的"爷爷""奶奶""祖爷爷""祖奶奶"，其实我觉得这脱离了当下读小说的氛围。不管是写小说还是读小说，一定要知道当下短篇小说已经是什么样子，它一定是简洁的、有力的、深刻的、到位的。

易康：我觉得对外国文学的阅读肯定是很重要的，同时中国的古典文学比如《史记》《左传》以及唐诗宋词，里面都有很多现代的因素，我们应该好好研究它，那个是我们的根。

庞余亮：我们要学会牛奶、羊奶，甚至狼奶都要吸收，我们要学会利用别人的营养来异化自己，你异化了就会出现一个新的人物，新的小说家。外国小说家的最大优势是自我训练，中国作家很少能做到。我们搞小说沙龙，就是希望大家能通过这种方式有一个自我训练，只有自我训练才能向前走。

金倜：这篇小说的优点就是语言，但是要把语言风格和小说最本质的东西结合到一起，比如说玩世不恭，比如说油嘴滑舌。小说从开头到结尾是一个圆，有好多东西没有表达清楚，比如说寄人篱下的时候那种不在乎。我觉得比较明显的一个硬伤是小说的结尾用力不够，你前面都那么不在乎，你后面也应该不在乎，结尾用力不大，或者说没有用力。

庞余亮：今天的讨论很有意义，但是我怕这个讨论的过程会让大家觉得写小说太难了，两次讨论对大家的写作信心有了伤害。有一句话说学习有四种境界，生而知之，学而知之，困而学之，困而不学。我们不可能生而知之，学而知之有一部分，困而学之应该是目前这个阶段我们最应该坚守的，我们最不应该做的是困而不学。我们既然喜欢文学就应该继续，不管有什么缺点。有位八十岁的老人仍然在写作，他说："我是在一个字一个字地拯救自己。"这句话要送给大家，我们也是要一个字一个字地拯救自己。我们举办小说沙龙也是在拯救，这种拯救是有意义的，也是有价值的。即使人生无望，即使我们面对的前途无望，但是拯救绝对是有价值的。

本文为毕飞宇工作室第2期小说沙龙实录，由郭亚群、易扬整理，

首发于《雨花》杂志2015年第10期。

不想说 /顾开华

1

刚放学，老黄站在校门口脖子伸得老长，像一只鹅。人老了肯定眼小无光，老黄使劲地眯着眼，等我站到了他身边才发现。老黄说大曹出差了，大黄没空来接我，他早来了接我去他家，怕错过放学时间。老黄的腿真长，支起他那辆老掉牙的重磅自行车像圆规两只脚瘦而稳固。我爬上老爷车高高的后座，老黄一只脚一用力，慢悠悠地上路了。

我已经五年级了，已经能够把我那辆大黄花五百块钱买的自行车骑得飞快。我那辆车一点也不像老黄的老爷车，小巧玲珑，精致无比，星期天我骑着它去同学家，也去老黄家，一点不吹牛，比走路还稳。老师说不满十一周岁必须家长接送，一次我骑了车上学被老师发现，叫到办公室写了一份检讨，这份检讨在学校黑板报张扬了一个星期，成为挥之不去的耻辱，我那个比菜场卖菜还要忙的大黄在老师面前说了一大堆好话，老师才恨铁不成钢地放过了我。

一朝被蛇咬，终身恐井绳。再忙，都要接送到小学毕业。说这话时大黄苦大仇深、斩钉截铁，比她在公司产品发布会上作表态发言还要咬牙切齿，像是发泄在老师面前的奴颜婢膝，一点也不和蔼可亲。我想说：其实，六年级我就可以自己去学校了。明年我就满十一周岁了。这学期臭蛋不就骑车去学校了。臭蛋是我表哥，老黄和老马的孙子，大我一岁。在一起的时候，大部分时间我们水火不容，很少的时间我们和平共处。正值大黄怒发冲冠，乌云密布。不辩解，越辩解越是一块烂铁，越成不了钢。从长计议，谨慎为上。

上桥时，老黄腰弓得像一只大虾，看得出很吃力的样子。我很想下来帮他一把，老师早就教导我们尊老爱幼，可我不敢下来，老黄的车太高，两旁的车川流不息，稍不留神会头破血流，那麻烦可就比天大了。在一群小汽车、摩托车中间，老黄的老爷车像是从过去骑来的，鸡立鹤群。

去老黄家我还是一大半愿意的。一来做完作业后可以不受限制地看电视，这一点上，在国营厂里做了一辈子保卫科科长的老黄和在公交车上卖了一辈子票的老马绝对是慈眉善目、令人敬仰。我可以坐在老黄家客厅的沙发上吃着薯条或者咬着冰激凌欣赏我心仪的灰太狼和喜羊羊。二来除了《新闻联播》被老黄风雨不动安如山地包下来，其他时间遥控器在我手中，他的地盘我做主。老黄看电视总是把声音开得很大，满客厅嗡嗡的像飞机在耳边不停地开着。

老黄耳背，除了耳背他老人家基本上算是精神抖擞。可我一直怀疑老黄是选择性耳背，当老马为了鸡毛小事埋怨他的时候，他像一个认真的观众很专注地观看老马表演哑剧，有时候把手脚麻利的老马气得恨不得去找个超强功能的扩音器对着他的耳朵。可当楼下的王爷爷喊他去下棋，只一声，他就会迅速地推开窗伸出又瘦又长的脖子答应，然后屁颠屁颠地换鞋下楼去昏天黑地地厮杀。有理由怀疑他是选择性耳背，如果属实，当属老奸巨猾。

一小半不愿意是因为臭蛋。

2

检讨书

各位学校领导、各位老师、各位同学：

今天我做了一件很大的错事，不该自己骑自行车到学校上课。尽管我认为自己已经能够独立骑车，自认为速度适当并能够安全运行，事实上我错了。一来违反了学校关于未满十一周岁必须由家长接送的规定，二来车祸猛于虎，作为祖国的花朵，早晨八九点钟的太阳，我们必须让花朵更加鲜艳，让太阳更加绚烂。

在这里，我做出深刻的检讨，保证以后上学由家长接送，祝我们的王校长永远年轻，祝我们的高老师永远漂亮，祝我们的附中二小永远像花园一样五颜六色，祝我自己永远不再违反校规。

附中二小五（6）班曹一凡

二〇一三年三月三十日

这是私自骑车到学校交给高老师的检讨书，高老师笑起来还算好看，眼镜后面的皱纹像蒲公英一样散开，可高老师拿着我的检讨书皱纹像上课铃声响起来的时候同学们从四面八方向教室围拢过来一样，所有的皱纹向她的眉头中间部分迅速靠拢，这让她有着一种怒不可及的样子，也让她很不好看。和大黄一样，女人一旦发起怒来很难看，只是她们自己不知道而已，真想提醒一下高老师这样发怒会让她迅速衰老。还没有来得及提醒，高老师已经把检讨书撕得粉碎，一张还算白皙的脸已经涨红并迅速转青。曹一凡，是写检讨书还是写表扬信，这样高调抒情？重写，写好了贴在黑板报上。高老师瘦长的手指在办公桌上使劲地敲打，铿锵有力，像在敲打我的心脏，每敲一下我的心就震动一下。

五年了，写的检讨书可以出选集了。发这么大火，你不是在课堂上经常讲写作文要讲究情感和词语的使用，检讨书也是作文的一种，也应该中心思想明确，语言丰富多彩，这样才能够显示出我有错必改的态度，才能够显示出我检讨的诚心，显示出你高老师语文教学能力的非同一般。当然，我没有发出声音，两只脚交替在办公室地板上完成不规则的小距离来回移动，识时务者为俊杰。

检讨书

各位同学：

　　本人私自骑自行车到学校上课，严重违反校规。现公开检讨，保证下次不再犯错。

附中二小五（6）班曹一凡
二〇一三年四月二日

　　第二份检讨书像一条活蹦乱跳的大鱼，被破肚剖肠，最后风干成标本挂在黑板报上示众，一点骨肉也没有。两份检讨书一个饱满、一个干涸，和我这个五年级学生的作文水平严重不吻合，也严重违背高老师作文课上所教授的语言必须丰富多彩的原理，中国汉字的抒情功能和修辞魅力在我这个五年级学生第二份检讨书上完全被窒息、扼杀，营养不良，其实是一点营养也没有地展现于全校老师和学生的眼前。

3

　　臭蛋大名黄国安，附中一小六年级学生，和我不一个学校。家里人都叫他小安，我先叫他小安，后叫他小蛋，现在叫他臭蛋。一般来讲，我到老黄家，他就开始欢腾，看上去和我很有着一股相见恨晚的味道。围着我说他学校里的事情，说他没有头发的班主任喜欢敲打学生的后脑勺，说他班上单眼皮女生喜欢打小报告，这一点很像我班上的欧阳琼丹，有事没事在老师面前鬼鬼祟祟地说上好一会儿，这时候我们还能够风调雨顺，阳光明媚。我们一起坐在客厅的沙发上，他一边说，我一边看电视，这些鸡毛蒜皮的事情我权当过耳，因为我在家没有如此充足的时间和充分的自由肆无忌惮地长时间坐在电视机面前。我的视线和精力主要在电视上，广告时间想起来了对叨叨不休的臭蛋说一声"哦"。他一个冰激凌，我一个冰激凌。这些老马都分好了，平均分配从不缺斤少两。也许是我毫不在意的神情惹恼了臭蛋，也许是我的眼神一直盯着电视荧屏上变化多端的画面让臭蛋有了失落感。臭蛋感到自己无比热情的演说变成了一厢情愿的自言自语，变成了怨妇般的唠叨，变成了比他小一岁的表弟都不愿意听的废话，他反抗、愤怒并直接表现于肢体语言。正看得兴致勃勃，臭蛋会猛地抢过遥控器像走马灯一样地不停变换频道。正在上演的小兵张嘎臭蛋不是不喜欢看，事实上是他滔滔不绝的演说没有得到唯一的观众，也就是我的重视，他感到不平，故意制造事端。嘎子正准备戏弄鬼子，瞬间换成"你好，他也好"的什么破广告，换成一个个浓妆艳抹的男女在搞对象，换成一个姓周的老男人一个人喋喋不休地装疯卖傻，算怎么回事。对于这种挑衅，是可忍孰不可忍，坚决以牙还牙。战争不可避免。所谓天有不测风云，人有旦夕祸福，遥控器成为战争的牺牲品，在我和臭蛋不分上下的抢夺中，不可避免地惨遭不测，下坠中，伴随着清脆的声音跌落地板，即使无生命危险，也会毁容。老黄来了，老马也来了。一向慈眉善目的两位老人这时候会是非不分，错在两人，一人一半，像分零食一样极其平均，不调查就盖棺定论，一点也不公平公正公开。我还没有来得及说，臭蛋就恶人先告状，说是我把遥控器扔在地板上的。这时候臭蛋更加义愤填膺，脸比红领巾还红。报复，纯粹的报复，是对他之前的演说没有得到他想要的重视程度的报复。真是，撒谎比我还不脸红。他的脸红绝不是因为撒谎，我看到他边无比兴奋地告状边得意地瞟着我的眼神，我比窦娥还冤。老黄这时候大多不说话，不知道是耳背还是懒得说，慢腾腾地捡起遥控器，一试，还好用，关了电视。老马一把拖住还在喋喋不休的臭蛋，关进了他自己的房间，最后对我吼叫一句，"你姓什么？"臭蛋走了，老黄像个间谍把遥控器又塞到了我的手中，满脸慈祥，可我还是感到老黄无比虚伪，一副息事宁人的虚伪。如果臭蛋在场，他把遥控器塞给我那是多么公正无私，明察秋毫。我姓什么关臭蛋屁事，行不更名坐不改姓曹一凡。又回到一个人重掌天下的状况，这多少让我有点止住了现在就想回家的念头，止住了对老黄满脸慈祥中是非不分的不满。无辜的遥控器沉默不语，已经重新包装，像捆绑式火箭周身绷带，一些键被我按得满头大汗、咬牙切齿。

4

我的家，大曹、大黄和我。高老师说三口之家是目前中国最标准也是最普遍的家庭结构，像三角形的三个支点，稳定、简单、快乐。大曹在一家机关，骑一辆电瓶车接送我上学上下班，骑个车慢腾腾像老太太遛狗，啤酒肚一天天膨胀。听说也管一两个人，用大黄的话就是小官，肯定没欧阳琼丹的官大，因为大曹管的人没有欧阳琼丹管的人多，欧阳琼丹一个小组长还管着我们十几个人呢，比高老师还不苟言笑，亏她妈妈还说我家小丹这段时间瘦了。大黄在一家公司，开一辆粉红色的小轿车，很忙。电话成天挂在耳朵上，开个车像救火，遇到红灯就不由自主地烦躁，听说是主管管好多人，"时间就是效率，效率就是生命"是大黄挂在嘴上的口头禅。一个像老太太，一个像消防员，也不知道当初他们是怎样凑合到一块的，还鼓捣下我来到这个世界。大曹闲，老太太一样送我上学，带我回家。人家大都是爷爷奶奶，还真难为了大曹，爷爷奶奶们在校门口叽叽喳喳说得热火朝天，大曹不参与。大曹总是在一个安静的角落拨弄手机，或者对着天空研究蓝天白云，我知道那是大曹不屑混同于已经退休的爷爷奶奶们，他是正当壮年的男子汉，是干部，是干部就有事业，是事业就应该有雄心壮志，主要是大黄太忙才让他不得不放下官、干部、事业、雄心壮志，不问春秋地站在校门口，同为男人，大曹真的很呜呼哀哉。

回家后监督我吃完晚饭，监督我自囚于小房间里做作业，大曹算是完成了主要任务，在客厅看电视，顺便监督我的小房间是否灯火通明，偶尔推门而入，监督我是否埋头苦干，伏案作业。语文、数学、外语，每天的作业比欧阳琼丹的头发还多，有时候大黄会突然电话检查，遥控着客厅中的大曹问我是否熟读了新教的语文和英语，是否预习了明天准备新授的数学，那是我的老师们通过无所不能的校讯通传递给大黄的，是我晚上除了书面作业以外需要完成的加餐作业。百忙中的大黄事无巨细、全程转播，还强烈要求大曹和我共进退、同甘苦，做好监督和检查。客厅中的大曹对着电话大声应答，殷勤附和，更多的时候屁股还在客厅沙发上，眼睛还在电视屏幕上。大曹对各类电视节目从不挑肥拣瘦，看完了新闻看球赛，看完了球赛看文艺，看完了文艺推我的门打着哈欠说，早点睡，儿子，有精力就读一会儿，没有精力就算了。

大曹总体上是体察民情，善解人意。有一次大曹送我上学的路上嘟囔了，现在的学生真苦，每天废寝忘食地学东西，工作了也没有多少用。大曹声音很小，我还是听见了，我真想亲大曹一口，可大曹转眼又说儿子要好好学习，将来才能有个好前途。瞬息万变、阴晴不定，立场一点也不坚定，难怪只做了小官。

大黄回家除了检查我的作业就是数落大曹，说大曹只会看电视一点也不关心儿子，大曹整个死猪不怕开水烫的架势，温吞吞地盯着屏幕半天甩出一句话那你来关心，这一点很像我在高老师面前以不变应万变的架势。都说男人是智慧的，一点不假，女人暴跳如雷、大动肝火之下仍然风雨不动安如山的男人是最智慧的。大黄气得脸色铁青，这中间她的电话总会不停响起，她把电话夹在耳朵上脸色会随着语气突然转晴，电话关了竟然没有再向大曹发飙的意向了。电话真是个好东西，有时候会化解一场战争，或者是大黄在接了电话以后，有更大的事情需要运筹帷幄，忘记了往死猪身上倾倒滚烫的开水这等小事。

我也明白了男人对付女人只要一招，那就是死猪不怕开水烫，大曹如此，老黄如此，我对付高老师也是如此。相信大多数老男人、大男人、小男人亦如此，死猪不怕开水烫其实不仅仅是一种架势，更是一种策略，一种最好的防守，一种不是进攻的进攻。

老马说我蹦到这个世界至少比大黄的计划提前了三年，大黄原本先铆足精神干一场再生下我，想不到某些环节出了故障，老马摸着我的头说真正晚三年也许你已经不是你了，真奇怪，我不是我，还能是谁，是小猫、小狗，是臭蛋，还是那个大脸的欧阳琼丹。有一次大曹喝多了说了一句话：避孕这东西，不成功便成人。

高老师的话也不全对，我家的三角形已经不稳固一个星期了。先是大曹大黄吵架，大曹一改往日的智慧，和大黄针锋相对，寸步不让，说实话我为大曹加油，男人应该雄赳赳气昂昂，成天被女人用开水烫成麻木、忍气吞声的死猪有什么意思。后是大曹已经失踪两天，据大黄说是出差了。要不我是没有机会自己骑车去学校的，也就没有机会去违反校规，更没有机会在这个事情上写两次检讨，那条干瘪的鱼干让我惭愧至今，更不会劳驾老黄大人像一只大虾蹬着他那辆老爷车像一个鹅子守在校门口。

大曹很少出差，不像大黄，三天两头出远门。印象中就是我三年级的时候出过一次差，几天前就山雨欲来风满楼，准备了好多衣服，打电话去车站问发车时间，关心即将抵达城市的天气预报，全天下的人都知道大曹马上要出差了，临走的晚上还叮嘱了我好多话。很容易看出，大曹对出差充满热情，无限期待，也许出差了就不要每天送我接我，不要在一个角落研究蓝天白云，不要每天晚上接受大黄的开水滚烫的浇灌。这一次怎么会悄无音讯，不辞而别，其中必有隐情。

5

那一天放学后，一到家大曹就把我扔在家里出去了。大曹一改往日的温暾，动作迅速，还换了一套不常穿的西服，在镜子前捋了捋头发。说实话，一番收拾后大曹还真挺像样，一点也不像老太太，挺着啤酒肚比我们的校长还像干部。临出门，大曹很简明扼要地交代我，自己吃完晚饭做作业。真好，海阔凭鱼跃，天高任鸟飞。管他呢，先潇洒一会儿再做作业。我可以像大曹一样把脚跷在茶几上，随意地让五颜六色的频道在我的手中晃动。作业诚可贵，自由价更高。不是我不自觉，自由的诱惑谁都无法抵挡。

大黄回来了。时间真快，我好像才打开电视一会儿，还没有进入剧情，外面天已经全部黑了下来，像大黄的脸，挡住我的视线横眉冷对。大黄又在背诵亲子语录：再这样下去你就是二流子，老婆都找不到。能不能换点花样，已经说了不下一千次我要成为二流子。二流子难道就像大曹一样，喜欢看电视，看来一流子的弟弟二流子很好做，只要看电视不做作业就可以，可大曹不是娶了，还娶得不错，娶了一个管着很多人的公司主管做老婆。小丈夫何患无妻，像欧阳琼丹那样的坚决不要，当然，像大黄这样的风风火火的女人也坚决不能要。刚刚出门的大曹仪态非凡，可以想象大曹年轻的时候肯定也英俊潇洒，都说岁月是把杀猪刀，我看喜欢教训男人的女人才是一把杀猪刀，把大曹杀成一头混沌的死猪。

三十六计走为上，男人要知进退。当务之急，拿起书包，飞也似的躲进自己的领地。开灯、关门、伏案，书本翻得哗哗响。

客厅里大黄满身怒火刚刚点着，还没有熊熊就失去了目标。当然，主要目标还在外面，在一个不知名的地方意气风发，挥斥方遒。大黄对着电话大声检查大曹的去向，声音一如既往，节奏快，极其富有穿透力，隔着房门到我的房间仍然清晰无比。这一次你准备做几成死的猪来承受高温沸腾的开水从头浇到脚，估计这一次大曹会体无完肤，四肢不全。同为男人，我替电话那头的大曹捏了一把汗。

良久，"哐"的一声大曹回来了，一改往日的轻推轻掩。声音这么大，门框肯定晃动了几下。透过门缝，大曹的脸和双眼比猴屁股还要红。他的声音已经迎着大黄的声音而且高出几个分贝：怎么啦，怎么啦，不就和几个同学喝了点酒。这是我第一次如此清晰地听到大曹敢和大黄针锋相对。显然，揭竿而起了。酒，一定是个好东西，肯定是男人的胆量，在肚子里燃烧出勇气和果敢，让男人成为真正的男人。大曹不再是耷拉着脑袋的死猪，酒让他变成一头愤怒的雄狮。雄狮毫不畏惧地盯着大黄的目光，如果说大黄的目光是剑，酒让大曹的目光变成盾牌，大黄的目光是火，酒让大曹的目光变成不怕火炼的真金。

大黄是什么，豹子，以速度和耐力战无不胜、攻无不克、无坚不摧。音浪一阵高过一阵，此起彼伏，偶尔搅在一起，像电视里的抢答。大黄的耐力不是喝了一点酒就把自己当成狮子的大曹能够抗衡的。渐渐地，抢答成为大黄的总结陈词。大黄说：我风里来雨里去为了什么，还不是为了这个家。你在单位拿着几个钱，将来能供小凡做什么，上名牌中学，重点高中，出国？你在家一个孩子都看不好，跑出去喝酒，孩子自己在看电视，学习落下了怎么办，谁给补，怎么补，补得上补不上，一步落下步步落下。

提到钱，大曹明显地气短，通红的眼睛在下垂。大黄更加势不可当，绵绵不绝，排山倒海，身形并茂，穿透黑夜和云霄。

有瓷器奋不顾身的声音，肯定是大曹扔下的，瓷器落下的时候大黄还在滔滔不绝。应该是客厅里装着几支没有生机的塑料花的瓶子。要是花瓶，早就该身首异处了，不阴不阳的不开花，不结果，算什么花瓶。

大黄唯的一声哭开了，原来无坚不摧的豹子也会哭，想想也有道理，因为豹子首先是女人，女人就喜欢用眼泪来证明自己，欧阳琼丹也一样，无论对错，眼泪总能表达她们的无辜和委屈。又是"咣"的一声，大曹夺门而去，带着一身的酒精和通红的双眼。大黄没有推开我的门，没有检查我的作业，没有对一个二流子继续她的亲子语录。家瞬间无比沉默，这沉默比刚才的喧闹还要可怕。

6

　　欧阳琼丹的头发在我的课本上滑来滑去我忍了，欧阳琼丹向高老师打小报告说我朗诵的时候只是嘴动不发出声音我也忍了，欧阳琼丹拾到鸡毛当令箭狐假虎威地检查我作业，说我作业潦草马虎不认真我也忍了。有一位老人说"唯小人与女子难养也"。欧阳琼丹集小人与女子于一身，摊上这么一个恶邻，三生不幸。男人嘛，应该有点涵养。老黄和大曹遗传的优良基因给了我对付欧阳琼丹的法宝，沉默是最好的抵抗，我忍你不代表我怕你，欧阳琼丹，相反，代表我对你的轻蔑和藐视，代表我男人的胸襟和肚量。好男不跟女斗是通常情况，沉默不代表无声，什么事情都有底线，不是不发，是时候未到，是事情无足轻重，是所有的事情没有触及底线，不值得男人鸡毛蒜皮地去计较，而，这一次，不一样。

　　我只是推了她一下，还没有发出男人应有的威力，这妮子就张着大嘴哇哇地奔向高老师办公室了。又是去打小报告了，爱去去，又不是第一次了，无风三尺浪，再小的事情这妮子都会添油加醋地说成惊天动地。我，曹一凡，又不是第一次经历此事，不是第一次被高老师循循善诱，恨铁不成钢。这妮子，爬起来跑得比兔子还快。要不然，三记老拳叫她苹果脸变成烧饼脸，永远嫁不出去，窝在家养老送终，我发誓。

　　高老师怒发冲冠，咬牙切齿，一如从前。极端的愤怒让高老师脸已经变了形，高老师，我亲爱的高老师，女人的容颜比什么都重要，亏你一次次被大黄领了去做各种实验，这一下几个半天的脸上实验又白费了，真是惋惜。气大伤身，火大伤肝，你还要继续传道授业解惑，还要在这个学校一年接一年地培养祖国的花朵，不能做一个未老先衰的园丁，高老师，我请求你不要生气，不要愤怒得脸变形，气变粗。

　　水滴石穿，木质办公桌左下角经过高老师瘦长的手指长期敲打已经明显凹了下去，这种持之以恒的变化过程绝大部分时间我是目击者。再这样下去我担心会摧毁性地形成一个洞。不再和以前一样，高老师每敲打一下，我的心就会颤动一下。

　　这一次，我的心坚如磐石，我知道自己做了什么，为什么这么做，只是我不说，我不想说。我能做的，男人千年不变的智慧，沉默，沉默是金、是银、是铁、是钢，是最好的防守和反击，是无往而不胜的利器。沉默让我变成一块石头，外表冷却无语，内心炙热奔腾。高老师的指责、教诲是沸腾的水，我曹一凡的沉默则是沸水中一块明亮的石头，硬而不臭。

　　高老师显然是无计可施了，对于一块明亮的石头，语言的力量微乎其微。欧阳琼丹一颠一颠地回家了，几滴虚伪的眼泪还没有擦干净。苹果脸没有来得及变成烧饼脸，但是写满了胜利。

　　顺理成章，一个电话，大黄来了。两个女人已经是老朋友了，姐妹一样同仇敌忾。大黄很忙，但会抽时间把高老师请进粉红色的小车直奔那家美容院，两个女人在美容院一待就是半天，出来后双胞胎姐妹一样春色满园，春色满园中高老师会说曹一凡很聪明，男孩子嘛，调皮点是正常的。大黄回到家故作轻描淡写对我说高老师夸你聪明，脸上按捺不住的自豪和喜悦。呵，高老师说我聪明我就聪明了，应该是我曹一凡原本聪明，女人真禁不住事情，高老师一句很平常的话就喜形于色。

　　在做美容上大黄可谓高老师的导师，大黄和老马说起过，大黄第一次把高老师领进美容院高老师吓得腿都不敢迈进去，那是全市最高档的美容院，大黄是VIP，轻车熟路，尊贵非凡。大黄很亲热地把高老师领进富丽堂皇的大厅。大黄对高老师说女人要舍得在自己身上花钱，特别是脸，脸是女人对外通道的首要标志，一张青春靓丽的脸对于女人来说就是自信和成功，其次是身材，无论多少岁，哪怕老掉牙，身材不能走形。大黄还说看见脸蛋好身材不好的女人替她们感到可惜，就好比一朵鲜艳的花长在一棵歪脖子树上。高老师被大黄说得心悦诚服，头如捣蒜，在大黄的带领下一同花大把的时间在脸上做各种实验。现在，两个一同花大把时间做实验的脸凑得很近，一张脸苦水一般倾倒事情的来龙去脉，另一张脸诚惶诚恐、虚心聆听，最后合谋由大黄带我回家继续审问。

大黄的耐心远远抵不上高老师，刚出校门，她就靠边停车，目露凶光。"审讯室"由高老师办公室改为大黄的粉红色小车。窗外已经暮色霭霭，同学们早已经回家。大黄把我当成了她的下属，或者"死猪"一样的大曹，排山倒海地发问：你为什么打女同学，我容易吗，这么忙，为你的将来拼死拼活，你说，为什么打人家，为什么，还有你那个不成器的老子，说他几句还拽起来了，有什么了不起。豹子的语言吞吐能力我已经屡见不鲜，机关枪一样的喷发我常有领教。今天这个架势看样子审讯不出结果她不会善罢甘休，不会轻易地把粉红色小车开回家，其张扬的形体和咄咄逼人的语言显示出她志在必得。

"欧阳琼丹说你们离婚了，她——撒——谎，撒谎的人必须得到惩罚。"我大声地对着大黄。我确信我没有眼泪在眼眶打转，大黄似乎愣住了，扬起的手臂在小车的上方定格，没有落下，最终收了回去，大黄眼睛红了，像一个泄了气的皮球瘫软下来。"我不想说，一直不想说。"推开车门我一路狂奔，大黄和大黄的粉红色小车在身后越来越远。

本文为毕飞宇工作室第2期小说沙龙讨论作品的修改稿，

首发于《雨花》杂志2015年第10期。

第3期：在微茫的街灯下

庞余亮： 毕飞宇工作室小说沙龙活动已是第3期了，活动影响也越来越大。目前有好几个作协先后学习和借鉴了我们的这种模式进行小说研讨，这是小说沙龙的另外一个收获。上次小说沙龙结束的时候说会给大家带来惊喜。今天的惊喜之一就是著名作家、省作协副主席储福金先生的到来，与此同时，还有第二个惊喜，沙龙迎来了慕名而来的无锡朋友，第三个惊喜是泰州青年小说创作方面走在前面的周新天和何雨生的出席，当然还有三次小说沙龙活动都没有缺席过的李风宇老师和毕飞宇老师。李风宇老师还特地为第1期的小说沙龙活动写了一篇文章《接地气的福扣》，又名《微茫的街灯引领》。文学其实就是街灯，现在我们围绕这盏微茫而坚定的灯光，开始小说沙龙的第三次研讨。

这次研讨的题目是《邮差与艳红》，我选择这篇小说是因为这篇小说里面存在着我们兴化小说创作者的另一种缺点。初看这个小说的时候，第一印象特别好，超过了前面两期沙龙讨论过的小说，接着我发现了它的弱点，这弱点在我身上也或多或少地存在着。

周新天： 这篇小说还是比较成熟的，它有典型的环境、典型的人物。它的不足我觉得有以下几个方面：首先题目不准确，艳红与邮差并不能包容整篇小说，其实小说讲了艳红与邮差以及小鞋匠之间的感情纠葛，还有艳红与邮差老婆之间的较量，而且邮差在小说里面并不十分出彩。如果我写的话，题目我就会直接写《艳红》或者《八字桥镇的艳红》；第二点我觉得小说的现代性和传统性不能兼容，比如"李卫军分拣邮件就像吃饭，拿起筷子，张开嘴，一划拉，米饭就跟牙齿激烈斗争了。这是一边倒的战争，没有难度，水到渠成，一点技术含量都没有"。这种语言是标准的现代语言，这种写法比较独特，本来不该算作毛病，但是后面邮差未婚妻对艳红说："你不要再找他了，不要脸的事情做多了，你就没脸了。记住，你已经没脸了。"这样的语言让我想起了《红楼梦》《边城》，配着八字桥镇的环境倒是挺好。但是文章中有很多现代性的语言，让我觉得不相容，这样的文字会冲淡艳红带给读者的鲜活形象以及水乡古镇带给读者的画面感。如果是我写，我会花几百字写八字桥镇的地理环境，用那样闭塞的环境描写来凸显邮差的地位。

高翔：我是觉得小说名字其实挺好的，它表现了一种张力。结尾艳红生了个儿子但还是很失落，我们可以发现，小说当中的有些人物虽然不在场，但你是能感受到他在场的那种力量的。小说后半段的主角是艳红，前半段邮差出场，这样的题目反而可以让读者拥有很大的想象空间，作者为什么取这样的名字。但是我觉得按照这样的题目来写的话，小说后半段的张力还不够明显。小说传统现实的语言和现代主义的语言都运用在文本中，会显得有些混杂。我不认为同一个文本就不能兼容这两种语言，但是我们应该把它打磨得更地道一些，短篇小说每一个字都应该把它打磨得光滑、经典、精确。小说中的语言还有逐字推敲的余地，比如"李卫军分拣邮件就像吃饭，拿起筷子，张开嘴，一划拉，米饭就跟牙齿激烈斗争了。这是一边倒的战争，没有难度，水到渠成，一点技术含量都没有"。一个没有难度、没有技术含量、一边倒的战争怎么能说是激烈呢？还有，一些现实主义的有些琐碎的语言是否让它更有意味一些？就如前面的环境描写是不是能和主人公产生某种联系。另外，如何把现代的语言和现实的语言结合起来？小说里面的两种语言太近了会有点出戏，就如本来含情脉脉的语言忽然来了很戏谑的语言，我们就会觉得不搭。

庞余亮： 这篇小说开头很不好，可以有多种方式，唯独不可以这样开头，小说很多出彩的地方被作者忽视掉了，不出彩的地方反而被作者反复在写。比如小说就应该从艳红的鞋子开始，白色的塑料凉鞋，中间是红色的皮鞋，到最后生了孩子之后的鞋子又有变化，有一条这样的线就会相当好了。小说中还有很多毛病，比如一开始说邮包很轻，后来又说李卫军在拖邮包，甚至邮包的颜色后来也变掉了。这说明作者写作时是非常粗心的。

易康： 我觉得小说的故事没有讲出来，人物也没有立起来。就感觉一个人在巷口徘徊，我们期待他走过来说些什么时，他却走开了，然后走到另一个巷口，又走开，如此循环。另外他冗杂的描述冲淡了故事，特别是后半段，我觉得小说的很多部分是可以删去的，前面六段可以打散了渗入到小说的其他部分，舅舅这个人物就完全可以把他删掉。写小说就像陈列一个货架，在货架里我们可以塞一些自己喜欢的东西，但是首先要把架子给搭好。如果我写，我会在"艳红从水泥板上跳了下来，一只手拦住李卫军，一只手死劲地摁着车铃，'当当'的铃声快速地响了起来"这里开头。小说还有个问题就是叙述的顺序，我觉得可以按照时间的顺序分成三个板块：第一个艳红与邮差修成正果的过程，第二个详写李卫军的婚事略写艳红的婚事，第三个就是艳红与邮差妻子的暗斗。但是最后我觉得邮差还是需要出现一下的。另一种方法就是围绕售报亭来写故事，从一两个女人的对峙开始，把之前的故事穿插在其中，最后以邮差妻子的退出结束。我想说一些关于阅读与写作的关系，毕先生说"写作是阅读的儿子"，我觉得我们都应该处理好父亲与儿子之间的关系，不光要进入名著还要从名著中出来。

庞余亮： 我倒觉得舅舅这个人物不可以删，艳红其实并不是游离于两个男人之间而是三个男人之间，包括舅舅。这里面应该是有故事的，艳红在舅舅那里是有话语权的，如果把这个处理好，应该会是一个有深度的好小说。

沈光宇： 我觉得小说的背景有点乱，前面绿色的自行车、李卫军这个名字等是带有很浓郁的时代色彩的，后面艳红穿红色的鞋子抹鲜艳的口红又是改革开放初期的事情。背景的跨度太大，由此带来，艳红为什么就和邮差干柴烈火，后面为什么就破罐子破摔嫁了个鞋匠。邮差与艳红之间的故事应该具有合理性，比如可以说艳红和在北京当兵的铁道兵有书信往来，通过邮差传递，后来铁道兵落户北京了，就抛弃她了。后来邮差不要她了，她就想着能够到小城镇上，就嫁给了鞋匠，这样就有合理的理由。

刘春龙：刚刚说到舅舅这个人物的问题，我觉得还是应该删去的。校长40岁没有找对象，性格或者说人格肯定是有问题的。另外一个小学的校长去和小鞋匠说亲，他的身份还是可以的，而小鞋匠地位是很低的，这个性格的转变有点不真实。另外依着艳红泼辣的性格，完全不需要舅舅去说亲，可以自己直接跟小鞋匠说要嫁给他。看这篇小说的感觉，一开始的确有点意思，心里有些期待，越到后面越替作者觉得惋惜，觉得一个好的故事他没有写好。从一些细节上看这个故事可能是个真实的故事，但故事和小说是有区别的。故事推进的合理性，人物塑造的真实性，谋篇布局的技巧性可能都需要努力一下。

庞余亮：其实我觉得作者打造他心目中的小镇，各个时代的特征杂糅在一起其实也是可以的，最大的问题是逻辑性的缺失，邮差、艳红、鞋匠的内心都是有问题的。刚刚易康老师讲到的在巷口徘徊的问题，我觉得小说中很多地方是可以出戏的，可惜都没有出戏。比如一开始邮差与艳红一次次见面最后滚在了一起，没有展开；第二个胖女人来找艳红的时候没有展开；第三个胖女人和邮差举行婚礼的时候没有展开；第四个艳红不死心要嫁给鞋匠，这个心理过程是逻辑性的推动，也应该展开；第五个艳红从鞋匠那把鞋子取走的时候应该是有戏的，可以留下一个铺垫；还有结婚时的那双红皮鞋是个非常出戏的地方，也忽略了。另外我还是觉得舅舅这个人物应该保留，因为这样才有迂回，不然整个故事太平庸了，没有延展性。小说的最后李卫军、艳红等所有人物都还在镇上，那就还有发生其他故事的可能性，小说要保持这个可能性，才有味道。

何雨生：如果我写，我会在舅舅这个人物上多一些笔墨，写他们三个男人与艳红的故事，因为舅舅是个光棍，可能对自己的外甥女也产生了一些好感，这个好感又让舅舅感到后怕，可能这样故事会更有意思。

董景云：我觉得题目可以就直接用"艳红"两个字，如果我开头也是从第七段开头。我觉得小说里的几个人物都很不负责，邮差不负责，自己有未婚妻还和艳红在一起；舅舅不负责，怎么就舍得把自己那么漂亮的外甥女嫁给一个残疾人？艳红对自己也不负责，怎么就破罐子破摔了呢？另外几个人物也太冷静了，邮差冷静，艳红那么美，勾引了他几次才动心；胖女人面对未婚夫被抢走后的表现太冷静；艳红明明追到自己的心上人，最后她又退让了，也太冷静，这些应该有东西的地方都没有展开。还有艳红和邮差第一次滚在一起应该展开，应该有动作和心理的描写。情节的推动需要一股力量，要炫势。比如说艳红在将请帖给李卫军的时候应该有一段描写，如何邀请的，最后李卫军没有来，艳红的心理活动都应该有一些笔墨。

高翔：这个地方作者用了一个词"干柴烈火"，这个词语太俗气，包括形容鞋匠的漂亮，还说鞋子洋气得不行，这些词语都不应该出现。

庞余亮：这就说明小说的作者很懒惰，小说里面千万不能随意，一篇小说1万字，你随意一个词，就最起码减掉5分。

毕飞宇：我同意刚才的这个观点，小说写得不太负责任。小说的情节其实特别简单，就是写两个女人的斗法，她们为什么斗法，好多人提出了质疑。胖女人和李卫军结婚的时候，文章中写道："李卫军和姑娘结婚，艳红并没有那么伤心，她清楚自己的劣势，也清楚对方的优势。艳红伤心的是李卫军的转变太迅速太彻底了。"从这里我们就可以看出艳红未来拧巴和纠结的那个点不应该在胖女人身上，而应该是在李卫军的身上。这是一个点。第二点她为什么要嫁给鞋匠，我们沿着刚才说的李卫军结婚时艳红的心理状态，其实作者已经为艳红嫁给鞋匠铺垫了一个逻辑了。但是因为他不负责任，他铺好的路他没走，却走了其他的路。这个地方小说已经到门口了，他没有进去。小说中最不合理的地方，其实我们可以把它处理得非常合理，不仅合理，而且可以非常精彩。比方说，艳红心里想："老娘我这辈子不要了，你不是和我做过爱吗？你不是跟我做爱的时候对我的身体显示出无限的热情吗？好，我糟践它。"这样这个地方就会变得非常漂亮，人性的深度也就往下走了，但是作者都不要了。所以我非常同意你的说法，不负责任。第三点，我特别奇怪，艳红已经通过舅舅的说媒嫁给了鞋匠，但是整篇小说里看不到半点艳红对于鞋匠的感受——好或不好，什么都没有。如果她就是为了恶心李卫军，她嫁给了一个一无是处唯独有一张漂亮脸蛋的鞋匠，小孩生出来不管男女，有了一张漂亮的脸蛋。当艳红向别人炫耀自己的孩子非常漂亮的时候，又一个非常有意思的点出现了：这个孩子的漂亮让这个母亲感到非常自豪，可是这个小孩的脸像谁，又让她非常恶心。所以本来不合理的东西其实完全是可以往下走的，问题是你怎么做。我记得之前就说过，小说中不存在合理不合理，所有的合理要靠作家去赋予。作家在写作的时候一定要写得慢，你写过的句子，留的每一个点，脑子里都要记住，然后小说的人物、性格、情节往下推的时候，它跟前面都是有关系的，这叫才华，这还叫责任心。你一边写一边忘，本来写的艳红是对男人不满意，写到最后跑到女人那去了，跟男人都没关系了，这太拧巴了。

顾开华：我觉得小说里面的心理描写太少，小说能否打动人，不是作者写出来，而是让读者读出来的。

毕飞宇：任何一个小说最重要的首先是成立，现代主义小说理念要成立，古典主义或写实主义小说故事要成立，还有一种所谓的风味小说语言要成立。这个小说的语言确实不错，但是他把故事弄成这样，还不如不要这个语言呢。在这个小说里，语言妨碍了故事。就如一个种地的大爷，到了70岁满嘴没有一颗牙，背是驼的，身高只有一米六，你一定要给他一件燕尾服，还不如不给。因为故事不成立，所以语言也不成立，他的语言相对这个小说来讲好得不配套了。鞋匠为什么有女人喜欢他？我们换个思维，就因他一个特殊的职业，每天身边围着一群女人，他成了一个女人心理大全，他说话能够搔到女人心里痒痒的这样一个男人。其实这个小说中一些零碎的点特别好，比如艳红去按自行车的铃铛。艳红未必爱这个鞋匠，但这个鞋匠就是能打动她。比如一个点，艳红拿鞋过来，鞋匠斜着眼睛看了艳红的脚，转身拿了个鞋楦子往鞋子里一钉。艳红说你把我的鞋弄大了，鞋匠说，鞋子要大一点，你看你大拇脚趾那都磨出个老茧了，多难看啊。他一定要搔到女人的痒处，小说就合理了。没有天然的合理性，合理性一定是作家赋予的。李卫军和别的女人结婚了，她去小鞋匠那挑逗他，每一次挑逗小鞋匠都能应对自如。艳红心想，这个男人不错啊，甚至还没有来得及问自己是不是喜欢她，事情已经办了，而小说里艳红和小鞋匠的关系并没有出现。小说最重要的两点一个是人物，一个是关系，某种意义上讲关系比人物更重要。

董景云：我觉得艳红在与小鞋匠结婚的那天，没有等到李卫军很失望，然后和小鞋匠在新房里应该有一段描写。

王锐：我写小说经常会到达一个点就展不开，不是不想负责任，而是没有这个能力负责任。

毕飞宇：我写小说的一个体会，这个小说9000字，顺利的话，我两天就可以写完，不顺利的话，可能要写一年，比如《家事》《相爱的日子》。如果到了某个点，走不过去，怎么办，四个字"设身处地"，你就把自己想象成其中的一方，你跟他过日子，你一定能找到，问题是你是否舍得这个时间。不是能力不够，而是耐心不够。

高翔：我觉得小说的结尾到"可是她却高兴不起来"就已经很饱满了，

后面的不需要。作者用了中篇小说的手法写了一个短篇小说，很多叙述有些累赘了。短篇小说中，一个字的多余都会影响到其他东西的交代。一个不成熟的小说，越是有更多合理性的处理方法。

庞余亮：小说沙龙的目的是慢慢在欠缺的体系中完善起来，要建立起自己的知识构架和小说构架。我们汲取每一个发言中精彩的部分来弥补我们小说写作中的弱点。

毕飞宇：我觉得舅舅是可有可无的，但是如果有，应该是来拆台的，这样艳红还能做出很多戏来。比如舅舅说，你看他又不行。艳红回他，你怎么知道他不行啊。一句话能把他噎死。我们写小说的时候还要注意语言的速度，一个字都不能多，利索、麻利。

李风宇：小说沙龙的活动为我们的选稿用稿也提供了很多借鉴。现在我们的读者俱乐部有40多家，这一次我将讨论稿发给俱乐部，大家都进行了探讨。小说的语言很好，情节设置上有很多值得商榷的地方，"是一篇有韵味的短篇小说，其韵味充分体现在小说的语言和故事结尾上，作者更善于做情景细节的铺陈与刻画，但细节超过了情节，感觉比例失调，有些拖沓，柔性足，刚性少，有些情节韵味不足，趣味不够，不够饱满"。

储福金：我参加过很多次作品研讨会，大多数都是讲好话，而今天听到的都是提的意见和建议，这样的模式很有意思，也很有意义。其实每个人的作品都有长处短处，我们提出这些短处能够便于作者修改。意见多了，作者也可能会无所适从。有的意见是可以修改的，有的变动了他的构思就不太好办。创作的功力是需要耐心与磨炼的，功力还不仅仅是写作方面的，还有可能是对生活的感受程度没有达到，没有生活，就没有办法很生动地把它表现出来。才华很重要，生活也很重要。功力还包括想象的能力。写诗歌的时候要有诗眼，写小说的时候同样要有这样的点。有了这个点，就要花功夫，花耐心。说到合理性，其实生活中的真实性和艺术中的真实性不是一回事，小说是自己造了一个天地，只要在自己造的艺术天地里合理就行了。好的作品中要有形而上的东西，文本的背后要有一些东西，不一定就是哲学的，也可以是情感的丰富性、人物的深刻性。文章的结尾大家都说不错，就是因为这样的结尾背后有一点形而上的东西，但是这样的结尾应该要与整个文本的结构结合起来，让这点味道显得更浓郁一些。

庞余亮：小说重要的两个方面，一是能否射到靶心，第二个就是箭射出去能不能虚空。这两个方面其实对于很多人来讲是很难达到的，但是我们既然爱上了文学爱上了写作，我们就向这个目标走。每个人写作的嗓音是不可能变的，但是尽量把它修得完善一点，把自己的气息调整得更均匀一些，怎样把自己的力量送到自己的嗓音，这个是非常重要的。最近的《文学报》采访张承志，有一句话非常好，"紧握手中的笔"，希望我们作者手中的笔握得更紧，写得更有力。

本文为毕飞宇工作室第3期小说沙龙实录，由郭亚群整理，

首发于《雨花》杂志2015年第12期。

艳红 /汪夕禄

　　邮递员李耳冲进村口小卖部的时候，已经很狼狈了。突然而至的暴雨，搞得他全身都湿透了，身上的雨水，顺着衬衫不停地往下滴落，干净的地面很快湿了一小片。气氛有点尴尬。李耳觉得自己应该做点什么。他从上衣口袋里掏出一元钱，冲着愣在柜台里面的女主人艳红抱歉地笑笑。他要买几颗薄荷糖。艳红从木柜台上面的玻璃罐子里数出五颗包着彩衣的薄荷糖。李耳的手修长而白皙，这和村里所有男人的手都不一样。李耳摊开的手掌上有些水渍，五颗彩色的薄荷糖挤在他的掌心，就像五颗星星聚拢在天空的一角。李耳把其中的一颗放到嘴里，清新和甜蜜让他从淋雨的狼狈中恢复了过来。

　　擦擦吧，都是水。艳红拿了一条深绿色的毛巾给李耳。

　　毛巾很香。李耳狠狠地吸了几口。

　　那天的雨下得有点怪，没有风，雨柱直直地砸了下来。

　　他们的对话从雨开始。

　　"好大的雨。"李耳说。

　　"是啊，还没见过这么大的。这么大的雨，一个买东西的人都没有。"艳红说。

　　"小卖部就你一个人吗？"李耳问。

　　"爸妈早不在了，我就是小卖部的主人。"艳红回答。

　　两人的一问一答，舒缓了初次相识的紧张感，对话也不再局限于天气。

　　艳红和村里人不一样，她喜欢读书。长时间看书，眼睛都近视了。看人要眯着眼睛。艳红眯着眼睛本来是想看清楚，但村里人却理解为卖弄，说她眯眼是为了让男人们看她的时候想入非非。艳红长得漂亮，漂亮的人总要引人嫉妒。艳红在村里就显得很孤独。

李耳也说了自己的苦恼。李耳的直接领导平桥镇邮政所所长，一直想把大女儿嫁给她。大女儿三十二了，长得不好看，身材也不好，有点胖。李耳是邮政所的临时工，转正只在所长的一句话。所以，李耳只好先和她交往着。

艳红便替李耳分析，无论如何转正是最大的事。至于胖姑娘，可以先谈着，只要不结婚，一切都可以谈。

那天，艳红和李耳都很兴奋，他和她都没有遇到过可以这样谈得来的对象。他们坐在小卖部的长椅上喁喁低语，觉得有说不完的话，看上去像一对熟识已久的同谋。

艳红就这样成了李耳最好的朋友。艳红替李耳想各种办法既让胖姑娘死心，同时又不得罪所长。艳红的方法五花八门。比如让李耳和胖姑娘约会时不停放屁或者打嗝。假如李耳握了胖姑娘的手，要立刻当她的面把手使劲搓洗。这样，胖姑娘可能会主动提出分手。

李耳知道艳红喜欢看书，便经常带一些杂志给她，和她一起谈里面的文章。他甚至写了一篇散文，托了一位同学，发表在县报上。散文写自己被雨所阻，遇到一位女性谈得如何投机的事。当然，他没有提真实姓名，不过他看出艳红看他的目光有了别的内容。这内容其实是李耳一直想要又害怕的，很危险，是星星之火。他希望艳红爱上自己，又害怕艳红爱上自己。如果不是胖姑娘可以为他带来转正名额，他和艳红的事就成了。现在他到了一个关口，是选择艳红，还是选择工作，这是再现实不过的问题了。李耳决定先躲躲艳红。

但是李耳躲不开。当他成功绕开小卖部时，艳红正远远地站在巷头的水泥板上，盯着他，抿着嘴，像要找人吵架的样子。她今天涂了口红，村里还没有哪个女孩子敢涂口红出去见人的。口红在平桥镇的乡村还处于遮遮掩掩的阶段。女孩子们都爱它。她们躲在家里，把门关上，对着镜子，心里揣了好几只小兔子。她们笨拙地将口红涂到嘴唇上。镜子里的女孩，忽然就变了样。红色的嘴唇一张一翕，全是不可告人的秘密。女孩将嘴撅起来，一个叫渴望的词语马不停蹄地从她的内心奔了过来。那渴望可不得了，甚至有点下流了。即使这样，她们打开门出去的时候，嘴唇往往已经恢复了原状。当然，这原状是事物发展之后的还原，高了一个层次，红还是红，只是红得安全，是蜻蜓点水，更是碧波荡漾。

艳红的与众不同表现在对口红的态度上。镜子里的艳红是什么样子，镜子外的艳红就是什么样子。艳红从水泥板上跳了下来，一只手拦住李耳，一只手死劲地摁着车铃，"当当"的铃声快速地响了起来。

李耳只好跟着艳红进了小卖部。门一关上，艳红就死死地抱住了李耳。几天不见，艳红瘦了，憔悴了。他们坐到了艳红的床上。李耳想开口说点什么，艳红的嘴就贴了上来。李耳感到一阵眩晕，艳红流下了眼泪。这眼泪有幸福，也有对自己的失望。

事情很快就暴露了。谁能阻挡住热恋中的年轻男女呢？突然品尝到的幸福让这两个人完全违背了常规。常规以外，不管这幸福多么地虚无，缺乏基础，他们只活在自己的世界里。两人的见面开始增加了挑逗的成分，或者说是挑衅。应该说这挑衅完全是原始的，自发的，他们就像村巷里的两只公鸡。母鸡已经不能形容艳红了，必须是公鸡，毛都炸开来了，老远就能闻到他们身上的气味。村里人的鼻子灵得很，没有他们嗅不出的气味。

这种气味很快传到了胖姑娘和她父亲那里。鉴于李耳的邮政所临时职员的身份，爱情问题很快上升为生计问题。

胖姑娘来找了艳红。艳红面对姑娘，采取了退让的态度。这个态度，表明两层意思，首先我艳红是大度的，我并不怕你，我也敢同你争。另外一层，则有点和解的意思，我都退让了，你还要干什么？

出乎艳红的意料，李耳的未婚妻是个通情达理的姑娘。她没有哭天抹泪，也没有和艳红厮打在一起。她很冷静，盯着艳红足足看了三分钟，目光复杂，有一点受伤，有一点愤怒，还有一点失望。这一点一点一点，都是浅浅的，但是三个一点加起来，就不得了，就有了气势，就让人无地自容了。

"你就叫艳红？——你别说话，你听我——说。"姑娘终于开口了，声音好像是从胸腔里传出来的。

"你不要再找他了！丢人的事情做多了，你就没脸了。记住，你已经没有脸了！"

不久，姑娘和李耳举行了婚礼。艳红不是没有思想准备。她总觉得那还是遥远的事情，自己总还有机会。可是，事情来得太突然，就让人措手不及了。

平桥镇的雨季很长。一段冗长的日子里，雨声成了镇子的主要节奏，街巷里湿漉漉，人们走路时开始打滑。雨滴滴答答地把人们的耐心都下没了，空气中弥漫着水乡地区特有的霉味。开始有老人在自己的老屋里死去，年轻人更多的时候喜欢待在床上，外面的雨脚阻挡了他们出门的意愿。艳红的舅舅马红年校长住在平桥镇小学的教师宿舍里。学校离邮局很近，一前一后，中间隔了一条湿漉漉的宽马路，马路坑坑洼洼，稍不留神就会陷进泥淖中。常有不知何处来的土狗在泥塘里打滚沾了一身泥浆，又颠颠地跑到别处去了。去看舅舅的艳红跳着脚穿过马路。老师们的宿舍看上去都一样。艳红来的时候，舅舅正坐在天井的石凳上看古书。雨顺着屋檐滴到他的脚边，打湿了他的裤脚。

艳红经常到镇上帮舅舅清洁卫生。四十岁的舅舅住在单身宿舍里，没有成家，不做家务。艳红三下五除二做好家务，没有和舅舅打招呼就走了。她有点别扭，心里憋着一股气，总觉得该把气撒一撒。她不能怪舅舅，也不想怪那个人，她只能怪自己。

走到大街上，她忽然想起来，自己的鞋还在鞋匠那。她转而向鞋匠的鞋摊走去。

鞋匠的摊位设在平桥镇唯一的报刊亭旁边，那里是镇子的中心，人来人往。鞋匠的摊位不大，刚好可以放下两张方桌，挨挨挤挤地摆满了修鞋所必需的物品和工具，一台老式手动缝纫机，切刀、锥子、磨石、剪刀、铁锤等，在一个大木箱里还放了不少小钉子、碎皮子、前后铁掌、鞋油、胶水、废旧自行车胎皮。

鞋匠看上去很年轻，最起码作为鞋匠显得过于年轻了。而且他是个漂亮的鞋匠。这就使他的鞋摊一下子有了光辉，就有女人不停地把家里的破鞋拎到鞋匠的摊子上。女人们表现得很不刻意，一只手拎着鞋，一只手抓着一把瓜子，仿佛她们就是为了到小鞋匠这嗑嗑瓜子。

鞋匠接过鞋子，先看鞋底，再看鞋面，然后看鞋里，在手上转了一圈，再转一圈，一招一式都是老师傅的样子。鞋匠低下头修理，女人就坐在一边等。其实，她们完全可以走开，做自己的事情，逛逛街，或者理理发，到时候再过来拿。但是，她们不，她们喜欢看鞋匠。这么漂亮的鞋匠，不多见呢！

其实鞋匠是有缺陷的。他的身高只有一米四多一点，上半身看起来是个正常人的样子，下半身则不，很短，从腰以下，忽然就换了一种长法。短短的腿撑着大大的身子，鞋匠走起路就显出了吃力的样子。女人们知道他的缺陷，既深爱着他的眉目，又心疼了他的不幸。他的缺陷给了女人们一份安全的感觉。这缺陷对男人可能是致命的，对于女人们却是福利，她们可以放心大胆地爱着他。谁会对她们爱上一个"小男孩"说三道四呢？她们想，一个小镇有自己的鞋匠，是件幸福的事情。

艳红认识鞋匠已经好多年了。她的身世其实挺可怜。父母去世的时候，她才十五岁，还是个可怜的小姑娘。舅舅想把她接到镇上和自己住。小艳红不愿意，她不想搬出父母的屋子，她要住在村里。她能照顾自己。舅舅尊重她的意愿，便帮她在村口开了一家小卖部。艳红还是个小姑娘的时候，到镇上看舅舅的时候，总要买本杂志坐到鞋匠的摊位上看。无聊的时候，她就看鞋匠修鞋。她水一样的黑眼睛盯着鞋匠灵巧的双手。那时候，艳红刚刚失去了父母，鞋匠也是孤儿。两人之间就有了同情，慢慢地聊一些话题。鞋匠话少，大多听艳红说。艳红给鞋匠讲村里的事，田里的事和自己小时候的事。他们也会互赠一些礼物，艳红从田里摘一篮瓜果给鞋匠。鞋匠要给钱，艳红不要。后来，鞋匠送了一双凉鞋给艳红。艳红穿到脚上，却明显大了。几年之后，艳红终于可以穿上那双白色的凉鞋，两人的关系却疏远了。

这次来看看舅舅，她顺便把凉鞋也带了过来。鞋穿太久了，几个地方裂出了口子，底子也几乎磨平了。艳红把鞋交给鞋匠。鞋匠沉默地接了过来，他们有一种信任在里面，是一种很平静的信任。

艳红取鞋的时候，下了半天的雨已经停了。鞋匠将她的白塑料凉鞋整齐地放在凳子上，焕然一新的样子。艳红觉得自己的脚很漂亮，特别是五个脚趾。她喜欢用脚说话，五个伸出鞋外的雪白的脚趾，像五个会说话的小人。她坐下来，将修好的凉鞋套到脚上，脚趾头便开始说话，从老大说到老五，再从老五说到老大。说着说着，艳红心里的气闷便消失了。她站起身，轻轻地跺了跺脚，原先硌脚的地方已经变得光滑了，那是一处不易觉察的地方，正好抵着艳红的脚踝，走路时间长了，就会非常折磨人。艳红感受到了暖意，感激地向鞋匠看去，鞋匠黑亮的眸子潮湿晶亮。艳红从中看到了异样，心里跳得发紧，赶紧离开了鞋匠的摊位。

鞋匠想不到幸福来得如此突然。

刚刚过了梅雨季节，天气开始呈现阳光灿烂的健康面貌，很少光顾鞋摊的小学校长马红年忽然大驾光临。在这之前，校长到报刊亭买了一份《扬子晚报》和一本《人民文学》。他把报纸折好，坐到小木椅上，用《人民文学》敲击着自己的大腿，然后打开《扬子晚报》看新闻。停了许久，校长把目光从报纸的黑色蚂蚁字上移开，开始了目光的旅行。他的目光在巷子的每个店招上停留两到三秒，出去的时候是左边，回来的时候是右边。这使他的目光既重点突出又犹豫不决。最后，他巡视了一周的目光终于下定了决心，以科学研究的态度落到了鞋匠的脸上。

马红年将要说出的话不像他的目光那样硬气，这位在讲台上口若悬河了二十年的老教师忽然变得笨嘴拙舌，他要把外甥女艳红说给鞋匠。这本来不是什么难事，但是马红年心里有疙瘩。他一直认为外甥女可以找到更好的归宿。鞋匠人是不错，手艺又好，可是毕竟矮了点。艳红不知哪里出了问题，竟然和李耳纠缠在一起，而且弄出了那么大的动静。名声是臭了，臭不可闻了。一个年轻的女人，怎么就管不住自己呢？这还是客气的说法，更多秒不可闻的话语，隐藏在乡亲们惋惜的语气当中。他做舅舅的面子也过不去。在村里背上这样的名声，是没办法嫁在本地的，镇上也不行，那种事怎么可能瞒得住呢？他本来已经托同学在邻县为她物色一个合适的，以艳红的长相，应该不是难事。可是艳红有了主意，她要嫁给鞋匠。

"不是我想，是她自己想！"校长说明来意后又补充道。

鞋匠当然知道艳红的事。鞋匠是喜欢艳红的，只是他把喜欢藏了起来。当艳红来玩的时候，他并不去看艳红，甚至故意装作没有看到她。当艳红对着他喊"哎小鞋匠哎小鞋匠"的时候，他才会假装回过神来。这里面有鞋匠深深的自卑在里面，少女艳红虽然是农村的女孩子，但却自有一种活泼，让鞋匠不敢正视。不过，他把喜欢都放在了鞋子里面。有时候是一颗褡裢，有时候是一块修补完整的牛皮。他把艳红的鞋子捧在手上，像捧着一件珍贵的宝物。鞋子算不上干净，长期使用，原来的珍珠白已经泛黄，鞋底也磨得歪踏向一边。鞋匠用锉子把凉鞋的毛边轻轻地锉平,选了一块质量很好的硬皮补到鞋跟上。粘鞋跟的时候,他把鞋子放到围裙上。那围裙正裹着他的短腿。他在心里悄悄地对着鞋子说:艳红,我爱你!

这是很有意思的事了。鞋匠的心里早就有了艳红。换句话说,艳红早已经带着一双凉鞋住进了鞋匠的心里。有和住都是不可抗拒的,很霸道,轮不到鞋匠说话。

当然,这些在校长提出将艳红嫁给鞋匠之前,都是秘密。鞋匠很善于掩藏秘密。他英俊的脸蛋时常泛起红晕,可是,手从来不闲着。那些修修补补、粘粘贴贴掩护了他。所以,无论在谁看来,他都是一个勤劳的心无旁骛的鞋匠。

不过,立秋之后,校长来到鞋匠的鞋摊,看着报纸,顾左右而言他,并最终将来意说明之后,鞋匠还是吃了一惊的。他感觉自己的秘密被人家看破了,他在校长跟前一丝不挂了。他以为校长在开他的玩笑。艳红,鞋匠,这有可能吗?还有更深层次的疑问,他怎么就入了艳红的眼。校长强调过,是她想,不是他想。聪明的鞋匠知道这件事是有争议的。正是这争议,让他觉得一切又都对了。这本来不是一件合情合理的事,有争议就对了。他知道艳红的事情。他甚至知道一些细节。这些细节从坐在鞋摊旁的女人们口里一个字一个字地跑出来,她们给这些字加了色彩,添了些油,又加了一些醋。这些话语变成了彩色的。鞋匠用自己的耳朵将那些彩色的字还原成本来的颜色,对艳红就有了同情,有时候甚至产生了恨铁不成钢的看法。他和艳红的关系,就变得复杂起来。复杂的一方主要在他,艳红是无辜的。

鞋匠和艳红在腊月十六举行了仪式。那天很冷。镇子东头刺槐树上的叶子都落光了。天气好得出奇,蓝汪汪的天空,空气透明度很高,艳红穿了一双红色的皮靴。

马红年主持了婚礼。他站在婚礼现场,体现出一个校长的威严,念了一段深情的致辞。有点游离于婚礼的主题。很少的几个亲戚以及朋友都没有认真听，他们在等校长把话讲完，然后宣布酒席开始。说实话，他们对婚礼并不感兴趣，一个矮个鞋匠，一个作风不好的女人，他们的组合会产生什么后果，所有人都曾经在心里仔细地想过。他们作为客人出席，看到穿红色皮靴的新娘比平时还要漂亮，可以说风情万种了，就意味深长地笑了。

皮靴是鞋匠做的，在小镇，皮靴还是一个很新鲜的事物。鞋匠也是照着书里面的样子做的。他是个天才的鞋匠，做出来的鞋洋气得不行。艳红把两只鞋提在手上，低下头狠狠地亲了一下鞋匠。

穿上皮靴的艳红有了另外一种风味的漂亮。女人们不再议论她的风流韵事，而是将目光一致转向了她的皮靴。女人们在漂亮事物跟前，就是容易忘事。在艳红皮靴的跟前，她们只剩下羡慕嫉妒恨了。

这双在小镇非常陌生的皮靴，一下子提升了艳红的地位。艳红的脚踩在水泥地面上就有了力量，这力量又反作用于艳红。于是，艳红的身姿就摇摆起来，风摆杨柳的那种。这让她看上去不像一个新娘，而更像一个新妇了。在她的身上看不到一点羞涩。聪明的人们透过现象看到了本质。一些人就开始窃窃私语，主题又回到了意味深长的层次。

总体来说，艳红的婚礼很顺利，尽管当艳红与鞋匠喝交杯酒时，有人不怀好意地拿来了一张高凳子，致使两人身高的差距被人为地放大了。艳红没理那茬，一把抱起小鞋匠，两人嘴对嘴喝完了一杯白酒。酒有些冲，加上艳红喝猛了，呛出了不少眼泪。艳红专门邀请了李耳，她希望他能来，那样，她可以把婚礼进行得幸福些。可惜，李耳始终没有出现。艳红伸出去的目光无着无落，一股悲凉呛上心头。

结了婚的艳红关了村里的小卖部，全面接管了鞋匠的生意。她租下了鞋摊背面的一家小门面。那家门面原来是一个山东人租的，不知道什么原因，租期未到就退了房回了老家。房东的房子很多，也不想声张，很快就谈妥了。艳红将面馆改成了鞋店。鞋匠的摊位没动,与后面的鞋店一起变成了"小鞋匠鞋店"。夫妻俩各有分工,艳红负责卖鞋,鞋匠专管加工和修理。渐渐地,小日子就过出了味道。

鞋匠干活的时候窝在小板凳上,看上去就像一个缩起来的老人。艳红很不满意,特意叫人打了一张高脚板凳,让小鞋匠坐上去。鞋匠坐上去之后,虽然高高在上,脚却悬在了半空,生意也没法做。细心的艳红又让人做了一只木箱,紧贴在凳子前面,这样,小鞋匠既可以搁脚,又可以把手边不常用的工具收纳进去。鞋匠坐在高脚凳上,视线的水平线比原来高了一个层次,心里就有了豪情,手里的活也干得欢了。有时候,干得累了,抬起头,就有了俯视的感觉。那种感觉很奇妙,是自力更生,更是当家做主,甚至都君临天下了。

当然,鞋匠离君临天下还有十万八千里。不过,幸福感实实在在地显现在他纹路顺畅、肌肉协调的脸上。艳红也高兴,没生意的时候,搬把椅子坐在小鞋匠的身边。两人并排而坐,看上去像土地庙里的公公和婆婆,满脸喜气。

李耳的那个通情达理的胖老婆,隔一段时间就会到报刊亭坐一坐,拿着一本《故事会》翻得哗哗响。

艳红虽然做出目不斜视的样子,余光还是扫到了李耳老婆。女人的肚子腆得很高。毫无疑问,她是来示威的。这样的女人最难对付,表面上不动声色,实则颇有心计,专注于行动,一步一步,绝不放松。很明显,她怀孕了。怀孕成了她的武器。

艳红终于知道自己被那个女人记恨到了什么程度。所有的心平气和只不过是假象。艳红当然不会屈服。艳红喜欢斗,从某种程度上说,她感谢那个女人。如果没有她的挑衅,自己的婚后生活一定会失色不少。

兵来将挡,水来土掩。这个道理艳红懂。关于怀孕,艳红虽然输在了起跑线上，但绝不会气馁，她深刻地懂得勤能补拙的古训。

艳红做事向来立竿见影，不久她的肚子就风风火火地鼓了起来，而且一天一个样，是日新月异的感觉。直到有一天，她的肚子竟然跟"通情达理"旗鼓相当起来。这当然首先得益于鞋匠的努力。同时，家里无处不在的鞋楦也给了艳红破阵杀敌的启示。艳红在肚子上垫了一层棉花。这样的处理让艳红暂时稳住了阵脚。她从容地站在鞋店门口，隆起的肚子像一面骄傲的小鼓。李耳的女人站在报刊亭门口，哗哗地翻着《故事会》，左眼的余光准确地找到了艳红的肚子。隔了片刻，忽然很大声地对报刊亭主人说："走啦，走啦，我们家李耳炖了鸽子汤，说是下奶。都腻了，吃吐了。"说完，挺着肚子，摇摆着走了。

当艳红再不需要借助棉花虚张声势的时候，李耳的女人生了一个女孩。这个消息是报刊亭主人告诉艳红的。报刊亭主人说："李耳跟我关系不错，平时也照应我的生意，本来是要早点把人情出了的，可是人家生的是个丫头，怎么说呢？还是等通知吧！"听到这个消息，艳红的心里忽然就高兴起来。不管如何，在生孩子这件事上，自己最起码可以保持不败。生个女孩，与她打个平手，如果有幸生个儿子，就大获全胜了。

一个明艳艳的晴天，艳红顺利生下一个儿子。看着那个眉目像极了自己的婴儿，艳红的眼泪哗哗地流了下来。哺乳期的艳红成了一个骄傲的母亲，她抱着儿子，坐在鞋店的门口晒着太阳。儿子饿了，闹了起来，艳红稍稍避过身将乳头塞进孩子嘴里，孩子不哭了，小嘴一拱一拱，吧嗒吧嗒地吸着乳汁。她看到以往"通情达理"站的地方，蹲着一个不知从哪里来的流浪汉，正专注地看着一张肮脏的广告纸。

艳红已经很少想到李耳了，有一次，她看到李耳戴着一顶绿色的帽子，骑着绿色的自行车。那车已经过时了，就像李耳的面貌一样，结婚之后，早早现出了中年的疲态，很荒凉的样子。艳红的心里空荡荡的，一种从未有过的孤独感涌上心头。在生孩子这件事上，她取得了完全的胜利，可是她却高兴不起来。相反，她的情绪很低落，有跌入谷底的危险。尽管她相信像"通情达理"这样的女人肯定会卷土重来，可是，她一点也打不起精神了。

本文为毕飞宇工作室第3期小说沙龙讨论作品，

首发于《雨花》杂志2015年第12期。

第4期：越过边界就一定有进步

庞余亮：与前面三篇小说相比，这篇交给小说沙龙讨论的小说赋予了现代小说与先锋小说的特征，这篇小说的可能性相当多，小说的疆域一下子变大了许多。

王聱：第一感觉，在1000字的篇幅内出现了四个人物，人物出场稍微快了点，有点杂乱。两条线，花开两朵，各表一枝，方向也截然相反。我觉得这篇小说最大的缺陷就是有些细节有些失真，部队过河有两个人淹死，同伴们怎么可能不去救呢？在一定的篇幅里出现众多的巧合是不合常理的，情节的真实要靠细节把它撑起来，小说的逻辑要给读者留下想象的空间，要用内在的逻辑支撑小说的可能性。

庞余亮：走路的线路是倒Z形，越走越远，我觉得小说的核心在"回家"，实际上强调的是人的命运，命运的不确定性，那只鸟也是命运的象征。你刚刚讲的其实就是它内在的推动力不够，但是小说作者的那种探索精神是值得肯定的。

周新天：作者的语言也是有一定水准的，但这种冷静的叙述和统一的风格，会带来节奏上的一条线，没有起伏。这就带来一个问题，读者一开始看的时候比较愉悦，但是几万字下去会让人觉得疲累。故事没有高潮，没有典型人物，没有典型场景，这些是先锋小说的一个特征。可是为什么当初那么多的先锋小说作家回到了现实主义小说，我想可能他们也意识到这样写永远不会出现典型人物。

顾开华：这是篇迷人的小说，需要读者付出脑力劳动后才能获得阅读的快感。我认为里面的人物塑造得不是太丰满，特别是"疯子"陆博文。我觉得这个人物很重要。

毕飞宇：我觉得我们讨论时常识不够，现代主义小说的重要往往并不在人物的塑造、形象等方面，如果我们还要用以前的逻辑方式来面对这个作品，是非常困难的。

庞余亮：刚刚说的陆博文，我觉得就是文章当中的一个扣，所以我们可以从这个地方解开，但是解的时候我们可以看到每个结之间应该是光滑的，而作者在设置的时候，很多地方十分生硬。人物中有几对关系：陆博文与沙五爷、沙五爷和任参谋、顾彪与韩虎、五爷与他哥哥，这是一条条的小径，我们把每条路理清了，就能进入这篇小说的花园。我昨天在读这个小说的时候，有个想法，整篇小说也许就是沙五爷自己的想象，沙五爷是一个悲观的人，他已经预料到自己未来的命运了。

王锐：我觉得这个小说是先锋与传统并置在一起的，沙五爷这条线完全可以用传统的方式来解答，小说中有些看似不符合逻辑的地方都是另外一条线上的。小说开头说沙五爷抽了一夜的烟，我觉得沙五爷已经知道了他接到委任状去走的那条路是一条死路。其中，烟嘴是一个心结，沙五爷杀了一个营长，营长还跟他岁数相仿，现在他也成了营长，唯心点说，就是谁叼这个烟嘴，谁就会死。我觉得沙五爷是为了保全顾彪和韩虎的性命，与他们的路是背道而驰的，自己是去赴死的。"南边的那片天有光亮，如同阴沉天宇中的一处漏洞"，这个"一处漏洞"，也许就是隐喻的一条生路。

毕飞宇：我的感觉作者的脑子动过了，想多了。烟嘴、《鬼谷子兵法》、雨点、白鸥，我感觉作者用一到两个就够了。

王锐：如果是我，我可能会省掉这个烟嘴。

庞余亮：小说里面有很多路都可以走，但是都走不通。陆博文是不是装疯卖傻，作者很用心地设置很多结在里面。这个小说其实应该是一个中篇小说的开始，有很多该出彩的地方还没有走下去。

汪夕禄：第一，我觉得把它写成一个中篇，可能会表达得更从容。第二，闲笔太少，太紧凑了，小说中的白鸥、烟嘴等看似是闲笔，其实不闲，都具有象征意义。第三，我觉得作者对陆博文想法是很多的，作者在写这个人物时语言是很老练的，但是作者没有把这个人物背后的东西表现出来。

沈光宇：我认为小说前面都是实的，后面都是虚的，到"蠢货一个"，后面都是沙五爷的想象。

冷玉斌：我觉得对沙五爷这个人物的塑造有一些遗憾，他一步步走向自己命运的终点，作者给了一个氛围，他用一种螺旋结构来写小说，里面有很多弯曲，但弯曲的比例可能不够。沙五爷的死作者用了很多隐喻，两组画面同时在进行，两组画面相互纠缠。小说的气息和声音有点不顺，有点跌跌撞撞。

庞余亮：我觉得这篇小说除了有先锋小说的影子之外还有传统小说的影子。一开始看的时候感觉像《水浒传》，但后来他把传统小说和现代小说嫁接在一起，但嫁接得还不到位。

沈海波：一万字当中有跌宕有悬念，所以觉得容量不够。小说讲的是一个因果轮回的故事，但是很多故事情节没有展开。

顾文梅：这个小说我读起来感觉特别累。比如那个淹死的两个人又回来了，本来是个特别有深意的细节，但是作者处理的时候可能不太到位，沙五爷为什么开枪打死他们，仅仅是因为不吉利？作者在前面做了很多铺垫，但是有些好像并没有起到作用。

庞余亮：文中有一句话："队伍在休憩一会儿之后，最终还是拐弯往北走了。而此刻，顾彪却还待在原地没有动"。一行当中出现两个场景，表明这句话很紧啊。这个作品两条线，两条线之外很多地方是可以删掉的，设置迷宫的时候不要讲得太多，讲多了反而把迷宫的路堵死了。其中有些人物是不需要出现的。

毕飞宇：我们现在急于讨论的一个问题：烟嘴、雨、《鬼谷子兵法》、白鸥，如果我们帮作者去简化，哪几个东西必须要有，哪几个是可以放的。这个问题处理好了，这个小说的篇幅就解决了，结构也就解决了。

庞余亮：我觉得"雨"应该去掉。《鬼谷子兵法》是哥哥留下的，我觉得这本书应该要留的，但是不需要反复出现。我觉得雨不需要，整个小说已经非常潮湿了。我倒是认为小说中不是去的问题，而是要简，意象不需要反复强调。

金倜：我觉得这一次我们讨论得没有前几次情绪饱满，原因是阐释这篇小说比前面的小说难度大。总体感觉撑了一点，满了一点。叙述的速度快了点，应该慢下来，要顺其自然，意象性的东西不停地重复，身上带的东西太多了。

刘春龙：我有一个困惑，沙五爷是真的想去死吗？他是一定要去死，还是想活着？向北走的时候看见地上的车轮印，他犹豫了。另外白鸥的意象出现了10次，尤其是有两次在顾彪、韩虎的路上出现的，太多了。

李风宇：我觉得《鬼谷子兵法》还是留着吧，毕竟哥哥被陆博文打死了，而书又是哥哥留下的，它有特定的含义，要拿掉的话可能不太好。作者在写小说的时候设置了很多东西，在结构上有特殊的追求，人物生命的归宿也有他特定的安排。作者很用心，每个道具都有他的用意。

易康：我最初的想法是表现一种语言的含混，就是"回家"，在汉语里面可以是回到自己的家里，也可以指最后的归宿。可是写着写着就写成了另外一个东西了。关于陆博文这个人物其实我是有根据的，我看过一个回忆录，写廖仲恺先生被刺的案件，里面有个很关键的人物朱卓文，正史都说朱卓文是刺廖的元凶，现在又有说法说不是。我看到一篇文章说他被土匪绑票了，讲他如何从土匪手上脱身的，问他逃跑的原因，他说"无疑廖案要牵连我"。后来他当了钟山县的一个局长，再后来他的队伍走到了陈景堂的村子，他说了一句"我命休矣"，他以为陈景堂是亲廖的。这个案子到现在都有争论，有人认为他并不是元凶。我是把顾彪和韩虎两个人当成一个人来写的，当时我想到的是董超、薛霸，我力图要表现的是一个人内心的冲突。陆博文与五爷是对应的关系，为了在写的时候能让人看进去，我就加了五爷哥哥的事情、官军设套等情节。我的初衷是把陆博文和沙五爷做成一个对应的人物形象，但是可能没有成功。另外招安，沙五爷明明知道自己去了是死，为什么还要去，实际上就是受孙美瑶的事情的影响，沙五爷是有侥幸心理的。

周桐淦：这篇小说很值得回味。作者做了一个很好的套，套中还有套，这个小说结构是很讲究的，但是有些过于讲究了。这个故事还是很吸引人的，语言是有张力的。大家有一些不同的意见只能给作者参考。文无定法，文有常法，你可以用你的小说语言、思维方法、小说结构，但是有些常识性的东西必须要遵守，在这些方面稍微注意点，可以使得小说提高一个档次。这个时代背景究竟在抗日战争时期，还是内战时期呢？如果有一些明显的交代，可能会更有社会意义。另外，在人物的塑造上稍微再荡开一点，可能使得小说更加丰满。陆博文这个人物可以写得更饱满一些。这个故事发生的地点，有点地方特色，我不太主张完全地去地方化。

庞余亮：本次小说沙龙出现了很多沉默的部分，很多空白的部分，作者也在小说中提供了很多空白的部分。沙龙的空白部分、小说的空白部分都需要我们去填满，一旦填满，我们就有了进步，有了空白就遇到了障碍，遇到了边界，越过边界就一定有进步。

本文为毕飞宇工作室第4期小说沙龙实录，由郭亚群整理，

首发于《雨花》杂志2016年第2期。

回家 /易康

　　沙五爷衔着象牙的烟嘴，走到屋外看天。天比早晨还阴，乌云像是肮脏的棉絮，一片片一层层地覆盖在上空，低压在头顶，压得人气闷心慌。远处有一苇塘，苇塘之上白鸥盘旋，它们在天空的映衬下，显现出不可名状的张皇。五爷狠吸一口烟，取下烟嘴啐了泡口水。口水是苦的。从昨夜到现在，五爷一直不停地抽烟。烟嘴管几乎被淤积的烟油给塞满了。

　　烟嘴是五爷一年前从一个被打死的营长身上找到的，营长岁数跟五爷相仿。他的死状五爷总是忘不了：双目暴突，漠然地盯着步步逼近的五爷；被冲锋枪打豁了的嘴巴上呼吸着血沫。五爷现在也成了营长，中校营长。委任状昨晚刚送到，一起捎来的是上司的手谕，命令他率领部队集结待命地点是由此处向东二十里，再向北二十里。这几乎到了沙五爷的家了。手谕最后，要沙五爷整肃队伍，严守军法，不得再干抢劫绑票的勾当。

　　白鸥扑扇着翅膀在西面转了一圈后，便往有光亮的南面飞去，南面如同阴沉的天宇中的一处漏洞。那儿有更多的白鸥，它们翩然翔舞。光亮随着鸟翅的舞动而明灭不定。沙五爷将烟嘴叼在嘴角，用力吸了一口。这一口吸得舒坦。沙五爷徐徐地喷着烟，转身回屋。

　　屋里，侍卫副官顾彪正守着桌上的一本书和一挺花机关枪。五爷走过去，本想拿书，犹豫了一下，还是提起了枪。五爷将枪眼对着自己，仔细地往里看。枪管空空的，跟死人的眼睛差不多。五爷开口道："沐猴而冠，蠢货一个。"

五爷说罢，就紧盯着顾彪。平日里，五爷常说顾彪是呆子。眼下，顾彪穿上新军装的样子比往常还要呆。顾彪是沙五爷的大哥从老家带出来的。大哥死了以后，顾彪就紧跟着五爷。顾彪脸色焦黑，两道眉毛一高一低，歪眉斜眼。但他忠心耿耿，从不违拗五爷的指令。队伍里的粗活脏活，像绑票撕票一类的鼠窃狗偷的勾当，一大半都是顾彪干的。

顾彪也抬眼看五爷。五爷白脸冷面，嘴角间挂着一缕浅浅的僵直的笑纹。这笑纹在五爷冰霜一样的脸上，显得古怪。五爷轻轻地吁了口气，对顾彪说："这儿不要你了，走吧，带上你的兄弟一起送陆先生回家。"顾彪先是扬眉瞪眼地发痴，但马上面露喜色地凑近沙五爷问："怎么送？"沙五爷放下枪卷起书，转身去看墙上的地图，边看边说："都在地图上了，向西二十里，再向南二十里……你个呆子。"顾彪嘿嘿一笑，大声道："明白了，五爷！"

陆博文的庄子离五爷的家也就四五里，顾彪当然明白"送陆先生回家"是什么意思。在队伍里，送人回家是件喜事，不光弟兄们要来道喜，还可以从五爷手里领到一块大洋的赏钱。

顾彪出了屋子，直奔关押陆博文的草房，草房离这儿近。没走多远，顾彪就能清楚地看见守在草房门口的韩虎了。韩虎正坐在地上，怀抱大刀靠着土墙打盹。

顾彪拔出腰间的双筒短铳，对蹲在门口的韩虎说："五爷吩咐了，送姓陆的回家。"韩虎来了精神，挂着手里的大刀站了起来，乐呵呵地问："哥，他归你还是归我？"顾彪说："送他一程，送到四十里外。"韩虎跟顾彪长得很相像，一样的刀条脸，一样的歪眉斜眼，一样的龇牙咧嘴。五爷和弟兄们都说他们两个是亲兄弟。

顾彪用短铳捣开草房的破门，往里面喊了一声："出来吧。"然后往西面看。在西面，一条小路蜿蜒伸向前方，前方有一团灰色，那儿应该是片树丛。顾彪记得，树丛的后面有条大河。顾彪自语道：路不对头，但要向西往南也只能这么走。

陆博文是顾彪捉的。五爷一般不吃窝边草，但弟兄们饿急了，也会破例。半个月前，五爷决定在委任状还没到手之前再干一票。但他自己不想露面，而是由顾彪带着四五十个兄弟悄悄地干。顾彪来到陆博文的庄子上，让人把四围的路都堵住，便带着韩虎去找买卖。

他们走近陆家的时候，陆博文正攀在院墙头往下面看。陆家是小院，院墙只有一人半高；墙角和门前的台阶两侧生着杂草，久已无人居住。等顾彪的车到了院墙跟前，陆博文说："我命休矣。"

韩虎抬头看，墙头上有一个三四十岁的男子，大额头，尖下巴，戴着一副黑边大眼镜，头发蓬松，蓬松的头发使得他的脸像上宽下窄的漏斗。韩虎想：这是个书生呢。沙五爷的队伍一般不抓书生，沙五爷的大哥就是书生，大哥是给人杀死的。五爷一直想找害死大哥的人，可手下百十来号人要吃饭，只能先把找仇家的事放在一边。

看到韩虎没有反应，陆博文情急了，他按着墙头亮开嗓门大喊道："我命休矣！"这一声果然惊动了顾彪。街上静谧，顾彪吃了一惊。他仰头观望，墙头上这人貌似猿猴，戴着滑稽的大眼镜，嘴唇紧张地扭动着，样子古怪。顾彪想，是人就有用。于是，他让韩虎带人把陆博文从墙头架了下来。

顾彪见茅房里没响动，就对着韩虎咧了咧嘴。韩虎连拖带拽地将陆博文从茅房里弄出来。陆博文比先前要胖些，但头发长了，所以更加蓬乱。顾彪把短铳插在腰间，说："五爷吩咐了，送陆先生回家。"

陆博文一屁股坐在地上，眯起眼睛看天。这会儿是中午，天没有见好的意思，头顶上有一块很浓的乌云。陆博文说："要刮风了，风吹起来就在劫难逃了……"

韩虎踢了他一脚，骂道："闭嘴，五爷要我们兄弟打发你回家！"韩虎过去给陆博文打开脚镣，然后用大刀柄在他的脊背上抽了一下，说："走吧，送你这种货色上路，是我们哥俩的晦气。"

陆博文还是坐着看天，脸上渐渐地露出一丝笑容。等韩虎抽了他第二下之后，他才挪了挪屁股，说："这云在往那边飘，飘到东边……"说罢，他抬起双手又笑："你们何不将我的手铐也解开……我学过'茅山法术'，不但会脱铐，还能反锁住你们，不信我做给你们看。"

就在陆博文纠缠不清的时候，沙五爷已经下令召集队伍了。经过一阵鸡飞狗跳的嘈杂混乱之后，弟兄们终于到了村外的码头。五爷带着枪和书上了船，其他的人泅水。远远地看，他们就像水鸭子，一簇簇一片片，密密麻麻地渡向彼岸。

船上除了五爷，还有两个连长、四个排长和四个护卫。大家没见到顾彪，就问五爷："顾副官上哪儿去了？"沙五爷一边看着泅水的兄弟，一边说："送陆先生回家了。"大家听罢都哈哈大笑起来。这一笑，笑得五爷不再往河里看了，而是回头去招呼身后的护卫。几乎是同时，河面陡然一阵喧哗，紧跟着一个兄弟踩着水过来，向五爷报告：有两个不识水性的弟兄相互拉扯，一齐溺水了。五爷沉默不语。他想：这就是兄弟，不论死活都纠缠在一起。

船靠了岸，大家七手八脚地将那两个弟兄拉到河滩上。五爷过去一看，只见他们歪着脑袋，口吐涎水。五爷让连长排长们带着队伍往东走，自己从兜里摸出两块大洋，塞到两人的腰带里，说："如果不死，这就是你们的路费。"

上岸走了两三里，路宽了些平坦了些。五爷领着护卫坐上骡车，然后掏出烟来抽。五爷咬着烟嘴看天，云在积聚，积聚之后又匆匆往东北方向飘去。

又过了四五里地，走在前面的排长带来一个军官，军官牵着马，身后跟着两名马弁。这是事先约好的，半路有人接应，接沙五爷他们一齐到达目的地。五爷瞄了一下军官的领章，中尉。中尉比五爷小些，二十七八的样子，一双突眼，人中处有一道显目的疤痕。

中尉给五爷敬礼，向五爷做自我介绍：敝姓任，三十三团中尉参谋，奉团座指令在此迎接沙营长，恭喜沙营长率领弟兄们弃暗投明。五爷还礼，接上一根香烟继续抽。中尉和五爷并行。中尉看着五爷夹烟的手，说："沙营长的烟嘴真好，是象牙的吧？"五爷喷了口烟，笑了笑，笑而不答。

沙五爷天生冷面，难得一笑。陆博文被弄到村里来以后，五爷倒是看着他笑过一两回。抓陆博文是顾彪做的尴尬事。顾彪拷问过陆博文，问他是有钱还是有地。陆博文说："我是城里人，家在城里。"顾彪说："那你就该有店，是当铺还是钱庄？"陆博文抬起头，嘴唇紧张地抽动着："何止是钱庄当铺？你们应该知道，我也是绿林出身。你们敢害我，就是自招倒霉。"陆博文说到这儿的时候，五爷在一旁微笑。顾彪耸了耸眉头，抢起手里的竹杠就要抽他。五爷拦住顾彪说："算了，打也没用。打死了，钱也就没了。留着他，问他的地址，捎信让他家里拿大洋来赎。"

陆博文的信是送出去了，但始终没有回音。五爷又不许用刑，所以这口气顾彪一直憋着。现在陆博文又在装疯卖傻，赖着不肯走。顾彪很是光火。他对韩虎说："把他的手捆上，看他怎么做法术。"韩虎干这些事，既来劲又地道。他找来麻绳和草绳，用麻绳绑住陆博文的手，再将草绳拴在麻绳上。顾彪牵着草绳，拖起陆博文就走。韩虎跟在后面，用大刀柄抽陆博文的屁股和背脊。

他们上了那条小路。路的一边是池塘，池塘水平如镜。有鸭子在戏水，如同打破了玻璃，打破玻璃的声音很悦耳。天上阴云低锁，云影映在水里。那几只白鸥蓦然现形，它们掠过路边的小树的树梢，伸展开修长的翅膀飞入池塘，擦着池塘里的苇叶滑翔。一缕金灿灿的阳光穿过沉重的阴云，投射到白鸥的身上，白鸥有如来自天堂的神鸟。

韩虎说："天或许要变，说不定走着走着就放晴了。"顾彪说："放晴有什么好，来回要走八十里，太阳晒着走路更累。"韩虎一蹙眉头，抽了陆博文一下，算是解闷。陆博文在村子里的十来天，一直由韩虎看着。韩虎为此感到心烦气闷。韩虎说："五爷也是的，干掉一个废货要走这么多路干吗？"顾彪脸板下来："啰唆什么，到那地方就知道了，五爷从没出过错。"

沙五爷坐在车上，中尉骑着马不离左右。五爷咬着烟嘴，只看前面，不看中尉。中尉却盯着五爷，盯着五爷的烟嘴。于是，五爷拔去烟头扔了，对着烟嘴用力地吹了几口。五爷自言自语："这烟嘴常堵。"五爷将烟嘴递到中尉跟前，淡笑道："劳驾任参谋帮忙吹吹，说不定你能把它弄通了。"中尉没去接烟嘴，只是摸了摸人中处的疤痕。

中尉说："沙营长，鄙人临行之时，团座还另有嘱托。团座有一个远房亲戚，此人略有疯癫。大约在半月前，趁家人疏忽，独自从城里跑了出来，至今没有下落。他在乡下有一处别业，离沙营长的家不远。沙营长可否代劳……"

沙五爷不答中尉的话，从兜里掏出书来看。看了一会儿，才问身边的护卫："弟兄们走了多少里地？"护卫看看身后说："大概十四五里。"五爷说："还有一大半路呢，弟兄们真辛苦。"中尉一笑："沙营长放心，团座说了，不能让弟兄们白辛苦，只要能找到人，就给两百块大洋的赏金。"

沙五爷只管看书，仔细看书上的图片。看了一会儿，才对护卫说："你到村西去找顾副官，让他快点赶上队伍，和弟兄们一起回家。过河要留神，别不小心淹死了。"

路渐行渐窄，再往前走就只有杂草和枝丫错杂的灌木了，而路边的池塘却越走越见得宽，池塘其实是通着大河的。顾彪牵着陆博文拨开树枝，弓背猫腰地继续走。鸭子没有了，阳光也不见了。天跟铅一样沉，完全没有放晴的希望。四周只有他们走路的声音。

韩虎挥着大刀使劲地砍树开路。地上有树茬。韩虎不小心踩了上去，脚给戳疼了。韩虎骂了起来："哥，我们走的是冤枉路。在这儿把他结果了，最爽手利落。"

顾彪没吭声，只拽了一下陆博文。陆博文说："笑话，笑死人了。"顾彪回头狠狠地瞪了他一眼，又用力拽了一把。陆博文向前一个趔趄，接着便顺势扑倒在地上。顾彪喊道："起来。"陆博文翻过身，冲着顾彪说："笑死人了，笑话，大笑话，就你们这样还算绿林中人。"韩虎赶上两步，用大刀柄抽他的头。顾彪喝道："住手，把他打死了，尸骸怎么收。"韩虎不打了，叽咕着说："最好把这死鬼扔到池塘里，我们回去跟着五爷一齐走。"

陆博文躺着，脸上沾着树叶草屑，嘴角抽搐着。顾彪捡起他掉在地上的眼镜，放到自己的衣兜里，用短铳点着陆博文的鼻尖说："再啰唆，我就送你到西面去，这一枪能把你的脸打成漏勺。"陆博文止住了抽搐，直愣愣地盯着短铳，板着脸说："干了这么多年的绑票剪径的勾当，连把像样的枪都没有，可怜可怜。"

顾彪终于忍不住了，把短铳狠狠地砸在陆博文的脸上。陆博文的鼻孔和口腔里涌出血。韩虎说："哥，这货色估计是走不动了，我脚也疼，最好能歇会儿。"顾彪抹了一下脸想了想，点点头说："好吧。"

韩虎把陆博文捆在一棵树上。顾彪依着另一棵树坐下，手里牵着草绳。

韩虎说："哥，你打个盹吧，昨夜伺候五爷一宿没睡，想是困了。"顾彪手撑着脑袋不说话，没过多久就合上了眼。

就在顾彪闭目养神的这段时间里，陆博文说了许多的话。他说他有一支勃朗宁，过去一直随身带着。还说大约两年前，他下乡找人办事，遇到两个土匪剪径，他一枪一个把他们都打死了。见韩虎没什么反应，陆博文提高了嗓门："其中一个四十来岁，长得白生生的，像个白面书生。"说到这儿，陆博文显然很亢奋："他们竟然没想到我有一支勃朗宁。一枪下去，脑袋开花，脑浆四溅。"

顾彪耷拉着脑袋，动也不动，或许是真的睡着了。韩虎起身，狠吸了两口气，然后走到陆博文跟前，举起大刀，照准他的天灵盖要往下劈。就在这时候，五爷的护卫赶到了。他老远就喊："五爷说了，送陆先生回家……过河要留神，别不小心淹死了！"

沙五爷的人马走过了二十里路，来到岔道口。岔道口有桌面大小的凹坑，上面积着厚厚的浮土。大车轮子的印迹一直延伸到北面的那条路上。五爷叫骡车停了下来。他指着路对中尉说："任参谋，接下来该往北了，可朝北的路像是不好走啊。"中尉勒住马，顺着五爷手指的方向，往前方眺望。天际处有一片沉郁的竹林。从这边看，它像是造物者在寥廓的空间用墨笔勾画出来的，这一笔勾画得漫不经心。中尉说："再难走也只有二十里。过了这二十里，沙营长离到家就近了。这也算衣锦还乡啊。"

五爷提着花机关枪，翻身下了骡车，带着三个护卫一口气跑到队伍的前头。他对领头的排长说："先不忙走，看看这车轮印子。"五爷掏出烟嘴安上烟，刚吸了两口，烟嘴管就又堵住了。五爷衔着烟嘴往路的两边扫视。两边是庄稼和杂草。杂草高过了庄稼。

中尉问五爷为什么不走了。五爷扭头看中尉，中尉也和他对视，手缓缓地背到身后。五爷又一次移开目光往前方看，他很希望看到那片竹林后面的东西。这一带五爷是熟的，那片竹林五爷更熟，弟兄们曾经在那里屯扎过。头顶上的云是灰黑色的，竹林那边则浮动着一片土黄色的雾气。五爷想：这一路上真是云山雾罩啊。

五爷说："任参谋，我在真人面前不说假话。实不相瞒，这烟嘴是抢的一个死人的。这死人是个营长，他想剿我，反进了我下的套。最后被乱枪打死，横尸野外。烟嘴上有这死鬼的名字……不信，你看看。"

五爷将烟嘴紧攥在手心里，同时举起花机关枪对着中尉："花机关，德国造；另外，我还有百十个兄弟。谁要靠近我，就得先让我的人和我的枪说话。"

中尉双目圆睁，眼光却是散乱的。两个马弁过来了。中尉将手放到跟前，下意识地摩挲着腰带扣，满脸堆笑地说："沙营长请回吧，有我陪沙营长，路肯定好走。团座还急等着您呢，这是公事也是私事。团座的亲戚虽然疯癫，但毕竟是亲戚啊。"五爷没理他，只是"哼"了一声。他对站在身边的护卫说："跑步去找顾副官，让他们别那么辛苦了，就是送人也要适可而止，送到哪儿算哪儿。"沙五爷回到骡车上，盘腿坐着想心思。领头的排长过来问他：队伍是不是继续往北走。五爷喊道："停止行军，休息。"

五爷说："世上的事变来变去，最后都一样，最后都是到同一个家。有时是阴，有时是阳。人的脸也是这样……"

那几只白鸥又出现了，盘桓了一会儿，径直向天边的竹林飞去。五爷提起花机关枪拉开枪栓，一个点射。白鸥嘎嘎地鸣叫，沾着血的羽毛簌簌地飘落。弟兄们喧哗起来。但白鸥没有被打落。

中尉又骑着马回到五爷这边，身后的马弁寸步不离。中尉下了马，说："沙营长好枪法。"五爷一扬脸道："好什么，只打下几片毛。"中尉说："实实在在地是让沙营长打中了，过一会儿，它撑不住自会掉下来的。"

中尉上了五爷的骡车。五爷注视着他的每一个动作。中尉掏出别在腰后的匣枪递给五爷："这是新配置的，正宗的德国毛瑟，沙营长不嫌弃就留着打鸟。"五爷依旧扬着脸。中尉将两个马弁的枪一齐要过来，给了五爷。中尉说："沙营长下令继续行军吧，误了时辰，我交不了差，要受军法处置的。"

弟兄们三三两两地散在路上，有些人也在翘首遥望着前面的竹林。待到沙五爷一声呼哨之后，他们才懒洋洋地聚集起来，像群只顾往衣褶里钻的虱子，缓缓地向着北面蠕动。而此刻，在西十里的路上，顾彪他们依然待在昏黑的树丛中。韩虎手握刀柄，看着刀刃发痴。顾彪叉开双腿席地而坐，注视着枝叶的缝隙间透过来的东西，这对他来说是天命。陆博文的嘴没闲着，还在唠唠叨叨地装疯卖傻。顾彪对韩虎说："五爷既然让人来送信，那就是改主意了。我们得听五爷的，把他送回家。"

韩虎说："哥是想岔了，五爷要我们尽快动手，杀了他立即回头赶队伍。"韩虎还说："如果是打发这货色回家，为什么让我们往西往南走？"

顾彪说："出了树丛，向西的路就到了尽头。接着该往南，过河往南。这就走，扯淡没用。"

顾彪韩虎虽然说不到一块儿，但他们也都有同样闹不懂的事：五爷所说的"别不小心淹死"到底是什么意思。他们都是泗水好手，五爷为什么要做这样的叮嘱呢？最后，顾彪站起来说："我是哥，你得听我的，继续走，往南走，送他回家。"韩虎也站了起来，对着顾彪龇着骨牌般的门牙："哥，这回不能听你的，听你的我就得死。"

"听我的死不了，去砍树，扎木筏，准备过河。"

"哥，这次我不信你。你错了，就是错了。"

"我没错，错的是你！"顾彪也咧着大嘴，表情蛮横。他们脸对着脸，两张刀条脸几乎要贴在一起。

"明明就是错，既是送他回家为什么要往南走？错了，五爷饶不了你我，都得死。"

"我不知道，你去问五爷吧。"顾彪抬手把短铳杵到韩虎的嘴里，"再啰唆一句，就别怪哥翻脸不认人了！"

两人都紧闭嘴唇死瞅着对方。陆博文大笑起来，说："我会'茅山法术'，先解开铐子，再反过来锁你们……快把眼镜还给我，有眼镜我的法术更神！"

顾彪捏了一下衣兜，那眼镜还在。他扭头去看陆博文。只见陆博文还绑在树上，他的双手被麻绳勒紫了。韩虎用力推开顾彪，抡起大刀扑向陆博文。顾彪向天上放了一枪，然后说："你敢反，我现在就铳死你！"

五爷走了十里路又停了下来。路更宽了些，路的两边是苇草。风吹来，苇草摇曳着唰啦啦地响，仿佛有人在里面钻来窜去。田没有了，苇草的后面是荒地，荒地上稀稀拉拉地长着野草病树。凭着记忆，五爷觉得往前走七八里应该是一片开阔地，而竹林与开阔地之间仅不到半里之遥。

沙五爷的心思又到了书上，依旧仔细看书上的图片。中尉说："《麻衣相法》。沙营长原来也喜欢相面啊。"五爷合上书，说："任参谋的意思是说你跟我一样，有此一好？只是天有不测风云，人有旦夕祸福。祸福本是天注定，与书无关，与书上的脸无关。"说罢，五爷仰脸眺望荒地。在阴云的笼罩下，草和树都是青黑色，成了大地上的一块块污迹。中尉说："沙营长福相。书上就是这么说的。您过去不顺，但否极泰来，这以后定是福禄双全。您饱读诗书，自然通晓个中缘由。"五爷张开嘴打了个哈哈，但脸却还是紧绷着："任参谋笑话了。生死有命，成败在天。读书可以，只是读书救不了命。要说饱读，我哥才是。可他不看这一类的书，我们是诗礼人家。"

中尉干咳起来，人中处的疤痕在抖动。五爷继续说："大哥是个书生。

后来给人害死了。据说害死他的人是个疯子。你说，我哥冤不冤，死在一个疯子的手上。死不瞑目。我随身带着这本书，就想知道大哥当初是不是命里该绝。"

五爷注视着中尉。这次是中尉先移开了目光。他去看路边的苇草。阴风吹着苇草，苇草裹挟着阴风。耳朵里是苇草的声音和风的声音。过了一会儿，五爷不看中尉了，去问身后的护卫："顾彪他们怎么还不回来，这两个呆子莫非真是淹死了？"

顾彪牵着陆博文出了树丛来到河口。这河和村外的那条是连在一起的，但要宽些，水流也激。本来有风，河口的风更大。天上的浓云如烟似的缓缓移动，由这边移到那边。滔滔的河水黑沉沉，亮闪闪，好像水银。往河的对岸看，那边也是不见人迹的地方。但顾彪发现一片光亮，这光亮仿佛将覆盖在天穹的灰黑色棉絮揭开了一角。有光亮的地方应该比河这边好。

韩虎砍了四五根树干。他把树干扔在顾彪跟前，说："做木筏得用绳子，绳子呢？"顾彪指了指陆博文。韩虎说："哥，你是要放了他？"顾彪满脸狞笑："韩虎，你在存心找碴啊。"韩虎软了一点，问："用草绳还是麻绳？"顾彪说："草绳麻绳都用。"韩虎横着大刀跳了起来，顾彪举起短铳针尖对着麦芒。最后，顾彪占了上风。他手里是短铳，铳比大刀来得快。木筏推到河里。陆博文说："有意思，这一把牌算成了。"韩虎抽了他一记耳光，用大刀柄撑木筏。顾彪挨着陆博文坐下。陆博文的手被顾彪用藤蔓绑着，依旧紫色。河面风大。陆博文的头发被吹得竖了起来，像蒿草似的拂动着。

风卷起浪，木筏晃动着。顾彪对韩虎喝道："稳住。"韩虎不吭声，回头看了一眼。他是在看陆博文。陆博文呵呵一笑，对顾彪说："你兄弟怕我溜了，他知道我有本事。"说罢，陆博文手腕一翻，再往后一缩，把双手从藤蔓里缩了出来。他说："这就是'茅山法术'。还不信？我再把镣铐解给你看。"他话音刚落，韩虎忽地转身，抡起大刀就往陆博文的脑门上劈。陆博文偏头一躲，同时伸出手去挡。只见火星一闪，随着"当啷"一声响，手铐间的铁链断了，被韩虎砍断了。与此同时，顾彪的短铳响了。韩虎颓然地跪倒，但他还手握刀柄，睁大眼睛用力地望着前方。很快他身子一挺往后一仰，挂在木筏的边缘，上半身耷拉在了水里。水里立时渲开一片鲜红。

顾彪咆哮着扑向陆博文，揪住他的头发按着他的脑袋狠狠地往木筏上磕。木筏翻了。在水里，顾彪再一次扑向陆博文，抓住他一通暴打，直打了个半死。这通折腾也让顾彪筋疲力尽，当他扯着陆博文游上南岸的时候，已经没有了走完剩下的二十里地的气力。他靠着岸边的一个土墩坐下，用铳对着陆博文，说："不要动，敢动我就崩了你。"他脸色苍白，嘴唇黑紫，咬牙切齿道："我兄弟就死在你的手上。"血把陆博文的面孔抹得像鬼脸，但他依然面露讥讽："笑话，明明是你杀了自己的兄弟，还反过来赖我。"

顾彪死瞅着陆博文。他的脸像漏斗，下巴又尖又窄，双眼却是炯炯有神。顾彪一咬牙，一扣扳机。没有声响。

陆博文凝视着前方，不动声色地说："你还没往铳里填弹药呢，刚才你一枪打空，一枪杀了自己人。我也是绿林出身，我也杀过人。但不杀自己人，杀的是挡道剪径的。"

说话间，那几只白鸥飞了过来。它们转到土墩的后面，啪啦啦地扇着翅膀。陆博文说："我的话你一直不信，我说我会法术你不信，我说我杀过人你也不信。你比你兄弟呆……我杀的人，就埋在你背后。"

顾彪背依着的其实是一座坟茔。他站起身来，迎着白鸥走。这时，天上的阴云散开了，一缕夕阳斜射在坟的另一侧。陆博文也一瘸一拐地跟了过来。他把墓碑上的字念给顾彪听。顾彪不识字，只能听他胡诌。陆博文说："这里埋着的就是沙五爷的大哥。"陆博文的脸抽搐着，下巴不住地颤抖，就跟猴子吃了烟油差不多。这副德行，与他攀在墙头上招呼顾彪和韩虎的时候一模一样。

顾彪终于丢开陆博文独自走向河岸。陆博文赶上几步，做出乞求的样子，扯着顾彪的衣襟说："把眼镜还给我吧，没有眼镜我走不了路。"顾彪将短铳插在腰间，一甩手将他推倒。

五爷派来的第二个护卫终于到了，他与顾彪隔河相遇。护卫喊道："五爷说弟兄们辛苦了，陆先生送到哪儿算哪儿。"顾彪不禁回头去找陆博文，只见他已沿着河岸深一脚浅一脚地往东边走。那几只白鸥在他的左右盘旋。顾彪想："路头不对，恐怕他是真的找不着家了。"顾彪从衣兜里掏出陆博文的眼镜戴上。他的眼前立即一片混沌。他试着跨了一步，结果一脚踩空。他大声喊叫着，跌倒在了河里。

黄昏将至，五爷回看走过的路，发现那儿仍是一片阴郁；他再遥望前方，前方浓云低压，那片灰黑色的竹林之上，有一丝光亮有一抹暗红。五爷命令队伍加快行进速度。五爷决心在天黑之前穿过前面的竹林。弟兄们开始跑步。本来就散乱的队形，这一跑就更乱了，简直是作鸟兽散的样子。五爷顾不了这些，他不断地催促："快点快点，再快一点，天黑前就能到家了！"杂乱的脚步声和跑步扬起的灰尘让五爷心里踏实了些，他掏出烟嘴点上烟来抽。这会儿，烟管是通的。

五爷刚抽了两口。四周有了骚动，野狐野兔跑到了路上，本来栖息在苇丛和树上的鸟仓皇地乱窜。五爷看到那几只白鸥，其中有一只的翅膀还沾着血。它们急匆匆地飞，飞得很低，像是忙着寻找藏身之地。

五爷四下里打量，发现队伍已经过了开阔地。就在这时，一个护卫出现在五爷的骡车跟前，气急地说："禀五爷，过河淹死的那两个弟兄回来了，说还要跟着五爷走。"五爷的脸腾地红了，接着就是一个哆嗦。他将嘴里刚渗出的苦水啐在护卫的脸上："你放什么屁！死人还能回来吗？"

护卫一闪身。五爷看到他身后果然有两个人，他们的脸像刷了石灰水，但嘴唇通红，手里各举着一枚银圆，说："谢五爷赏赐。"五爷一巴掌扇过去，打到的却是护卫。五爷跌坐在骡车上，但他很快暴跳起来，操起花机关枪顶住护卫的脑袋。护卫一动不动地站着，五爷紧绷着脸开了一枪。随着护卫的倒地毙命，四周枪声响起，那片曾经弥漫在竹林那边的土黄色雾气随即散去。这一切似乎并不出乎意料。

竹林里喷过来一道道火光，听得出那边有连发武器，好像是匣枪和冲锋枪。跑在前面的兄弟惨叫着前仰后倒；后面的，慌不择路地往五爷的骡车这边涌。五爷对空放了一枪，接着扭头找中尉。中尉正站在他身后，手里捧着那本《麻衣相法》。五爷咬着烟嘴，说："好小子，真有能耐，敢给我下套。还弄个疯子来演戏。"

中尉冷笑道："不是在下能耐大，而是你太蠢，自投罗网……让你死个明白吧，团座也是喜欢读这本书的。他说你今天必死，必不得好死！"说罢，他伸出手，好像要将书送到五爷跟前。五爷浑身大汗淋漓，他问："是因为烟嘴吧。"中尉说："烟嘴本是不祥之物，可惜你却将它视作爱物……只是那两百块的赏钱没人领了。"五爷的手指一颤，花机关枪也跟着响起来。中尉和两个马弁都傀儡般地倒下了，那本书被打得纸屑横飞。

五爷背上枪，一把牵过中尉的马。此时，那些弟兄哭号着抱头鼠窜，四散逃命。五爷的身边只有两个连长和四个排长。五爷跨上马，大喊道："弟兄们，冲啊，干完了这一票我们就回家了！"

风大起来，卷地西风，吹得烟尘四涨天昏地暗。五爷用枪猛抽马的肚子。马裹着风和土向着竹林狂奔。他看到了那些人。他们站了起来，一齐向他打枪。有个穿黄军装的军官，举着一挺跟他手里一样的花机关枪。五爷能看得清他的脸。五爷怒吼着扑过去，迎着呼啸而来的子弹扑过去。就在他快要扑到那个军官的时候，马突然扬起了前蹄，发出响彻苍穹的嘶鸣，紧接着猛地昂首往后一仰。

五爷被结结实实地掀翻在地，花机关枪摔成了两截，如同折断的苇秆。他一翻身，想努力跃起。但那只受伤带血的白鸥不期然地从天而降，沉甸甸地砸在他的额上。这一击，准确无误。死前，五爷一直都紧咬着那根象牙的烟嘴。

本文为毕飞宇工作室第4期小说沙龙讨论作品，
首发于《雨花》杂志2016年第2期。

第5期：文学这场婚姻

这是毕飞宇工作室第五次小说沙龙活动，有两点与前面四次不同。小说沙龙第一次与《雨花》读者俱乐部合作，讨论的小说稿件来自《雨花》读者俱乐部，参加人员也就由此扩大到《雨花》读者俱乐部省内外的诸多朋友，如何接轨是一个悬疑。第二个悬疑来自所讨论小说的作者，作者已取得了一定的小说成绩，她是否能够适应毕飞宇小说沙龙上尖锐而滚烫的唇枪舌剑？我与《雨花》主编李风宇老师多次沟通后，沙龙如期进行，场面比前面四次更加激烈。一个月后，作者的小说修改稿反馈到我的信箱。读完之后，我相信了李风宇主编在电话中给予我的自信心，也证明了我们这颗爱文学的心是多么顽固。

——庞余亮

庞余亮：我们生命中的第一次婚姻是跟生活结婚，第二次婚姻是与文学结婚。今天让我们跟我们庸常的生活离婚，进入第二次婚姻，与文学结婚。在文学的婚姻中，有很多东西纠缠在一起，就如我们今天和《雨花》读者俱乐部的同仁一起要探讨的小说《柴锁平的第二次婚姻》中的婚姻一样，那里面，既有灵与肉的纠缠，又有日常与远方的纠缠。

顾文敏：鞋子舒不舒服只有脚知道。小说里的男主角在外人看来艳羡的婚姻里过得并不幸福，但是我觉得从小说的角度讲，故事的叙述偏沉闷，情节发展中冲突不足，缺少画面感。就像看一部电影，情节的发展大部分靠的是旁白，观影人的感受，视觉的冲击力度就不够。我觉得贾燕人物的特征比较模糊，作者交代了她进入婚姻的无奈，但是有些铺垫还是不太够，比如孩子的出生没有激发她作为女人的这种母性。小说的写作一定要通过冲突来触动读者的心弦。这个小说的冲突不是很够，小说的结尾不错，但是余味不是很够，是不是可以进一步暗示通过这次冲突让他们产生了交流，最后有产生圆满的可能性。或者贾燕在打了这两巴掌之后可能想彻底地挣脱婚姻的牢笼。同样柴锁平感到惊诧和愤怒，这样余味更重一些。

蔡永祥：小说的开头并不好。她说贾燕几次流露出不满，可是小说中没有显示出不满。小说的背景可能是模糊的，或者说是可疑的。柴锁平对第二次婚姻中的孩子并不是很亲近，他摔了电视机，孩子才被吓哭了。在吵架的过程中，儿子就已经要哭了，我觉得这个场景是不准确的。

庞余亮：这个小说是有追求的，她用一种静水流深的方法，慢慢地将小说往前推。但是她往前推的这个力量不够。两个人是生活中的孤岛，孤岛与孤岛之间有水，但是之间的浪花没有激出来。小说中人为地制造了一些浪花，比如摔电视机，小说更讲究的是逻辑性。小说中有很多地方显得太过随便，比如女性的角色都是小学老师，第五段她讲到了摔电视机，一直到了第三十三段再次讲到了摔电视机，中间隔了这么多段，这就说明小说的节奏感是有问题的，小说的作者可能一开始写的时候就想到了结尾，这是一种写小说的方法，但是这种写作方法容易固化，她的目标就是一直向着贾燕反抽的目标而去。如果让我来写，我第五段就是第一段，然后围绕这个摔电视和耳光开始。

何雨生：其实一万字对于一个短篇来说，是非常舒服的，不论是情节的展开还是人物的刻画都应该是很从容的，但是小说的情节很平，本应该看得很流畅的，我们读起来很吃力。这个小说其实就是两巴掌的事情，假如我写的话，可能两三千字就解决了。我觉得小说叙述的节奏应该改换一下，她的目的性很强，直奔着两巴掌而去，有点像军人的步伐，比较单调。站在小说的角度，应该是文人的步伐，东张西望、左顾右盼，或者回回头的写法。人物比较扁平。其中两个次要人物，一个徐晓红，一个马秀丽，我觉得徐晓红可以深入下去，贾燕之所以现在这个状态，应该与闺蜜有一些关系的。假如我写的话，要加强她们两个人的互动性。

郭翠华： 我觉得作家在代替自己说话，她在叙述，人物没有成长背景，比如贾燕最后的结尾看起来非常好，但是她为什么会甩这两巴掌，小说中没有交代。小说中缺少文学的东西，叙述太多，她在替这几个人说话，应该是人物自己说话，尤其是心理的描写。人物没有成长的过程。

葛安荣： 这篇小说表现了当代婚姻的一种尴尬与无奈的存在状态。两个人的生活习惯以及价值观念都不一样，性格脾气不一样，因此缺乏沟通，无法包容理解对方，平静中蕴藏着波澜。柴锁平的内心还是比较丰富的，经过第一次婚姻的失败，他用心用情呵护这个家庭，为后面的发展埋下了伏笔。假如我来写，不会这么过于琐碎，现代婚姻投影的写法，单纯地写婚姻，写生活，如果加入文化的、经济的投射，比如柴锁平在单位上的状态，小说可能厚度上更重。小说用了三分之一的篇幅写柴锁平与前妻的交往回忆，我觉得有主次颠倒的感觉。

毕飞宇： 判断一个小说好不好，首先要看小说的密度。如何让它的密度提高，是我们要解决的问题。那么短的第一段写柴锁平对第二个老婆的不满，可就在这么短的文字里这个信息他重复了两遍。比如"……这样不是挺好吗？"这句话一出现就将小说的质地拉空了，粗毛大孔。假如这个小说一上来，柴锁平是这样的状况，紧接着一个抱怨，这个小说的密度会紧密得多。小说的开头很重要。这个小说的四分之一才出来，我就知道这个小说是松的。如何让它变得紧致起来呢？小说的信息量是非常珍贵的东西，要尽可能多提供信息，信息越多，小说密度越高，小说越好看。如何让小说密度高呢，就是要节省文字，如果你这个地方已经表现过了，用同样的文字就要寻求新的内容，如果你不能提供新的内容，那么就要立即把它删掉，一点点都不能保留。第二个问题，这个小说写的什么？不就两巴掌嘛？这两巴掌完全可以让这个小说呈现出两种不同的走向和精神气质。一种可能是这个两巴掌是一个微型小说的体量，写了夫妻两人的故事。另一个走向，可以从两个巴掌上升到女权主义的高度，上升到女性主义的觉醒，上升到女性争取平等、争取尊严的高度，它都是可能的。那么小说究竟选择怎样的可能我们不知道。读者在等待第二个嘴巴出来的时候，小说一定是好看的。这个嘴巴下去之后不仅仅是一个简单的情绪行为，它是有价值取向的，但这个价值取向也不是作者在那说道理，是性格，小说当中最重要的东西是性格，最最重要的是由性格所体现出来的价值精神。如果仅仅有性格，小说是低级的，如果仅仅有价值取向，小说是低级的，如果由性格行为呈现出价值取向，小说就是高级的。

易康：我觉得小说是关注社会热点问题、人性问题，小说的思路还是比较清晰的。小说缺乏必要的描写，使得小说的文学性有所削弱。小说对人物的精神世界是有所探究的，但是深度还不够，小说有表面，但是没有内在。这个小说人物在动，但是精气神好像没有动起来。小说的题目为"柴锁平的第二次婚姻"，那么主要人物应该是柴锁平，但是相比较他的两任妻子，好像人物形象稍微弱了点，而且人物的性格有点前后不一致。还有柴锁平的前妻，一开始都是称"柴锁平的前妻"，后来突然给她起了个名字。

汪夕禄：细节的缺失使得整个小说难以给人留下深刻的印象。小说给人留下印象的往往是一些经典的细节，而小说的作者并没有在这一方面多下功夫，细节的缺失使得整个小说缺乏深度。看得出作者是一个善于观察生活的人，但是作者并没有将小说的艺术和生活的真实巧妙地结合，虚实失衡，过于写实了。小说的节奏感不太强，主要体现在叙述风格和情节推动上。人物的个性很鲜明，但是在塑造的过程中缺乏力度，对他们过于仁慈，下手不够狠，也不够准。

顾开华：我感觉这篇小说功底平实，主人公的两任妻子代表了生活中最典型的两类女性形象，前任好动、感性、浪漫，富有生活情趣，却与长期生活中的平淡有了冲突；不同的是现任很好地完成了生活中主妇的角色，两耳不闻夫君事，却没有尽到一个女人、妻子的义务，生活如白开水，淡而无味。如果让我来写，我会把她们调过来写。

毕飞宇：一个经历过两个女人的男人，内心一定会有非常微妙的东西，哪怕是不堪的东西。我特别渴望你们在写小说的时候将道德抛开，在现实生活中有些不堪的东西，到小说中却是极其精彩的。第二个，这个小说的叙述太多，描写太少，小说是由两个东西构成的，一个是描写，一个是叙述，结合时空的具体刻画叫描写，脱离时空的作者交代叫叙述，一个是客观的，一个是主观的。面对第二段正在进行时的婚姻，一定是描写要多于叙述的，反过来，对于前妻一定是叙述多于描写的。如果这样写，小说一下子就是两个层面了，一个是画面，一个是画面的背景。

董维华：卡佛在《当我们谈论爱情时我们在谈论什么》中描写很多，叙述很少，这可以借鉴。这篇小说的结尾完全可以这样设计，让贾燕的那一巴掌下去，然后，柴锁平是继续回到这段婚姻中，还是开始了下一段婚姻呢？不说，留给读者去想象。

张晓惠：通篇我并没有看到一片飘动的叶子，小说没有给我们一个形象的东西，人物的形象比较模糊。

周新天：小说的结尾太带劲儿了，当小说中某一个细节特别有劲的时候，小说都不会太长。既然是最后两巴掌，前面费那么大劲儿干吗呢？

邵明波：这篇小说与其说是写的一个男人的两次婚姻，不如说是写的两次婚姻中的女人。在小说中，这个男人看似为主角，其实他无关紧要，反而是他的前妻和现任妻子在生活中的状态才是更重要的，我觉得应该从这个角度来考虑一下。作者把握到了婚姻与家庭、婚姻与生活、婚姻与孩子，这些可能是一般写作的人愿意多着眼的东西。这篇小说还提到了婚姻与性，婚姻与金钱。那些内心所谓的龌龊和小说的创作，它应该是一种什么关系呢？作者意识到了这一点，但是没有选对挖掘的重点。第二任妻子很有意思，为什么丈夫对她不满意，仅仅因为她不说话？因为她不会照顾孩子？我觉得可能不是，作者在暗示，他们在性活动上有问题。性活动可能是我们现代人婚姻生活的一个重要指标，这也是区别传统小说和现代小说的重要特征。小说中讲到了婚姻中妻子拿丈夫的工资，我觉得非常有意思，而且她还拿得那么坦然、心安理得。我们的社会怎么了？我们的婚姻怎么了？我觉得可以更深入地挖掘这个东西。

毕飞宇：小说中丈夫给老婆开工资可能是个庸俗不堪的东西，你把它处理好了，能成为一个非常出彩的细节，在这个新时代，在这样一个文化经济背景下，丈夫给妻子开工资怎么了？他就能。他开了以后，不仅不脏，不仅不龌龊，它充满了温情，都是可能的。作家要有这个自信，告诉这个世界，我的虚构它就是真实的，小说的真实性永远不由现实去验证，而是由小说家的能力确定。

王锐：这个小说的逻辑还是非常合理的，只是结构有点欠缺。它用了足够多的铺垫，谈到婚姻与金钱的关系，一开始我觉得柴锁平与社会的环境把贾燕变成了这么一个人。贾燕的父母认为这个婚姻很划算。柴锁平的妈妈病危，贾燕的婚姻类似于冲喜。小说中写到贾燕的第一个男朋友车祸死去了，她不得已嫁给了比自己大很多，离过婚，有孩子还有家庭暴力史的男人，她的内心应该是很不平静的。柴锁平有个表达，他想好好珍惜一个人，好好过日子。而贾燕最后不要钱而是要去扇他两个巴掌，其实她是想挣脱她内心的困境。换成我写的话，一个男人有过暴力，是很难克制的，柴锁平在和贾燕的婚姻中克制了那么长时间，虽然有不满，但是他没有把那巴掌扇出来，我想他是有过日子的信心的，我写的话我会把他对这种冲动的抑制，把对生活过好的渴望表现得更强烈一点，他这两巴掌扇出去也是非常艰难的，在他感觉不到这份爱的婚姻里，他觉得特别难受。

顾维萍：好的小说应该可以让我们遇到另外一个自己，这篇小说没有呈现出它自身的可能性。好的小说应该有它表达的意向或主旨，可是我没有看到小说流淌出来的主旨。一个作家有权利与责任，这个小说作者没有用好自己的权利，过度地使用全知视角叙述，另外我觉得她不太负责，不太严谨。究竟由谁来讲这个故事，这篇小说我觉得视角值得商榷。我觉得不用第三人称会更好。

冷玉斌：我觉得小说体现作者内心的慈悲。小说是否有一些被压缩的东西，是否可以再添加一些东西，可能变成一个中篇，甚至是一个长篇。它把所有的故事压缩在了一次冲突里，从砸电视到甩巴掌，这中间它的时间和空间一直是交错的，交代了柴锁平的两次婚姻的来龙去脉，由此看来，结构上还是蛮有张力的。在迂回的几乎独白的叙事当中，把两次婚姻中纠结的人描摹出来了，但是为什么我们觉得它很平呢？因为作者考虑的方向始终是单向的，始终都是柴锁平在观察贾燕，而没有观察到他自己，如果从这个角度挖掘，可能会出现不同的声部。自己对自己内心的推动是缺乏的，这就少了很多力度。语言是琐碎的、零散的，但是和整个小说很契合。生活是个谜，充满了矛盾和很多琐碎的东西，作者用琐碎的语言把它组织起来，也是很有风格的。静悄悄的背后有很多不为人知的东西，关键是在对这个不为人知的东西的描写中缺乏了力度，缺乏了一种勾住我们继续往下掘进的能量。

张王飞：语言中有很多的重复，第一段和第二段重复，太拖沓。开头没有把人抓住，看她在那绕来绕去，绕了半天才进入主题。

王笋：我觉得首先小说的逻辑不是很清晰，另外那一段"……做爱的时候……"转得太快了，没有情境，没有铺垫。如果多一些情境进去，可能对后面的叙述会更好一点。一万字的小说里，塑造的主要人物是柴锁平，次要人物是贾燕、孙晓月，配角是柴锁平的母亲、贾母、姐姐、哥哥、嫂子、孩子。贾燕既然是老师，难以沟通，不爱学习，不会育儿，有点异议。人物的性格难以统一。另外从柴锁平砸电视机到买电视机，从甩巴掌到想用钱补偿，这是一个男人对自身的思考，是一个亮点，我觉得应该深度挖掘。

李心丽：这个小说没有典型的人物、典型的环境、典型的故事，为什么我要写这个作品呢？柴锁平是一个有过婚姻、有过爱情的男人，贾燕是有过恋爱的人，两个都经历过爱情的人，进入婚姻后，两个人不来电，他们的节奏始终不在一个线上。我想表达的就是每个人都是一座封闭的城堡，要想进入另一个人的城堡，没有一个正确的通道，他是进不去的。柴锁平有过爱情的经历和体验，但是面对贾燕，他就没有那个通道。两个人曾经的经历与经验都用不上劲。进入婚姻之后，他们都在偷偷地观察对方，猜度对方。我觉得大家给我的建议特别好，给了我这个小说更多的可能性。在小说中我还写到了柴锁平的母亲，我想表达的是那种看不见的疼痛，别人觉得他的第二次婚姻一定是幸福的，但是他自己并没有感觉到，对自己失去的东西反而更怀念。

王大进：我们每个人在写作中都有缺陷，但是通过自身的学习，每个人都有提高的可能。我们写作有两种途径，一种听了一个好玩的故事，很容易就上手去写了，这个故事本身就吸引我，只要稍加虚构就能成为一个好小说；另外一个就是不好干的活，就是作家通过阅读和对生活的理解，有自身的发现，这篇小说就是从自身出发，或者是从观察生活出发，写这样的小说是非常难的，这是需要勇气的。这个小说故事性并不强，而是作者想要对生活有所表达。一个作家没有怀疑精神，小说是写不好的。这篇小说可以看到经验的不足，就如小说开头如果写到了猎枪，那么小说中你的猎枪一定要响。人物出现得太突兀，没有对人物有所交代，缺少了对主人公的命运或者故事情节起到促进作用的细节。第二次婚姻应该是第一次婚姻的递进，或者是对比关系，没有对比，递进不强烈。另外视角的不稳定。我们写小说不能快，在思考的时候要想得透一些。张爱玲说过"因为懂得，所以慈悲"，作家要写出这种慈悲感。

庞余亮：谢谢此次沙龙的嘉宾作家王大进先生。今天三个半小时的讨论令人难忘。记得李心丽曾写过一篇小说叫作《我们的心多么顽固》，我们爱上文学的心都是很顽固的。经过五次小说沙龙洗礼的我们，必须继续保持这颗顽固的忠诚于文学的心，这样，才能对得起我们与文学厮守的苦乐时光。

本文为毕飞宇工作室第5期小说沙龙实录，由郭亚群整理，

首发于《雨花》杂志2016年第7期。

柴锁平的第二次婚姻 /李心丽

平常的日子柴锁平忙，贾燕几次流露出不满，但她的不满从来没有与柴锁平说，她只与母亲说了一下，没想到母亲说他忙，没时间陪你说明他有正经事做，有事做的男人哪能经常在家陪老婆孩子呢？贾燕就不吭声了。其实她仔细想一想，也不止是因为他忙，那么是什么呢？贾燕觉得那感觉像一团笼罩着她的很大的雾气，让她无从说起。

贾燕这种不满的情绪，柴锁平是看在眼里的，他很反感贾燕这种不吭不哈的样子。在他看来，不在职场的贾燕是多么自在的一个人啊，每天待在家里，照看好孩子就行了。待在家里看看电视，上上网，日子不是挺好吗？自己每天起早贪黑，还不是为了赚钱吗？他要跑工地，要绘图纸，脑子里经常有许多事交织在一起，有时候看着人是闲下来了，脑子却不闲着，他还在心里羡慕贾燕，女人这样的状态不是挺好吗？

但柴锁平看出，贾燕完全不在状态里，一个全职的家庭主妇，待在家里照看孩子，孩子的长势一点也不好，又瘦小，又干枯，一看就是发育不良的样子。从孩子这件事波及开去，柴锁平仔细分析贾燕这个人，觉得贾燕消极，被动，而且很重要的一点，是对他的建议经常当耳旁风，哺育孩子这样的事，还得男人在耳边不停地念叨，念叨的话也听不进去。见贾燕这样，柴锁平有点不痛快，在贾燕面前说了几次，贾燕也没有表现出接受还是反对的意思，柴锁平觉得贾燕是一个没有情绪的人，他有些搞不懂她想什么。

这次两个项目之间有两三天空当的时间，柴锁平在家里待了两天。他在这两天里观察贾燕，早饭的时候，贾燕给孩子冲了一杯奶茶，喂孩子吃，老半天都没有喂完，没有喂完也就不喂了。之后贾燕给他们两个准备早餐，柴锁平的眉头就皱了皱。他说你平常就给孩子这样吃？贾燕说怎么了，孩子喜欢喝奶茶。柴锁平说奶茶能当一顿饭吗？贾燕不吭气。柴锁平说我不是和你说过好多次吗，闲下来的工夫多看看育儿的有关书籍，看你把孩子带的。贾燕嘴里嘀咕了一下，柴锁平没有听清她说了什么，她一定是低声为自己辩解，或者是表达她的不满，柴锁平的火气一股一股地往上蹿，他说，你小声嘀咕什么呢？你看看孩子被你带成什么样子了。贾燕又不吭声了。做好的早餐柴锁平动也没有动。贾燕吃过之后，抱着孩子去看电视剧了。

从电视的声音，柴锁平就知道贾燕看的是什么。贾燕一开电视，孩子也不闹腾了，她们两个很投入。柴锁平反感贾燕看电视剧，一集连着一集，他觉得七八十岁的老头老太太闲着没事做看电视剧无可厚非，一个二十多岁的年轻人每天泡在电视剧里，把时间就那样浪费掉，自己的日子却过得潦草马虎。柴锁平本来不准备出门了，看贾燕这样，就出去到楼底透了透气。他看到有两个年轻女人带着孩子在院子里放风筝，那两个孩子大小和他儿子差不多。柴锁平就想，贾燕也不带着孩子出来到院子里透透气，每天闷在房子里，新鲜空气都呼吸不到，做的什么母亲。

柴锁平就去了附近的一家商店，也给孩子买了一只风筝，他想让贾燕带着儿子来院子里玩玩，主要是认识两个玩伴，有了玩伴，孩子就有下楼的兴趣了。柴锁平在院子里给贾燕打电话，打了四五次都没有人接。柴锁平一次次拨通贾燕的手机号，手机通着，就是没有人接。柴锁平只能上楼去叫，打开房间门一看，贾燕抱着孩子还是一动不动在看电视，柴锁平一下子就爆发了，他箭一般冲向电视旁，啪的一下关掉了。贾燕看着电视屏一下子黑了，甚至没有看柴锁平一眼，动也没有动一下。柴锁平被贾燕的无动于衷激怒了。他说，打你手机为什么不接呢，看电视这么要紧吗？贾燕说没有听到，柴锁平说你这样看信不信我把电视机砸了？你信不信？贾燕没有说话。每当这时候，贾燕就想到她婆婆的一句话，说柴锁平脾气很暴躁，他发脾气的时候，你忍着点，他为什么离婚了一次再娶呢，就是他的坏脾气造成的，贾燕的婆婆病重的时候，拉着她的手说。她嫁过来没有多久，她的婆婆就去世了。

柴锁平讨厌贾燕不说话，讨厌她一副忍气吞声的样子，事实上他知道她内心里是心不在焉的，她经常不在状态里。与她恋爱的时候，与她结婚后睡在一张床上的时候，甚至与她做爱的时候，她好像不是她，她好像代替谁来与他一起生活。主要是，柴锁平发现贾燕在夫妻生活里得不着乐趣，但她对这件事好像也不在乎。她到底在乎什么他也不知道。柴锁平是过来人，以为贾燕慢慢会懂，慢慢会了解，但做夫妻已经三年了，孩子都两岁了，她依旧一副不解风情的样子，有时他出差半月回来，也没有看出她表现出特别的感情来。柴锁平就会有深深的失望。

贾燕不说话，让柴锁平更加生气。柴锁平说你是木头吗？你怎么不说话？他的暴躁不可抑制地冒了出来。贾燕抱着孩子，头低着，柴锁平抱起电视机，狠狠地摔在了地板上，不解气，又抱起来摔了两次。孩子听到剧烈的声音吓得哇哇哭了。贾燕抱着孩子进了卧室。孩子哭，贾燕也哭。贾燕是哭自己命运不好，学校毕业后没有找到满意的工作，换了几个地方，自己谈了一个男朋友，却在车祸中死了。二十七八岁了，眼看着年龄大了，有人给她介绍柴锁平，说了一下条件，比她大整整十岁，离婚了，有工作，有房子，说人还不错，母亲听了这个条件，说试着见一面。那时贾燕在乡镇一所私立学校代课，就听母亲的话，抽礼拜天见了柴锁平一面，柴锁平说听说你因为工作的事耽误了找对象，贾燕说也算是，柴锁平说我工作忙，赚钱也多，所以也不在乎你有没有工作，慢慢处了几次，柴锁平见贾燕代课忙，工资低，说你以后给我打工吧，我发你工资，贾燕说发多少呢？柴锁平说一个月三千，怎么样？

当代教一个月一千二百元，还得上晚自习，辛苦来辛苦去，也没有聘为正式教师的希望。虽然觉得柴锁平年龄大了点，但想想与柴锁平结婚后能住在城里，而且柴锁平一个月还给她发三千元工资，贾燕的父母觉得找这样的人还是划算的，一致赞成这门亲事。贾燕自己觉得与柴锁平在一起总有什么地方不对劲，却被柴锁平给出的优厚条件迷惑住了。闺蜜徐晓红说，你着急什么呢，柴锁平不光是年龄大的问题，还有前妻，还带走了一个孩子，这些都会影响到你以后的生活。贾燕说我年龄也不小了，介绍的年龄和我相仿的都是打工的，没有房子，什么也没有，结了婚甚至没有一个稳定的住处。徐晓红说你仔细想清楚，那时已容不得贾燕仔细去想了，柴锁平的母亲病重了，催着柴锁平早点成家。柴锁平的母亲来到贾燕家，与贾燕的父母正式提出结婚的事，贾燕的父母询问了一下柴锁平的前妻和孩子，了解到柴锁平的前妻已经嫁人，与柴锁平不会有任何瓜葛，孩子也跟了前妻，柴锁平只需付一些抚养费就行了。柴锁平的母亲还说，柴锁平自己有技术，一个人就能把家养好。贾燕的母亲问，那他们为什么要离婚呢，柴锁平的母亲说柴锁平有一个毛病，脾气暴躁，第一个媳妇也要强，两个人从结婚以后就没有间断吵架，那个媳妇无法忍受柴锁平的暴力，就提出了离婚，提了几次，柴锁平就与她离婚了。贾燕的母亲说那不知贾燕与他能否处得来，柴锁平的母亲说了许多宽心的话，说柴锁平以前是年轻气盛，现在也是三十好几的人了，贾燕又比他小了那么多，他不会欺侮她的。等到要做最后的决定了，贾燕的母亲出于女儿一生幸福的考虑，郑重其事地与柴锁平谈了一次，柴锁平说他的前妻就是被他打跑的，对贾燕他不会动一根手指头，因为在这上面他是有教训的。贾燕母亲见他说得很诚恳，贾燕就嫁过去了。

表面上看来，柴锁平也是得了便宜的，娶了一个大姑娘，又小了那么多，到了工地上，与他一起绘图纸的同事问他很滋润吧，问他小夫人让他很舒心吧。柴锁平自己对于再婚，缺少新婚该有的一些东西。他任由大家开他的玩笑，什么也不说，心里却是五味杂陈。婚后他履行着他当初的诺言，一个月给贾燕三千元，贾燕欣然地接受他每月发的钱。她不问他一个月能赚多少钱，或者一年能赚多少钱，他也不问她把这些钱做了什么，是如何支配的。他看出她安于现状，虽然好脾气的样子，却喜欢无所事事。

有一阵子他发现她涂脂抹粉，照镜子老半天，他说现在她的皮肤挺好，化妆品是有危害的。说了，她依旧涂，涂鲜艳的指甲油。后来怀孕了，还涂。他说这些东西危害胎儿的健康，碍于他眼巴巴地盯着，她才收敛了。他仔细观察她，发现她缺少一种内在的东西。他本来是想好好爱她的，不仅是结婚，还要相爱，他发现他比以往任何时候更懂得如何去爱，却发现这只是自己的一种想象，他无法付诸行动。

他希望她不是这样一个人，他希望她是另外一个人。有一次吵架之后，他没有按时发她工资，他故意不发给她，看她会如何，她也没有吭声。又过了一个月的时候，他给她发，她问上个月的还是这个月的？他没有吭声，她自己打开看了，见是两个月一起发，仿佛有些讪讪的。他就不由得要想，假如不发，他们的关系会怎样？

她好像与他没有任何话题。见她经常闷在房子里，他建议她出去走走，逛逛商场，或者找以前的同学朋友聊聊天，她仿佛没有可以走动的地方。唯一感兴趣的就是看电视，上网，也不关心新闻，对烹饪也没有什么兴趣。做一个令人满意的主妇也是一门学问，她对这门学问也不感兴趣。安静的，不动的，沉闷的，她缺少了一个年轻人该有的生气。刚结婚的时候，柴锁平提议去哪儿转转，去他的朋友或同事那儿聊聊天，他感觉到她都有点不情愿，好像她是一个世界，他们是另一个世界，她在心里就这样把自己与他们隔离开来。她倒是很少提什么要求，也很少有什么建议，仿佛生来她就是听柴锁平安排一切的。

再婚后，柴锁平照旧忙，同事们就说你是新婚，要在家多陪陪小太太，要不小太太会不高兴的。他的状态，已经成了这么一种定局。一次，他给孩子去送抚养费，见着了前妻，前妻说听说你找了一个小姑娘，娇养得很吧。柴锁平说不管怎样，至少不用成天起来吵架了。前妻说说来还是你们男人占便宜，不管多大年龄结婚，都可以娶到年轻的姑娘。前妻还是以前那副样子，说话直来直去。柴锁平说你以前经常骂我像土匪一样，现在我想土匪都土匪不起来，女人能改变男人。这句话他一下子又把前妻激怒了，她说你称心就行了，还在这儿显摆什么。柴锁平说我不是给你陈述一种关系吗，看着前妻一脸怒容，他突然间觉得很好玩。前妻说你也不要得意太早，我好歹和你一起生活了七八年，你的禀性我还是了解的，这个和你才生活了几天？柴锁平说娶谁做老婆，很大程度上决定夫妻之间的关系，我现在明白了，合婚不合婚主要是说性情，我们当初也没有查生辰八字。他前妻说好了，你走吧，前半生已经一去不回头了，后半生你就好好过吧。

除了脾气暴躁、执拗，他前妻是一个灵巧、能干的人。以前他们租的房子虽然小，但她经常收拾得干干净净，主要是她还喜欢黏着他，一两天不在家，她的电话就追踪着他，没有什么事，口头的一句话就是你正干什么呢？你什么时候回家呢？他那时对她很反感，觉得她这是想控制他，她的控制欲太强烈了。他赚到一笔设计费，她就主张交给她，由她保管。对于钱和数字，她有一种天生的敏感，然后她就告诉他现在有什么理财产品，哪个基金很看好，一部分积蓄她就存到银行进行理财，说等钱够了就买一套房子。赚到的钱他就交给她。持家过日子她还是蛮不错的，要是他不出那趟事，吵吵闹闹他们谁也没有想着要离婚。因为图纸错了一个数字，导致那项工程有了不必要的损耗，他受到了严厉的处罚，被罚了一大笔钱。他交给她的那些钱她一分不少又都给了他，家里一下子一贫如洗。这个打击对于他来说是非常致命的，他的脾气比以前更加暴躁了，稍不如意就大动肝火，她何尝又有好的心情。有一次两人吵架，他骂她是败家子，是他骂她而不是她骂他。他说就是因为你这样的性情，我的思路经常是不清晰的，要不，怎么会出错。摊上你这样的女人，哪会有什么好运？那次他结结实实地伤着了她，她说你错了就是你错了，你怎么把这错事归在我头上，你说清楚点。他又重复说了一遍。她说那既然这样，我们离婚好了，我是败家子，你离我远远的。他那时极不理智，说离婚就离婚，你不旺夫，看谁敢要你。她说我早就与你过够了，就这样两个人离了婚，她把孩子带走了。

那两年，他一直不顺利，他妈就让算卦先生给他卜了一卦，说家里的媳妇不太旺夫，两个人性情不合，经常吵吵闹闹，过几年会好点。母亲偷偷把这话对他讲了，让他不要伤心，过几年会好点。听了算卦先生的话之后，他明显看出母亲对他离婚这件事不纠结了。他想等他有了好的转机，再去找前妻谈谈，结果离婚还不到一年的时间，前妻就找人另嫁了。

消息他是听一个同事对他讲的，那时他正在外地，参观一家公寓房的建筑设计，他一听就火了，说怎么就悄悄地结婚了，怎么连招呼也不打呢。同事说我也是刚听说，你知道也就知道了，都离婚了人家还与你打什么招呼呢，他说她要再嫁也得和我说一声，她带着孩子，谁知道她找什么样的男人？回去我得找她谈谈。同事听他的口气，说你不要意气用事，人家结婚很正常，难道还要等你批准吗？我只是告诉你一声，不是让你去闹事，你也该改改你的脾气了。

那个消息让他一下子又失控了，他都等不及回去找她谈，他马上就拨她的电话，结果她原来用的电话停机了。这让他更加气愤。他就拨通马秀丽的电话，问她前妻孙小月的电话。马秀丽说你找她有事吗？马秀丽和孙小月都是学校的老师，以前经常带孩子去他家串门。柴锁平说听说她结婚了，是不是？马秀丽说结了都两个多月了，怎么你不知道吗？柴锁平说我不知道，我今天才听说。马秀丽说那段时间她说给你打了电话，打不通，她还说可能是你把她拉入黑名单了，不想接她的电话。柴锁平说哪里的事，我们经常跑工地，信号不好是常有的事，她又不是不知道。马秀丽说可能正好是你信号不好的时候打的，也不能怪她，她本来是想告诉你的。柴锁平说着急什么呢，离了男人就不能活吗？马秀丽说你这话我可不爱听，你都和人家离婚了，你管得着人家吗？柴锁平说手机也换了，你说一下她的手机号。马秀丽说我没有记住，我明天去学校给她捎个话，让她给你打。结果两三天过去了，柴锁平眼巴巴地等孙小月的电话，孙小月都没有打过来。

　　眼看着一时回不去，柴锁平非常想知道孙小月再婚的有关情况，上午上班的时间，他又把电话打给了马秀丽，问她到底把话传给了孙小月没有，马秀丽说孙小月这两天没有来学校，说她女儿扁桃体发炎，在医院输液呢。马秀丽还说，我也不管你什么心思，反正人家已经再婚了，有合适的你也再找一个，不要在这件事上过不去。柴锁平听出马秀丽这是警告他，柴锁平说她打不上我的电话，你就不能电话上与我说一声吗？马秀丽说我说有什么用啊，你听我的吗？马秀丽这是与他记仇。刚离婚的时候，马秀丽和她老公两个人叫他去家里吃饭，说孙小月也会去，他们四个人坐在一起好好谈谈。柴锁平没有去。之后马秀丽又给他打过几次电话，说他把孙小月的心伤透了，让他给孙小月好好道个歉，那时他还在气头上，哪里能听进去马秀丽的话，之后，马秀丽也就不与他联系了。柴锁平说我那时在气头上，你和我记仇有什么意思，马秀丽说反正现在说什么都已经迟了。柴锁平听着马秀丽气哼哼的声音，对孙小月产生了说不出的留恋和怀念，后来他就再也不给马秀丽打电话了。他生怕马秀丽会看不起他。

　　中秋节的时候，孙小月带孩子去看望了他的父母，给他妈买了一件毛衣，给他父亲提了两瓶酒。他妈还让她们母女吃了饺子。她告诉他妈她结婚了，男人在一所中学里教书，是一个外地人，也是离异，有一个女儿，父母给他带着，人很善良。他母亲看到孙小月虽然离婚了，但还像以前一样，帮她做饭，帮她洗碗，没有生分。柴锁平的母亲不由得要叹气，说看我们娘俩处得多好，你们两口子那会儿怎么老有吵不完的架？孙小月没有说什么，走的时候还说她会经常带孩子回来看他们。

母亲在电话中与他叨叨，说孙小月还是那样子，没有变，和没有离婚之前一模一样，真看不出来是离婚了的媳妇。柴锁平说她过得怎么样？他妈说听说有房子了，男人脾气也好。还说她走的时候留下了她的电话，让我们有什么事的时候给她打电话。母亲还说你们当初要离婚的时候，我该出面好好劝劝她，兴许她听我的话。我现在觉得有些对不起她。其实她还是一个不错的孩子。柴锁平说现在说什么都已经迟了。

柴锁平和母亲要走了孙小月的电话，几次想拨过去问候问候，又觉得不知该说什么好。之后突然间想起来他还没有给孩子付一次抚养费，都两三年过去了，他一分钱也没有给过孩子。他真的是把这件事忘记了。当初说好一个月他给孩子五百元抚养费。突然记起这件事，他就给孙小月打了一个电话，那时是晚上，电话是孩子接的。孩子问他在哪儿，说好长时间没有见到他了，他说工程在外地，回家少，所以就没有去看她。他问孩子妈妈呢，孩子说在呢，说着就把电话给了孙小月，他说你们都在家呢？孙小月说就我和孩子，他去上自习了。他心里的酸楚涌上来，他们之间竟然隔了这样的一个人，他说看我这么粗心，一直也没有管孩子，抚养费还一次也没有给过孩子，你给我一个账号，我给你打过去。孙小月说不着急，孩子现在上小学，花钱少，你有积蓄了先买房子吧，你再婚总得有一个房子。柴锁平说都几年了，你也不提醒我。孙小月说打过你几次电话，打不通，以为你想与我撇清关系，不想理我，柴锁平说手机信号有时不好，不是我故意不接你的电话。孙小月说我那时异常敏感，不在正常的思维里。柴锁平说你过得怎么样呢？孙小月说还行，我条件不高，脾气好不受气就行，再说他的条件也不高，也不管我旺夫不旺夫，带不带孩子。孙小月还在与他记仇。孙小月说你当初不是说没人会要我吗，到底还是没有让你说中。柴锁平说当初都是气话，气晕了的话。你过得好就行，跟着我也没有过好日子。孙小月说现在想来那日子也是不错的，今生再不会有那样的日子了。现在我懒得连吵架都不想吵了。

搁了电话，柴锁平想孙小月的话，觉得她对与他的婚姻没有全盘否定。她也是有留恋的。这让柴锁平有点心痛，吵吵闹闹，日子本还是可以过下去的。有时候在睡梦中，他还能梦到孙小月，还是他们租来的房子里，孙小月在房子里忙碌，现在成了这样的状况，反而让柴锁平觉得像做梦一般。

孙小月没有发来账号，柴锁平觉得这事不能再拖了，回去以后自己去银行办了一个账号，给女儿存了三万元。给女儿买了一件裙子，然后让快递递给了孙小月。孙小月收到后给他来了电话，他在电话中把密码告诉了孙小月，他还说他准备买房子了，按揭。孙小月说有合适的你赶紧成家吧。

他在电话中客客气气，孙小月也客客气气。搁上电话之后，他觉得还有些好笑，到底不一样了。他本来想对孙小月讲，这两年很顺利，赚钱也多，但他又不敢讲，孙小月说不定又会说，到底还是与我离了好，我不旺你。他有时自己也奇怪，说不上来这是为什么。母亲病了之后，他的婚事成了全家人的头等大事，发动认识的所有人，给他介绍。他还没有确定自己今后的生活如何过，被家人催促着相了好多次亲。介绍了贾燕之后，他有了结婚的念头，他想从头开始另一次生活，珍惜一个人，珍惜一个家庭，他觉得他与贾燕能做到这样，贾燕还是一张白纸，而且特别令他欣慰的是他从过去艰苦的日子里走出来了，贾燕不会跟着他受苦了。

柴锁平一厢情愿地这样想，像许多惯常于对生活想象的人一样，生活没有按他的想象走，柴锁平自己也被生活消磨了一种激情。他出差几天回家了，贾燕去了娘家，他都懒得去找她。回家的时候，路过一家花店，见门口摆着那么多玫瑰，才知道七夕节快到了，他看到许多年轻的情侣在那儿挑花，他想起以前过情人节，孙小月要他买花送她，他还买过那么几次，有一次还送了她一盒巧克力，把她高兴得什么似的，趁孩子不在身边的工夫，搂着他的脖子亲了好几口。和孙小月在一起的时候，日子确实也热热闹闹。

节日的氛围感染了柴锁平，他折进花店，买了一捧玫瑰花。出来的时候，碰到了一个熟人，说你也过情人节？挺时髦呢。他有些不好意思。

贾燕回来看到这一大捧花，嗅了嗅，说这要花不少钱吧？柴锁平说喜欢吗？贾燕说喜欢，贾燕说你明天不出去吧，徐晓红说他们要去星巴克过七夕，我们也去吧。柴锁平想自己这个年龄，去那儿有些别扭，对贾燕说那儿吵轰轰的，都是一堆年轻人，有什么意思。后来醒悟是自己与贾燕有些不搭调。贾燕见他没有兴趣，也就没吭声。他说要不我带你去我们设计好的楼盘那儿看看，贾燕说都是一堆楼，有什么看头呢，我也不懂。那一天怎么过的，他在电脑上打了一天游戏，贾燕在家里看了一天电视，都有些索然无味。

她不像孙小月一样喜欢黏在他身边，孙小月经常黏在他跟前，只要他在家里，她就黏过来了。吵架之后，则是好多天不与他说话，一和好，就又黏过来了。贾燕可能还不知道如何与他相处，老是生涩的样子。她可能也在思忖他。贾燕确实也在思忖他，对于他一个月发她三千元这件事，她有一种不好的理解，这反而不像夫妻关系，更像是一种雇佣关系，他给她三千元，她给他洗衣，做饭，陪他上床，给他生孩子，不过，贾燕觉得给他生孩子他得另外给她钱，既然他要把他们的关系弄成这样，那就彻底成为这种关系好了。生孩子的时候，贾燕说我想和你谈谈。

柴锁平说谈什么呢？贾燕说关于生孩子的事。柴锁平说生孩子怎么了？贾燕说你给我一些钱，到时候医院里的开销，给大夫的红包。柴锁平说哦，谈这个。说这话的时候，柴锁平盯着看了贾燕几眼，那时贾燕已经快生了，柴锁平说医院我也去呢，有我打理呢，你一个产妇，还能顾得上忙这个？那时已经去医院检查出来了，贾燕怀的是一个男孩，柴锁平很高兴，多给了贾燕几千元钱，让她吃营养的东西，贾燕也没有买什么营养的食品。他还去菜市场给她买了两只乌鸡，结果她不喜欢吃，后来他又买了两条鲈鱼，她说她现在几乎不能吃肉，实实在在的好东西她没有吃多少。眼看着快生了，肚子还不是太明显。现在贾燕和他提生孩子的费用，柴锁平说这个有我考虑呢，你安心准备生孩子就行了。贾燕就没有吭气。事实上贾燕想表达的不是这个意思，她生孩子这件事，她觉得柴锁平应该给她一笔钱，她看出柴锁平没有这个意思。

有时候她与徐晓红聊，徐晓红会问她柴锁平一年能赚多少钱？贾燕说我不知道。他不对你讲吗？贾燕说从来没有讲过。你也没有问问他？贾燕说没有问过，你老公赚了钱是不是都交给你了？徐晓红说差不多，他什么都对我讲。那你说柴锁平为什么不对我讲呢？是不是因为他有前妻，前妻还带走孩子的原因？徐晓红说总之这种人和初婚的人就不一样，这种人要复杂一些。贾燕确实觉得柴锁平有些深不可测，她觉得和柴锁平她连恋爱都不知道如何去谈。

她谈过恋爱，知道恋爱的滋味，可惜她的命运太坎坷了。命运让她失去她爱的人，让她步入这样的婚姻，有时她不由得会想，婚姻也是不可靠的，唯有钱是可靠的。柴锁平给她的钱，她一笔一笔都存入了银行，温暖她的就是那一笔存款。有了儿子之后，开销大了起来，柴锁平回家的时候，她就通知他奶粉需要去买，日用品需要去买，关于他门外的一切活动，他讲给她的时候，她听一听，他不讲给她的时候，她从来不问。她这样的状态，她知道他不满，那么他这样的状态，他有没有想过，她满意不满意？

因为贾燕没有工作，孩子自己带，有时候，贾燕提出让柴锁平送她和孩子去母亲那儿住一段时间，柴锁平不同意。柴锁平说乡下条件不太好，孩子小，有什么小毛小病不能及时去医院。柴锁平不同意，贾燕也就不吱声了，柴锁平说你们在家里，我一回了家就能看到儿子了，不太赶急的图纸我还可以拿到家里来绘。

贾燕总觉得隔着一层什么，柴锁平也是。电视机摔坏了，看也不能看了，贾燕委屈，一个人出去了。天黑的时候，徐晓红打来了电话，说贾燕去找她了，哭了整整一下午，问他摔电视机到底为什么？柴锁平说一句两句话也说不清楚，徐晓红在电话中不依不饶，柴锁平一下子就爆发了，说这么小的孩子，每天抱着看电视，也不带孩子出去外面玩会儿，打电话也不接，看看把孩子带的。徐晓红说贾燕说了，你口口声声说看你把孩子带的，她带得不好，能不好到哪儿去。徐晓红说我一会儿把贾燕送回去，你好好反省一下自己，好好给她道个歉，之后徐晓红把贾燕送了回来，说你连电视也不愿意让她看，你让她一个女人家待在家里干什么，他被徐晓红狠狠训了一顿。

要在以往，柴锁平真想上去甩贾燕两个巴掌，告状，不是想挨揍是干什么，但他忍住了。他说你不用哭了，我现在就出去买一台电视机回来，你想什么时候看你就看，你自己也不想清楚，这单单是因为看电视的问题吗？以前没有孩子的时候，我管过你看电视吗？柴锁平说这件事说清楚了，买电视一人摊一半钱，你的钱我从你的工资里扣。

贾燕听柴锁平这样一说，就问柴锁平，那我给你生了孩子，每天给你带孩子，你给了我多少钱？柴锁平说要不我来带孩子，你每个月发我三千元，我保证还把孩子带得好好的，怎么样？贾燕说那你自己带孩子吧，我不发你钱，你也不用发我钱，我走就是了。说着，贾燕就拎着她的包又要出门了。

柴锁平的巴掌一下子就甩出去了，贾燕躲也没有躲。贾燕惊恐地看了柴锁平一眼，她没想到柴锁平会打她，柴锁平说你又去哪儿告状，用得着去告状吗？自己做得不好还怕别人说，你不反省一下自己，走了能解决问题吗？贾燕被柴锁平拉到了卧室，被柴锁平推搡到了床上。贾燕哭喊着抗争着，她说我讨厌你，我恨你，你离我远点。她在心里想，我这次绝不能就这样算了，哪怕与你离婚。

　　贾燕在床上挣扎着咒骂着柴锁平，这是她结婚之后的吵架中，第一次有激烈的反应，她终于不计后果地爆发了，她的推搡，她的咒骂，没有让柴锁平退却，反而让柴锁平有了交流的快感。

　　这事并没有完。当一切复归平静的时候，贾燕说。她看着柴锁平的眼睛，她挑衅的样子让柴锁平好笑。

　　你想怎么样都行，柴锁平说。

　　贾燕说我不能就这样白白让你打，我们找个地方说理去。贾燕不依不饶，柴锁平说这样吧，为了惩戒我的这种恶劣行为，电视机我一个人出钱买，再赔偿你两千元，我再自己甩自己两个巴掌，怎么样？贾燕说我不要你的钱，也不用你动手，你过来，让我甩你两个巴掌。柴锁平说非要这样吗？贾燕说只能这样。

　　柴锁平走过去，贾燕一巴掌狠狠地甩在了他的脸上，之后，贾燕的另一巴掌又狠狠地甩了过来。

本文为毕飞宇工作室第5期小说沙龙讨论作品的修改稿，
首发于《雨花》杂志2016年第7期。

第6期："我"在什么地方？

毕飞宇：这个小说在许多局部对人物的刻画很有特点，语言很有特点，但从整体来看，我觉得，这个小说几乎就不成立，小说是以第一人称来写的，这个第一人称小说成立吗？

张玉迪：不成立，我感觉这个小说刚开始是"我"在说故事，但是后来吴蓝花的一些事情已经具体到一个全知的视角了。比如三年前，吴蓝花和王广福的事情，这个"我"是怎么知道的呢？

毕飞宇：我来总结一下，小说的第一句"凭借我敏锐的眼睛"告诉我们这个是第一人称小说，可是通篇写下来，吴蓝花这个人只和自己发生了一次关系，这个是不可以接受的。这是第一个理由，我说它不成立；第二个，你既然是第一人称小说，你就不能够采取全知的视角，全知的视角是第三人称小说。小说的第一章到第六章是"我"的地点，到了第七章，吴蓝花已经被自己的丈夫接到老家去了，怎么能写呢？所以，我们写一个短篇小说的时候千万不能信手拈来，想怎么写就怎么写。决定了一个调子，写过了，还要回头看。现在的问题是我们如何回头。

宝成：既然用了第一人称，就不断强调"我"的作用，比如"我听别人说"，或者就放弃第一人称，直接用第三人称。

毕飞宇：刚刚我说小说的第一句话是不成立的，下面我们来看第二句话"2014年6月10号"，我要说这句话也是不成立的。下面我们就要说说小说的时间与空间的问题。小说始终伴随着时间的，有个时间的流程。这句话没有构成小说的基础时间。小说内部的空间可以不动，时间不能不动，即使小说写的是五秒钟的事情，时间也是要有变化的，要有进展。第二个问题，物理时间和文学时间，物理时间不可改变，文学时间是主观的，根据你的需要来。也就是高中语文老师经常讲"详略得当"，在时间的处理上，详就尽可能延长它的文学时间，即使它的物理时间是一个定量；略就是尽可能缩减它的文学时间。这篇小说的问题是基础时间丧失，没有能够在基础时间上延展。这样小说就失去了一个脉络、线索，或者说能量，能量体现在物理时间和文学时间的转换上。

毕飞宇：小说在写吴蓝花的同时，出现了多次只出现过一次的人物。当你进行人物描写的时候，当你不打算刻画这个人物的时候，每一个名字都要慎重，尤其是短篇小说的第一页，长篇小说的前二十页。小说里前三段最好的一段就是吴蓝花磕头的那一段，有点鲁迅《祝福》里的祥林嫂的影子，祥林嫂的特点既可怜又可嫌，让人又爱又恨。

郑杰：我觉得王广福那一段写得最好。

毕飞宇：我恰恰要批评这一段，这暴露了一个问题，这个作者缺少最基本的小说训练。作者写王广福写了几次？两次。强暴一次居然写了两回。小说最可贵的是小说内部的信息量，小说的容量与信息量是对立的，一定要争取最大的信息量和最小的容量。有关小说的人物每出现一次都要认真仔细地斟酌。我们可以同一件事情用不同人物的视角呈现，那么这一段就会给小说加分了。

毕飞宇：小说中有一个细节，吴蓝花去告了王广福，吴蓝花为什么去告他？是舌头被咬了，不是被强暴。所以从吴蓝花的视角来回味被王广福的强暴一定不是窗外的月光，也不是性，而是舌头的疼，以及未来的岁月里给她带来的语言表达的障碍。这个细节就能够写出吴蓝花身上既可怜又可嫌的一面。第五章写吴蓝花修鞋时叼着一支烟，这个地方写得很好。在这里我要说出一个问题：小说与道德。我们不能带着人的常规道德进入小说。首先要考虑的是人物的生动性和丰富性，不能将人物脸谱化。小说这个地方写到吴蓝花的虚荣，很好。但是如何做到作者不说读者就知道，我觉得最好的办法就是盯着烟不停地写，附带一定要写她的眼神始终观察有没有人。在描写的过程中一定要让主体出现，同时要尽可能把自己隐去，然后让读者去做结论。小说本身有小说了，我们要抓住，写来写去平淡了，没小说了，就要学会找到小说。这有两个办法，一个是逻辑推导，一个是通过直觉去寻找。第六章谈两个问题，第一个依然是出现了太多一闪而过的人物，第二个是小说的地点，苇子坑、套楼，我觉得可以统一起来，因为小说本身的内部空间那么小，你在同样的一个基础空间很快确定时，又冒出两个概念，这很不聪明。小说的第七章，吴蓝花遇到了魔鬼一样的家人第一反应应该是什么？跑啊！可是是什么让她跟着回去的呢？跑的时候看到了车，车里是她的丈夫，她就不跑了，为什么？家里居然买车了，还跑什么呢？主动性都有了，符合她的性格。动态的东西永远比静态的东西更引人注目，小说人物动了，读者才会关注。如果我来写第八章，一定会是：十七天之后，吴蓝花又回来了。后面的是补叙。小说的最高点就是吴蓝花让女婿娶自己，为什么呢？是钱吗？不是。吴蓝花真正渴望得到的是什么？是爱。这篇小说与小说的结尾相关联的就是第三章，真正考验小说作者能力的也是第三章和结尾。我的建议是，小说的最后吴蓝花让女婿娶了自己，这个女人已经半正常半疯魔了，但是在此之前要有一个伏笔，这个从来没有得到过爱的女人在自己的女儿和女婿的某种行为的刺激下唤醒了内心的渴望，所以她在最后看着新人走出去的时候冒出了那样的一句话。

管国颂：写小说时，一定要把握逻辑性和层次性。这篇小说中写到苏北乡风的时候分了两个部分，我觉得可以糅合在一起；另外，小说讲究情节，小说情节要符合人物的性格，情节还需要完善，有点支离破碎；第三点，吴蓝花的性格前后描写不但缺少铺垫，前后还有一些矛盾的地方；第四点，相关的人物和事件缺少关联，缺少照应；最后，结尾很好，若我来写，可能从结尾往前推，这样可能会找出更多的方案。

易康：这个作者关注底层人物的命运。作为年轻的作者，写作的方向和关注的方向是很可贵的。小说方言的运用比较好，节制、准确。说不足的话，一个是结构上比较松散，在时空和人物的叙述角度上需要进一步整理；第二个是这个结尾好像一刀砍空了，如果跟前面联系起来的话，可能就砍到实处了；第三个是情感，小说的情感有时候是诙谐的，有时候是沉重的，这篇小说在情感上似乎不是很统一。写作和阅读中要注意两个东西，一个是回避，一个是掩盖，进去之后要学会出来，要把自己的意图掩盖掉，你的结论要由读者做判断。

郭亚群：吴蓝花从家里逃出来的时候，精神还是正常的，而到了最后让女婿娶自己应该就已经不正常了，从正常到不正常的点应该就是王广福把她的舌头咬掉了。小说中很多地方都强调了吴蓝花的衣着，若我来写，可能在舌头咬掉这个点的前后衣着上会有一些变化，从衣着的变化来体现精神状态的变化。另外小说当中有一些前后矛盾的细节，比如"吴蓝花回来了之后"大家都想从她嘴里得到什么，前一段说吴蓝花缄默，后一段说"吴蓝花希望有人听她讲讲这次回家的经历"，前后矛盾，这样的问题是不应该出现的。

本文为毕飞宇工作室第6期小说沙龙实录，由郭亚群整理，
首发于《雨花》杂志2016年第10期。

吴蓝花 /胡清彦

一

五十多岁的吴蓝花，一米七多的个儿，还长了张男人的脸。她粗壮黝黑的身体到了夏天就彻底"面世"了，无法再像冬天那样被破花袄和烂棉裤裹着，连同岁月留下的伤疤全都摆了出来。吴蓝花与套楼集上那些外地来的鱼贩子一样，是从外地跑来的，无论逢集、避集都会在套楼医院南边不远的地方出摊儿补鞋。

虽然摆摊儿补鞋，但她摊子上放着的要补的鞋实在很少，生意差得不行。吴蓝花不怎么和人说话，整个人看上去都木愣愣的，手又大又糙。她不只给人家补鞋，还给人家焊塑料桶、修拉锁、剃头……她会的还真不少，就是都不在行。套楼集上有好几处补鞋的，桥北打烧饼的旁边有一处，那个人不是块补鞋的料，但吴蓝花补起鞋来比那个人还要逊好多。

套楼的一户人家借给吴蓝花一间破庙一样的屋，吴蓝花就住在套楼。吴蓝花声称自己没来套楼之前在徐州学过剃头，因此，在吴蓝花刚来套楼的时候，套楼的老头子都喜欢找吴蓝花剃。那些老头子和吴蓝花打趣问她家在哪儿，吴蓝花也不说在哪儿，只说"天大地大，哪里都是家"。就这九个字，吴蓝花的江湖气一下子就出来了。

不过，吴蓝花的江湖是有问题的。

套楼的人去集上找吴蓝花补鞋，多半都会半开玩笑地同她讲，"蓝花，咱还是一个庄的来，少留点儿钱。"吴蓝花听到这话，往往都会吓一跳，连忙向那人摆手，示意不要那么大声。然后扭头看看两边，再小声地给人家说："唉，可不敢这样讲。你可别吱声，那不是熊的人听见了又来逮我回去。"不是熊的人大概就是她的男人或者什么原来的亲戚，这怕怕到什么程度呢，怕到恨不得不要你的钱马上让你走。吴蓝花是安徽砀山跑过来的，她男人、她男人和前妻生的儿子都是赌棍，嗜赌成性，男人和儿子输了钱都找吴蓝花要赌资，不给就打。吴蓝花从安徽婆家跑出来后，辗转多地来到套楼。吴蓝花先后在季庙住过，在圣楼住过，但她觉得都没有套楼的人好，没有套楼的人稳当。

吴蓝花住进套楼的当天，就跪下磕头央求过套楼的老老少少。不是找代表磕，是挨家挨户的那种磕。到一些人家门口的时候，有的小媳妇见吴蓝花比自己年龄还大，怕折寿，看着吴蓝花也怪可怜，就不让她磕。但是吴蓝花担心人家泄密，临走趁人家不注意的时候还是朝北磕了三个响头，一边磕一边喊，奶奶来，恁可别说，恁好人有好报，恁长命百岁。吴蓝花央求套楼的人不要给外人讲她住在这里，不然她婆家会来人找她，找到她就会打她，逮她回去。她央求完就紧接着表态，非常郑重，即使被她婆家逮回去她也得想法再跑出来，就算死也不能死在那儿。

虽然吴蓝花挨家挨户地磕过了响头，可她住在套楼的事还是传了出去。

二

吴蓝花住在套楼的事传了出去，让小王庄的王广福得了"福利"。

住进套楼的那年冬天的一个晚上，吴蓝花收了摊儿回到家，囫囵地吃了点东西就拉灭灯上床睡了。就是这天半夜里，小王庄的王广福跑进了她屋里。……吴蓝花被王广福咬掉了一小块舌头，吐出来，已经接不上了。

从那晚被王广福咬下舌头之后，吴蓝花说话就不利索了，说话也更少了，成了个半截子语。说出来的每一句话都变了味，连同着心底另外一种不舒服，令吴蓝花不能接受。

十来年前，老光棍王广福去窜庄拾破烂，在桥边的垃圾堆旁边竟然看到了一个包，这是包刚出生的小孩的包，王广福不用看都知道里面是个小孩。这件事很快就在整个套楼传开来了，大家都说王广福不知道哪辈子积德了，五十多岁的人了又白捡个闺女。那是二十世纪九十年代，计划生育正严的时候。但是不管这孩子有没有病，小王庄的人对王广福说，你得把这小闺女养大，等小闺女长大嫁出去了，你老了也有个人给你养老。

可是，王广福整天靠拾破烂过日子，哪有钱养得起小孩，都是王广福的大哥王广田一家接济。王广田也想让弟弟老了有个依靠，这样就不用连累自己的儿子。王广田一家出钱给小闺女买奶粉，这小闺女才得以长大。长到三四岁的时候，王广田的媳妇就看出来了，这闺女傻。虽然小闺女傻，但模样还是有的，高鼻子大眼睛，头发乌黑，长大了也是能嫁得出去的。

三

实际上事情变糟糕并不是从王广福睡了吴蓝花开始的。吴蓝花第一次被村里的光棍找上门的时候也只是刚开始推搡，很明显吴蓝花错了，套楼不止一个光棍，当光棍们在吴蓝花屋里照面的时候，这事就相当于不胫而走了。好事不出门，坏事传千里，更何况是光棍和女人之间的事。男人向来在这种事上都喜欢主动，主动就意味着能够领先"注册"。光棍因为有着"棍儿"，而且功能又齐全，就不能不算是男人，就不能不喜欢"注册"。吴蓝花在套楼单门独户，住在村子外那个破庙一样的屋里，觉得总得有人帮忙撑个腰、说句架势的话，所以吴蓝花倒是打心眼里希望能有个人真心上她的床，这个人和之前所有上她床的人一定都不一样。吴蓝花每次被"注册"之前，就会莫名欢喜一次，然而，她欢喜一次就会失望一次。

王广福闻风赶来"注册"，但吴蓝花失望透顶。吴蓝花忍痛回味着刚才发生的一切，没有想到自己明明要飞上天了却又狠狠地摔了下来。她哪里咽得下这口气。

四

吴蓝花在被王广福"注册"过之后的第二天，就跑到套楼派出所去了。

"你有什么事？"

"我要告人！"

"告人？你告谁？"

"告王广福！"

"哪里的王广福？"

"哪里的？！还能哪里的！小王庄的王广福！"

"你为什么要告他？"

"他把我的舌头咬掉啦！！！"

"啊？过来，你离近点我看看。"

吴蓝花双手按住男民警的办公桌，弯下腰，身子努力往前伸，张开嘴等他判王广福的罪。

"哎哟，我的乖乖！咋咬掉了一块？这是什么时候咬的？"

"昨天在我床上咬的。"

"怎么跑你床上咬去了？"

"这个不重要！他把我的舌头咬掉了！我得告他！我这样还咋说话！"

……

王广福被逮进去之后吴蓝花依旧靠补鞋勉强度日，夏天的时候偶尔拾点街上的矿泉水瓶子卖，来维持生计。套楼周边几个庄上谁家有红白喜事，吴蓝花准会赶过去帮忙，帮忙刷碗、烧锅。苏北农村这儿办喜事，都是吃流水席，兴帮忙。端盘子送菜、发桌布、上酒、发馍样样都少不了要人帮忙，而这刷碗、烧锅算是最最下等的活儿。苏北农村这儿办喜事喜欢热闹，习惯把七大姑八大姨、表叔表舅老爷什么的都请来。叫的客多，用的碗也会很多，而这刷碗、烧锅是个体力活，又脏又累，连本家的老爷们儿都没人愿意干。吴蓝花就偏偏爱去端这没人抢的"饭碗"，蹲在地上临时支起的大锅旁，往锅底下卖命添柴火。烧温了水，就开始给人家刷碗。这里有个不成文的规定，不论你是谁，沾不沾亲、带不带故，只要你过去帮忙，事主家都会管你饭吃。所以在吴蓝花眼里，帮忙绝对是头等大事，民以食为天，帮忙比补鞋当然要重要得多。吴蓝花去帮忙，一般都会提前一天去，早去一天就能多吃一天的好饭，她倒巴不得周围的几个庄上每天都有红白喜事发生。

对于吴蓝花来说，帮次忙可以大幅度改善一次生活，还可以趁机拾点饮料瓶攒着卖破烂，能免费喝到几块钱一瓶的劣质白酒，还可以跟事主要香烟吸。对于烟的分配，吴蓝花是有自己的规矩的，孬烟留着自己吸，好烟就拿到小店里卖钱。吴蓝花有时帮完忙还会再去摆摊补鞋，她补鞋到底是为了什么，除了挣点早上买油饼吃的钱之外，可能仅仅是为了在这个十分陌生的地方有个谋生的手段罢了。

但是，吴蓝花谋生的技术实在是太差了。

这谋生的技术差和钱是有直接关系的。吴蓝花没钱正儿八经去学补鞋、学理发，一分钱一分货，很明显，吴蓝花四处学来的都是些皮毛。另外，每次人家找她给衣服、孩子的书包换个拉锁，或者找她补个鞋，她都让人家在摊儿前站着先等一会儿，说抽根烟上上精神。然后从烟盒里敲出一根烟，夹在右手的食指和中指之间，从裤子口袋里掏出打火机点着，放嘴里抿一小口，然后继续把烟夹在右手的食指和中指之间晾着。烟灰在一寸寸地积攒着，积攒到一大截"啪嗒"摔在地上，积攒、摔落，再积攒、再摔下来，吴蓝花会在这空当里时不时地去瞥一下来补鞋和换拉锁的人。烟丝燃尽，就要燃到过滤嘴烫到手的时候，吴蓝花仍然不舍得把烟丢掉。看人家实在等得不耐烦，才把烟屁股扔了，去接待"来客"。

这是吴蓝花自己的一个绝招：越磨蹭，等候的客人越多；等候的客人越多，越是可以造成生意兴隆的表象。

五

尽管吴蓝花谋生的技术差，但也并不妨碍她在套楼生存下去。

而吴蓝花并非从来没有离开过套楼。她从套楼消失了一段时间，没多久又回来了。有人给吴蓝花说了个城里的男人，但吴蓝花整天只知道吃喝，对那家的儿子闺女都不好，人家就把她赶出来了。

套楼的人一致认为吴蓝花不会再走了。

去年刚过了年，吴蓝花的二闺女出嫁，她的两个闺女、她男人、她小姑子来找她，她竟罕见地跟着回去了。

开始大家都以为吴蓝花走了之后还会回来，就像她当时宣誓一般说的话一样，即使被她婆家再逮回去她也得想法再跑出来，死也不能死在那儿。就像别人给她说了个城里的男人，最后还是回来了。于是套楼的人都满心地期待着，想等她来了向她问问她家的情况。可是一等两等，两个月过去了，吴蓝花还没有回来。那些好事的人就问那些光棍，吴蓝花还回不回来，这些光棍哪里知道。

又过了几个月，套楼集上还是没有吴蓝花的影子，这时大家都渐渐觉得吴蓝花是不会回来了，或许这次回到家就被婆家的人看了起来也说不准。套楼集上的那些人，连同套楼的那几个光棍，对于吴蓝花的回来都不抱多大希望了。

可是后来，到了六月份，吴蓝花又骑着那辆破旧的永久牌自行车赶套楼集摆摊儿了。吴蓝花的这次重归，整个套楼都轰动了，你传我传他，都知道吴蓝花回来了。那几天，吴蓝花的摊儿前天天都挤满了人头人屁股，这些人手里都提着不知道从家里哪儿翻出来的一双烂鞋。结果，吴蓝花被大家参观采访过之后，大家的烂鞋送了她好几筐。

吴蓝花张望着过路的人，希望有人可以停在她的鞋摊儿前听她讲讲这次回家的经历，哪怕不是来补鞋的。你若是肯停下来和她打招呼，就会发现，她必定会先叹口气，然后拍两下大腿，长吁短叹地说道，哎，这下可没心思了，家里小孩的事都办完了，两个闺女都出罢门子（出嫁）啦。我这也没啥念想啦……这时你要是配合，最好问问她以后还回去不回去，这样她就可以抽噎着继续说，还回去啥，我这都没心思啦，以前那不通人性的打我打得狠，这会儿想让我回去了，早点干什么来，不回去了，死也不回去了。等她说完这些，你就大不必再听下去了，再听下去，也无非就是再听一遍、两遍、三遍……你也只能从她口中打听到这些，她不会告诉你她家在什么地方，也不会告诉你她的婆家姓什么叫什么，更不会告诉你她的那两个闺女分别嫁到了什么地方。

和吴蓝花集上补鞋摊儿挨边的那些鱼贩子说，吴蓝花的嫁人标准是有闺女的、家里有楼的、有几万块钱存款的。赶集的老爷们儿都拿这句话听，街上开店的老娘们儿就拿这句话笑。

热闹了没几天，吴蓝花的摊儿前又如同往常一样冷清了。也不知道是从哪一天开始的，吴蓝花的头低了下去，恨不得能一头刺进这片厚重的泥土里。她依旧坐在补鞋的摊儿前，摆弄着手里的活计。但那颗沉重的头颅历经了苦痛之后就始终像丧家犬一样低垂着。空气里的鱼腥味、汗臭味肆意地舞动着，放纵地、毫无遮拦地揪住这个补鞋女人的希望，来回揉搓团弄。她拾起鞋摊前的线团，拿在手里摆弄，把中间特别的一部分卖力薅出来，拧巴到最后。毒辣的阳光斜斜地打在所有肉食者的身上，照透了他们的皮囊，似要伺机剜出一颗正常的心来。

六

原来，那天开车来接吴蓝花回砀山的是她本家的一个侄子，她侄子把面包车停在了她的鞋摊前。直到自己的男人在副驾驶座上把头从车窗里探了出来，吴蓝花才大梦初觉，扔掉手里摆弄的线团撒腿就跑。这天刚巧是避集，人少，不仅方便了吴蓝花跑，也方便了面包车去追。吴蓝花一边跑一边咬词不清楚地骂着，"恁这窝子不是熊的，还来逮我，我死这里也不回去！"

虽然在集市上两条腿的比四个轮子的跑得快，毕竟避集人少，四个轮子的十几秒钟后就占了上风。眼看面包车就要撞上吴蓝花了，吴蓝花这个时候突然停了下来，回过了头，她侄子见势急忙踩了刹车，车上的人稍抬起来的屁股因刹车抬得更高又摔在了座位上。兴奋的吴蓝花双手按住了车的前引擎盖，来回抚摸了几遍，吐词异常清晰地说，"车！行啊，咱也买上车了！"吴蓝花又从前挡风玻璃往车里面望去，惊喜地说："恁奶奶的个熊，早知道我刚才就不跑了。快点开门，我好上车。"

先下来的是她两个闺女，接着是她那个败顶败得颇为厉害的男人和男人的儿子，后来从车里探了探头审视了一番之后才下来的是她的小姑子。她男人丈二和尚摸不着头脑一样问了句，啥时候会修的鞋。而她的两个闺女好多年没见自己的娘了，在这里找到了娘，一见娘穿着破花袄、裹着破棉裤，就抱住娘痛哭，求她跟着回家。吴蓝花对这些遗忘得很快，她倒希望她的小姑子也能说几句话，回去仅来车接还不够，还要会说话，让自己当回英雄。

这对她的小姑子来说就为难了，但无论怎样别扭、难以开口，她的小姑子最终还是屈就了一把，叫了吴蓝花一声"嫂"，只是这声"嫂"叫得有点冷冰冰和麻木。

这个场面让人想起了刚结过婚的男人和女人吵架，女人一气之下回了娘家。几天后男人去丈母娘家登门道歉，低眉顺眼说一箩筐好话，把女人从娘家请回去。人们总是喜爱一些并不必要的麻烦，来来回回虽然麻烦，但人生需要一些这样的负担。

总之，吴蓝花算是以一种另样的状态回去了。

回到砀山的葛庄已经是下午四五点钟了，可是，吴蓝花下了车就后悔了，屋还是那年的屋，砖头也更显老了，面包车后来也被自己的侄子开回家了，总之没见这个家有什么起色。大铁门上贴上了"宝马迎天客，香车送月仙"的喜联，没上过学的吴蓝花辨认了好久也没能认出来上面写的是什么字，她就觉得这十个黑乎乎的字等同于"俺二闺女今天出门子啦"。吴蓝花数了数，写出来也是十个黑疙瘩，一个不多，一个也不少。院里院外走动的、坐着的都是人。不同于儿子结婚，儿子结婚是有两天喇叭的，花个两千多块钱请个喇叭班，从结婚的前一天晚上就开始吹，热热闹闹的直到结婚当天把新娘娶进门。而闺女出嫁是只有当天半天的喇叭，闺女一被男方接走，这喇叭也就算罢事儿了。这是前一天，喇叭班的还不该来。喇叭班虽然没来，气氛还是吵闹起来了。

妇女们交头接耳小声议论着什么，尽管她们的头略低着、歪着，但那目光刺探的方向却是直直地指向了吴蓝花。对于吴蓝花的跑，村里的人都心知肚明，也正因为心知肚明，才让这热闹的气氛显得无比尴尬起来。如果大家都不知道也就罢了，该叫她嫂的叫她嫂，该喊她婶子的就喊她婶子，但是都知道就让这招呼难打了起来。倘若打了招呼，说不定就得罪了吴蓝花的男人；倘若不打，说不定还是得罪了吴蓝花的男人。这个时候，大家心中其实是相当紧张和矛盾的，他们的耳朵肯定都竖起来了，小心留意着有没有人和吴蓝花打招呼。如果有人打了招呼，自己也差不多是应该去打个招呼的。但这未免太累大家了。因为大家人多，让多的人受累显然不是最中庸的乡村做法。因此，最理想的做法不是大家装作看不到吴蓝花，而是吴蓝花应该装作看不见大家。至少，就算是打招呼也应该由吴蓝花来给大家打。

吴蓝花呢，跟着她男人和闺女进了院子，吴蓝花既没有给负责问事的二叔打招呼，也没给一直盯着她看的小媳妇们打招呼。她也不回避，两只眼翻得高高的，看东边、看西边。她看见有个小媳妇抱着正吃奶的孩子在看她，就猛地跳起来拿手指着那小媳妇骂，"还看，看恁娘里个×看，不过日子！"那后半句的"不过日子"更多的是骂她男人和她男人的儿子的，和这院子里的旁观者没有任何关系。小媳妇听了这话，脸没地搁，又不好回骂，就抱着孩子沉着脸扭头走了。吴蓝花舌头不利索，但是人们总是可以本能地听到自己想听到的。这一骂，人群里也引来一阵笑。两个闺女脸红着赶紧把吴蓝花拉屋里去了。

这是令大家没有想到的。如果拿之前的吴蓝花比，现在的样子很明显是失常了。葛庄的老少爷们以前从来都没见过吴蓝花骂人，她男人打她的时候她都不敢张口。大家转念一想，去外面野那么多年了，人变了也是正常的。

进了里间，吴蓝花的男人伸手就狠狠地掴了吴蓝花几个耳刮子，发泄的力度一点不比以前少。

当天晚上，吴蓝花就做梦了，梦到自己刚被男人的娘和男人的妹妹撺掇着到这个家的那几年。自己的男人和男人的儿子整天整夜地在外面打牌，但在梦里她男人和男人的儿子不是输钱而是把把都赢钱，总共赢了十好几万。她男人决定把这些钱存着好给儿子盖楼娶媳妇，吴蓝花想要几百块钱买身新衣服，她男人非但不给还嗔怪了她一句不会过日子。吴蓝花对这个梦总体上是相当满意的。老娘们儿就是这样，心里一高兴难免就要表示出来，于是吴蓝花在梦里肆无忌惮地咧着嘴笑了。

人做梦就注定要醒的，没有人管你在梦里做了什么，该醒的时候你就得醒，这没得商量。吴蓝花的这个梦是被她男人打醒的。吴蓝花在破屋里的烂木头床上被她男人掴了几个耳刮子，一边打一边骂，睡觉就睡觉，大半夜的笑恁娘里个×笑。事实和吴蓝花的梦大相径庭，男人的儿子娶过媳妇后变成了当年的男人，而当年的男人则成了更不过日子的男人。

那个夜晚真是死命死命的长，比从砀山到套楼的路还要长。屋子有着墙和窗户，冷冷的星星奔拉在天上，整个气氛是令人捉摸不透的，仿佛黑夜里一切会说话的都变成了哑巴，一切有耳朵的都变成了聋子。

七

第二天早上，天空中有些小雨，院子里搭起了花雨布。来早的亲戚都躲进了屋子里或者花雨布下，妇女带着孩子，拉拉扯扯哄着他说过一会儿就开饭了。小孩子有不依的，刚好大门口不远的地方就有个老头摆的玩具摊儿，小孩子缠着大人给他买个玩具。大人开始不乐意，但又实在嫌自己的孩子太吵，最后还是掏了五块钱给他买了一个。

吴蓝花穿上了闺女给自己买的新花袄，站在堂屋门口出神。进进出出路过她的人似乎变得比昨天懂事了，这大多应该是他们回到家后两口子在床上磋商研讨的结果。于是这天早上嫂回来啦、婶子回来啦、大娘回来啦、大奶奶回来啦的招呼声才会不断。而吴蓝花她就愣愣地杵在门口也不吱声，只是看着靠墙支起的三口大锅。

新郎是上午十一点四十到的，男方来了四五辆轿车来接亲，这在农村里是有面子的。一切的送别都是预备好的，一切的离开都是有了心理准备的，然而离开的时候哭也是理所当然的。这种哭更多的是哭给外人看的，人们最爱看的一个是发丧时候的孝子哭，一个就是出嫁时候的闺女哭。花雨布下，亲戚和来喝喜酒的围坐在一张张圆桌周围，夹着菜、倒着酒。雨伴着唢呐声淅淅沥沥地下着，二闺女用目光在院子里扫了个遍都没看到吴蓝花，这下二闺女急了，该哭爹哭娘的时候到了，却只看见了爹和大姐，娘反倒不见了。这二闺女一急倒真哇哇地哭了起来。

正在给三口大锅卖命添柴火的吴蓝花，一把被自己男人的儿子拽到了闺女和新郎面前。吴蓝花看着眼前这个西装革履、白白净净的新郎正恩爱地挽着自己闺女的胳膊，他们打着情骂着俏，好不快活。吴蓝花又想到了门口停着的四五辆轿车，不觉就出神了，她回想起来套楼那些爬过她床的光棍，还有咬掉她一块舌头的王广福，想就从未有个男人这么爱过自己。二闺女一见娘来了，离近又一看热得满脸是汗的娘便哭得更加厉害了。眼泪刷刷地从眼角流到鼻子的外轮廓，又滑到嘴角。二闺女一边哭一边在心里死命地祝福着自己，以后嫁过去了千万不能像自己的娘一样。

周围正在吃饭的人筷子有的停在了半空，扭过头去看。也有的妇女禁不住这场面哭了的，或许是想到了吴蓝花一家，或许是想到了自己家的难处。大闺女是经历过这种场面的人，就吩咐妹妹别哭了，赶紧跟车回去吧。新郎之前没见过这个丈母娘，一见如此俗陋，不免生厌，也拉起二闺女的手转身往大门外走。

但是，吴蓝花这个时候不知怎么就出人意料地咋呼道，你这个不是熊的人别拉俺闺女走，那是俺闺女，怎家有楼吗有钱吗就娶俺闺女？

花雨布下，那些围坐在一起喝喜酒的人心里有酒的滋味了。他们觉得吴蓝花前面一句话虽是有点不像话，但终究这话里的意思还是为闺女的幸福着想的，于是也都颇感欣慰。新郎听见丈母娘这样不放心，也远远地回应道，有，俺家有钱，有楼，也有车，怎就放一万个心吧。

吴蓝花听罢，顾不得天空中淅沥的雨和地上围着的人，欣喜万分地踩着水汪子小跑到门口，拨拉开人群挤到还没上车的新郎身边，用手抓住新郎的西服胳膊晃了晃，低着头赧颜道，那你娶了我吧。

本文为毕飞宇工作室第6期小说沙龙讨论作品，
首发于《雨花》杂志2016年第10期。

第7期：属于我们自己的菊花茶

庞余亮：今天下了雨，属于"天水"，郑板桥说过："青菜萝卜糙米饭，瓦壶天水菊花茶"。文学在这个时代能坚持下去真的很不容易。今天的小说沙龙会给我们带来很多的"木柴"，我们需要做的就是用这些木柴把文学这罐瓦壶里的水烧透，把菊花茶煮好，把文学搞好。《满面春》这篇小说的作者是小说沙龙开办以来最年轻的作者，也是第一次将小说的场景从农村搬到了兴化城。

周新天：它是历史长河中的静流，没有节奏感，没有高低音，没有亮色，一万字的篇幅显得沉闷，给我的感觉可以写一个短篇，也可以写一个中篇，这个涉及章法的问题。我觉得洗澡的这一段不需要详细写。

庞余亮：其中一个细节——穿衣服、脱衣服——穿上衣服，脱下西装，穿上冬装打瞌睡，打完瞌睡，又穿上冬装去洗澡，洗完澡之后没有再穿西装，实际上是想通过这个穿脱前后的节奏来表现变化，但是不明显。

王藜：作者花了很大的力气去还原原来的生活，但是其中少了一点作者内心的体验，过于客观化，没有小说的色调在里面。开头进入很慢，像一个老年人写的。一开始读到了拆迁，但是再看到拆迁的时候已经很长的篇幅过去了。

易康：小说分前后两个部分，前后上有个对照，在结构上比之前的小说要完整一些。作者对他所写的人和物贴得太近了，没有距离感，没有关照，就没有自由，自己把自己束缚在一个圈子里了。他的表达方式比较单调。前面比较琐碎，人物写得比较生硬，不像人物在做，而是作者在支着人物做。作品缺乏必要的高潮和曲折，马晓明过于脸谱化。我觉得藏宝楼可以写得虚一点，似乎有宝似乎没宝，写工厂那段可以删去，有些多余。妈妈与妻子表达上有些重复。

陆秀荔：菖蒲这个细节没有用好。我觉得可以对这个菖蒲多一些笔墨，这也是一份情怀。

庞余亮：作者的全身没有醒过来，写了十九种食物都没有味道，一直到了熏烧摊我才闻到了一点味道。

姚梦：小说重复了赵润生一天的生活，但是没有意图，他的对面没有人，马晓明没有写出个性来，这是个温和的施暴者。我觉得小说中有个点是可以挖掘的，他们家几代人其实都是失败者，都是自己的利益被损害。到最后他守住的就是那么一个东西，他怎么把这个东西放掉，这个是可以在人物的心理上体现出来的。

毕飞宇：任何一部小说都有一个叙事的基础时间，对小说来讲，时间一定是小说里面第一号人物。对于这个小说来说，基础时间就是赵润生吃早饭，可是这个作者对这个基础时间不在意，老是把它丢了，这个就无法形成节奏，就没有张力，就无法形成一个事。假如我来写的话，拆迁过程已经开始了，直接进入拆迁的现场，其他的都拆了，可是还有一个茶馆，一个浴室孤零零的还在那儿，有可能明天后天就没了。赵润生在那个样的场景下按照自己的生活节奏喝个茶，洗个澡，这个小说就不再是一块四四方方的豆腐，小说马上就会好看起来。

汪夕禄：首先，我觉得前面对于过去的事情回忆过于冗长了，其实这样也可以，但是后面没有让人眼前一亮的东西。第二，人物的对话比较单调，话语表现不出人物的个性。我比较喜欢作者以人物胃部的不适感表现对现实生活的感受，但是最后胃疼的消失，我觉得说服力不够。整体的叙述过于平缓，没有跌宕。对赵润生形象的刻画我觉得他是个软弱的人，可以就这一点再强化一些。

沈光宇：我觉得小说就是写一个小人物的安逸生活。他受了很多的苦，又来拆迁了，满心愤懑。如果是我写，就写一个小人物，他原来的藏宝楼只剩下茶壶了，而徐老板的实实在在的浴室就要没了，他幸灾乐祸，出门买了猪头肉，买花生米，自己找乐。他的性格已经扭曲了。

王锐：房子是一百年前的，而树是明朝的，这个时间有些混乱。读小说的过程应该是感觉不到时间的，而这个小说总让我们在时间上纠结。我觉得小说中写到三五座钟的声音与雨声，那一段可以再处理一下。我还觉得题目"满面春"，文中没有把这个意图说得很清楚。我看到里面有一段写到赵润生的父亲年轻的时候受过很多罪，但是晚年的时候还是很幸福的，我看到这一段是感觉到了满面春，若我写的话，可能会从这里入手。

吴敏：我在小说中看到的是两条线，一条是赵润生平淡的一天，另一条是以这条线为载体的，它的历史跨度很大。我觉得可以将文中出现的人物全都聚集在小小的浴室里面。不管是吴老三还是赵润生或者浴室老板，他们对小镇原本的生活都是很留恋的，所以对拆迁这个事情的反应不应该只是郁闷，而应该强烈一些，形成一个冲突。里面还有一个关键的反派人物马晓明，他也是土生土长的小镇人，对小镇应该也是很留恋的，我们将他也放进浴室里面。另外赵润生的形象似乎与他的年龄不是很符合，一个五六十岁的人不应该如此老态龙钟。

李静：语言是文章的衣服，如果太混搭就会不好看，这篇小说中有些语言很口语而有些语言很书面化，感觉不是很协调。

顾维萍：我觉得小说的内容上是否可以再做些取舍，学会剪裁，有些叙述如果与刻画人物或情节发展无关，那尽可删去。就以拆迁为主体去安排材料，比如下岗，比如小城风俗生活的展示可以少点。

董景云：作者像一个生活在当代的古人，他想通过这一段小镇的生活体现历史的变迁。他也许是想表现一个大的社会背景下一个小人物的无奈，而针对这个无奈，这个结尾的强度就有点过了。赵润生年轻的时候是很灵巧的，可是到了后来似乎成了一个行尸走肉行走在古字画一样的小镇上，没有抗争，没有激愤，面无表情。他做的那个梦我多希望他能将汽油浇在自己身上。另外一点，小说中的人物太多了，都是信手拈来，小说里的人物一定要精心设计的。

庞余亮：我觉得小说中有两个点很重要，一个胃疼，一个穿脱衣服，把这两个点展开小说会漂亮许多。

赵冬俊：小说的空间是人物的载体，小说中写到了西门大街的很多点，同时也写到了与之对应的南门大街，我觉得可以将南门大街拆迁作为一个现代化进程的典范展开写一下，对于年轻人来说拆迁改造没有太多的感受，而对于文中的赵润生来说，他无法适应那样的城市生活，我反对这个，但是我无法控制，只能接受，城市的繁华时刻在折磨着他。结尾部分的对话如果我来设计的话，那个对话我会说："你大……贵，必有后福。"结尾部分有两个消息，一个是马晓明说要拆迁，一个是电视台记者说要保护，如果是来写澡客的话，我会说："马晓明那点能耐只能管小摊小贩，怎么能管得了城市建设。"可以用对话的方式将主题往前推。

毕飞宇：写小说的时候常常会遇到一个道德选择，比如这个小说，要保护历史，哪儿都不拆才好，但是理性地想一想，要想发展拆迁是必然的。如何让这个冲突在赵润生的内心体现出来，呈现出那种无奈感，小说就深入下去了，就好看了。

李凤宇：从乡村题材延伸到城市题材，参与者越来越广。这是一个市井小说，他用写长篇的雄心壮志写了一个短篇，作者总是替主人公说话，里面有很多语言并不是小说语言。

翟嵘：小说里的场景都取材于我根植的这片土地，赵润生的经历其实就来自我的父辈、亲戚以及西门大街的邻居们，他们就是最平凡的市井小民，过着与世无争的安逸生活。兴化生活很滋润，从吃早茶到泡澡堂，我都想放进去，可能心太大了。赵润生是个并不富裕的人，照样可以活得很滋润，但是这种舒适和惬意是易碎的。马晓明一句不知真假的话就可以让赵润生忧愁，小说想展现的还有赵润生过去的人和过去的事，以及对当下这些古老建筑的无比眷恋。赵润生为什么洗澡后出来就放下了，其实并不是放下，而是一种无奈，无论他愿不愿意，他只能逆来顺受、随遇而安。

贾梦玮：万字的短篇小说其实是很难把握的，每一个人物、每一个物件，甚至每一个字透露出来的信息，你都要给它一个去向，你不能写了就丢了。小说最大的问题就是他是一个散文的思维，赵润生遇到了拆迁的问题，他不愿意，为什么？然后就是老宅生活的种种回忆，因为这些所有不愿是归纳性的。而小说不能是归纳性的思维，回忆的这些一二三四五，如果其中有勾连、有推进也是可以的，但是这篇小说并没有。

韩松林：小说沙龙的活动是有质量的，有深度的，交流也反映出大家的真诚、认真、热烈，充分反映出每位参与者对文学执着的追求。工作室有一个古朴庄重典雅的场地，更有崇高的为文学无私奉献的精神，我相信只要毕飞宇工作室继续坚持活动，持之以恒，这里一定会走出新的名家、大家。如果这样的活动能在多个地方进行，江苏的文学前景会更好。

本文为毕飞宇工作室第7期小说沙龙实录，由郭亚群整理，

首发于《雨花》杂志2017年第1期。

满面春 /翟嵘

　　赵润生每天的生活轨迹都在西门大街上和这座小院子里，时光随着堂屋里那座陈旧的三五牌座钟的指针在有条不紊地走动。如果不是吃早茶的时候听到了西门大街要拆迁的消息，赵润生的这一天和以往也不会有什么异样。

　　这天早上，阳光跟从前一样明媚。赵润生像往日一样，起床、刷牙、洗脸、穿衣服。穿好衣服，不忘站在大衣柜门上的镜子前仔细地检查，看看衣服上有没有皱褶。他穿的是一件灰色西服，虽然穿了很多年，还是蛮挺的。衣服上没有皱褶，脸上却多了不少皱纹。时间过得真快，赵润生已经五十六岁了。他看看镜中的自己，两鬓斑白，就像父亲生前的模样。赵润生用梳子把头发梳得一丝不乱，准备出门吃早茶。

　　赵家大院是个大杂院，里面有二十几户人家。从赵家大院的大门楼子进去，穿过一座鹅卵石铺地的小花园，就能找到赵润生的家。赵润生的家是一座古老的小阁楼，楼下有一方天井，院门总是开着的。从门前过，经常可以看见赵润生低着头，在天井里伺候他的花。天井里靠堂屋一侧安放着几层大青石条，石条上摆着三四十盆花。五针松、雀梅、山茶、月季、雀舌松，还有菖蒲。

　　出门之前，赵润生照例要先喂天井里的菖蒲喝水。县城里很少有人养这种野草一样的植物。赵润生养菖蒲的爱好是从他父亲那里继承的。父亲在世的时候不养别的花，只养菖蒲。一簇簇蒲草长在白瓷小盆里，一年四季青翠欲滴。

　　给菖蒲浇过水，赵润生放下手里的喷壶，又从堂屋桌上拎起一把紫砂茶壶，优哉游哉地走出家门。赵润生走过赵家大院里那座花街铺地的小花园，他想起自己小时候，常常光着脚丫踩在花园的鹅卵石上，圆润的石子硌得脚底板很舒服。那时候，花园中青砖砌的花坛里还种着紫藤，开花的时候就像一片紫色的云。花坛边上有一棵高大的槐树，赵润生能像小猴子一样爬到横出的粗枝丫上。父亲告诉他，大槐树是明朝做官的老祖宗初建赵家大院时亲手种下的，已经四五百岁了。后来，小花园南边的一爿房屋住进了街道干部刘大妈一家，赵润生就不能再爬到槐树上去了，父亲知道了会打他的屁股。赵润生抬头看看龙爪槐，它还是和从前一样高大茂密。

　　经过小花园，走出大门楼子，赵润生就来到了西门大街上。这条西门大街是赵润生走了无数遍的。这些年来，小县城建了很多高楼大厦和宽阔马路。而西门大街却好像是被时光遗忘的角落，保持着青砖黛瓦的模样，宽不过三四米的街道上铺着古代的青砖，砖头缝里长着油绿的青苔。早上的西门大街是很热闹的，人们从县城的各个地方汇聚到这里。农民从乡下运来了刚采摘的瓜果蔬菜，堆在小三轮车里沿街叫卖；鱼贩把刚从河里捕获的活蹦乱跳的野鱼养在红色的塑料盆里，蹲在街边和路人讨价还价。此时，西门大街集中了县城里最丰盛的早餐。摊点上有油条、米饼、糍饭团，烧饼店的火炉里炕着香味四溢的芝麻烧饼。

　　赵润生走进了大街上的顺兴园茶馆。顺兴园是一家老茶馆，以前的名字叫工农兵饭店。无论叫什么名字，他家的阳春面都是很好吃的。赵润生小的时候，有回实在太饿了就跑到工农兵饭店偷喝别人吃剩的面汤，被父亲打了一顿。工农兵饭店后来又改名为顺兴园，顺兴园是以前的旧名称。顺兴园茶馆还是以前的旧模样，青砖黛瓦的古老店铺，店门是一排可拆卸的门板。清晨的阳光从屋顶的小玻璃天窗洒下，洒在店内烟熏斑驳的白灰墙上。茶客们围坐在荸荠色的老八仙桌上喝茶聊天，空气里弥漫着面点、茶水和烟草混杂的气味。

赵润生把随身携带的紫砂茶壶放在桌上，往壶中注入开水。紫砂茶壶里泡的是祁门红茶。泡好了茶，赵润生叫了一个烫干丝。老茶客们吃早茶，是不能少了烫干丝的。豆百页切成丝，在开水中烫过，再淋上麻油、酱油，搁一勺白糖就能享用。赵润生喝茶吃干丝，很享受这个惬意的早晨。

赵润生瞥了一眼西门大街，眼睛被一个人硌了一下：马晓明。赵润生赶紧低下头，他怕被马晓明看见。马晓明是街道干部刘大妈的儿子，是赵润生的邻居。他年轻时也是街道干部，现在变成了城管局的副局长。马晓明做街道干部的时候，常破坏小贩的卖菜箩筐。赵润生不喜欢这个霸道的邻居。后来，马晓明到城管局上班，就不住在赵家大院里了。赵润生挺高兴。然而，马晓明做局长以后，又多了一个收藏古董的爱好，他看中了赵润生喝早茶用的紫砂茶壶。马晓明不止一次找上门来要买，都被赵润生拒绝了。茶壶是父亲留给他的，赵润生无论如何也不能卖。马晓明就像马蜂一样难缠，赵润生总是躲着他。

谁知道马晓明早就看到了他，他走进了顺兴园，直接在赵润生同桌坐下。赵润生赶紧把紫砂壶往自己跟前挪了挪，用两只手护住。

马晓明哈哈笑道："瞧你这小气劲儿，我不是来要你茶壶的。"

赵润生也尴尬地笑了笑，说："马局长今天怎么有空跑到小茶馆里来了？"

马晓明说："我来看看西门大街，这里快要拆迁了。"

赵润生问："怎么说拆就拆？真的假的啊？"

马晓明笑着说："骗你干什么？西门大街，赵家大院，哈哈，都是拆迁范围。"

赵润生有些懵住了。他喃喃自语道："这可怎么办呢？"

马晓明说："什么怎么办？这是好事啊。搬家不好吗？快把家里藏的那些古董宝贝都拿出来卖，将来正好换个大房子。哈哈。"

赵润生说："你别拿我开玩笑了。我家哪里有什么古董宝贝？"

马晓明又哈哈笑道："地主家能没有宝贝吗？"

地主？赵润生对这个词有些陌生了，隔了好一会儿，才想起来地主是怎么一回事。

他们家怎么算也算不上地主哦。

吃过早茶，赵润生就回家了。他感到胃不舒服，吃下去的东西一阵阵往上顶。赵润生瘫坐在天井走廊上的藤椅里，一口接一口地喝茶壶里的红茶。他想用茶水止住呕吐的感觉。赵润生看着眼前的这座住了大半辈子的小院子，心里慌张得很。

赵润生从出生起就住在这个小院里。他的母亲是扬州人，说一口扬州话。赵润生上学的时候就带有扬州的口音。同学经常模仿他的口音说："乖乖隆地咚，韭菜炒大葱。"

扬州少女是在镇江上学的时候和小城少爷认识的。起初，赵润生的姥爷是不同意两人自由恋爱的。提到这事儿，奶奶就会颇为不高兴地说："你姥爷是个势利眼，跟人说话的时候眼睛都是朝天上看。哼，有什么了不起呢？说起来他家在清朝是个盐商，不过是个败落的盐商罢了。开始，你姥爷自认为大门槛子高过我家一截，还不同意！后来，他看到我们赵家有这么大一座宅子——以前赵家大院可都是我们家的，没有外人住！我们家还有上千亩良田！老头子笑得龇牙咧嘴的，忙不迭地就答应了这门亲事。"奶奶很骄傲，经常在赵润生面前描述他父母结婚时盛大的场面。她一脸兴奋地说："你爸爸骑在一匹高头大马上，你妈妈坐在大花轿里。迎亲的队伍像长龙一样从大街的东头蜿蜒到西头。敲锣打鼓放鞭炮，热闹了好几天。我们赵家办喜事，整个西门大街都好像在过节。"

赵润生五岁，母亲就不在了。母亲鹅蛋脸，白里泛红的皮肤，说话轻言细语。每天早上，都是母亲把他从睡梦中轻轻唤醒："润儿，起床啦。太阳晒到小屁股啦。"赵润生不想起床。没有小孩愿意在大清早起床读书写字的。母亲用热毛巾捂在他脸上，给他揩脸。毛巾的温度很好，赵润生觉得很舒服。一舒服他就睁开了眼，看到母亲笑眯眯的脸。

母亲原来在文林小学教书，学校在南门大街上。那年八月，天很热，晚上回到家，母亲洗了很长时间的脸，什么话也没说。她平静地坐在床沿，轻拍赵润生的背，哄他入睡。赵润生睡着以后，母亲换了一身干净整齐的衣服，独自走出家门，从南城门外的闸桥上跳了河。赵润生早上醒来的时候，没有人用热毛巾给他揩脸了。赵润生哭着喊着要找妈妈，小脚的奶奶颤巍巍地拄着拐棍带着他到处打听儿媳妇的下落。当时，父亲正在农村接受教育改造，大他十几岁的姐姐也在乡下插队。等他们闻讯赶回家，已是三天以后的事了。

赵润生的母亲去世以后，父亲把阁楼上的小书房锁了起来。这间小书房是母亲生前读书和批改作业的地方。赵家大院的邻居们看到房门紧锁，猜测里面藏着宝贝。他们相信，赵家在以前是个大地主，家里肯定有值钱的古董。"呵呵，地主！马晓明还管我叫地主。我哪有什么古董？"赵润生苦笑着自言自语。经历过那么多变故，祖上传下来的东西早就没有了，手上这把紫砂壶算是保存最好的物件了。赵润生清楚地记得，父亲害怕造反派来抄家，把奶奶藏在床板下面和空棺材里面的古书字画全都找出来烧，烧了一整天。还把青花大花瓶敲成了碎瓷片，乘着夜色埋在了小花坛的土里面。

胃疼的感觉再次袭来。

"铛——"堂屋里的三五牌座钟清脆地敲了一声。

赵润生看看钟，已是中午十一点半了。赵润生不知不觉在藤椅里坐了很久，该吃午饭了。赵润生在工厂上班的时候，也是十一点半钟吃午饭。那时候，赵润生拿了工资都是交给老婆的。老婆拿着钞票就能从西门菜场的菜贩那里买回新鲜的食材，烧几道可口的小菜。赵润生只要手头上的活不忙，就一定会准时回家吃饭。老婆会烧很多菜，最拿手的是大烧马鞍桥。父亲过生日的时候，老婆就做了一道大烧马鞍桥。黄鳝切成一段一段后与猪肉一起煮，酥香的鳝段入口即化。父亲年纪大了牙口不好，他喜欢这道菜，称赞儿媳妇的手艺。赵润生是很高兴的，父亲年轻时受了很多罪，晚年还是很幸福的。每天，赵润生都和父亲、老婆、女儿一起，坐在八仙桌旁吃饭，一家人其乐融融。父亲乐呵呵的，直到去世的时候，他的脸上都是带着笑的。

十一点半钟了，午饭没有做。"还是吃一点东西吧。"赵润生从藤椅里慢慢站起来，走进天井东面的小厨房里。厨房里冷冷清清的。赵润生转动煤气灶的旋钮，火星"啪啪"响，却总也点不着火。他忽然想起来，煤气罐已经很久没有充气了。老婆如果知道的话肯定是要着急的，没有煤气是做不了菜的。赵润生已经很多年没有吃过老婆烧的菜了。这些年来，赵润生每天早餐都会吃得很饱，这样午饭就能简单地对付过去了。煤气罐里没有气，赵润生放弃了炒个简单小菜的打算。他把昨天的剩饭用开水泡一泡，就着咸萝卜干慢慢地吃。

初秋的天气就像人的心情一样变化不定，刚刚还是阳光明媚，转眼就飘来一大片乌云，天色变得阴晦起来。细雨很快就绵延不绝地落下来，落在天井里芭蕉树的叶子上，溅起让人忧伤的淅沥声。赵润生枯坐在堂屋里，听着雨声，忽然想起二楼的晾衣绳上还晒着衣服。他快步出屋，走进天井西边的楼梯间。楼梯是木制的，赵润生扶着木扶手，踩着"咯吱咯吱"响的阶梯往上爬。扶手上荸荠色的漆剥落了很多，露出里面枯黄的木色。

木楼梯连接着二楼的露台，露台四周围着一圈绿色的铁栏杆。衣服就晾在铁栏杆上方的晾衣绳上。还好风不大，屋檐遮住了细雨。赵润生伸手摸摸这些衣服，都还是干的。赵润生把衣服收进二楼的房间，摊在床上一件件叠好。二楼的这个房间，就是被父亲锁了很多年的小书房。1985年，赵润生结婚的前夕，父亲终于打开了紧锁的房门，撕下了窗户上糊的白纸。打开房门的时候，屋里没有看到人们传言的值钱财宝，四面白墙上挂满了赵润生母亲的画像。这些画都是父亲亲手画的，画里的母亲穿着旗袍，青发堆髻，端庄娴雅。父亲把这个小书房收拾了一下，放上了一张窄床。楼下的大房间让给了赵润生做婚房，父亲从此就住在这间小房间里。

赵润生把叠好的衣服整齐地摞起来，双手捧着从楼梯走下来。赵润生走进楼下的卧室，把衣服收进卧室的大衣柜里。他在大衣柜的最下面一层看到了厂里发的工装。这套衣服还是老婆叠好了放在那里的，这么多年了一直都没动过。赵润生把工装从衣柜里拿出来，上面散发着樟脑丸的气味。赵润生想把工装再穿在身上试试，才发现自己和年轻的时候相比发福了不少。他费了不少劲才把衣襟上的五只纽扣都扣上。赵润生照着大衣柜门上的镜子，看到自己穿工作服的样子还是蛮精神的。赵润生小时候的梦想就是做一名工人。那时候，西门大街附近有很多工厂，肉联厂、玻璃厂、纺织厂、电子元件厂……各种各样的工厂。工人们上下班必须从西门大街上经过。早中晚上下班高峰的时候，西门大街的人就像电影院散场那样摩肩接踵。

赵润生十七岁起在气筒厂里开冲床。开冲床是很容易的，只是手指头容易被冲头冲掉。赵润生看到过工友的手指头被冲床冲掉，断的地方就是气筒夹子的形状。赵润生很幸运，不仅没有被冲掉手指，还拿了很多张奖状，贴满了卧室的一面墙。

后来，县城里的自行车越来越多。赵润生也攒钱买了一辆凤凰牌自行车。厂领导看到他买了车，就奖励给他一只厂里生产的气筒。赵润生很高兴，把自己亲手冲出来的气筒夹子夹在自行车的气嘴上，两只手握着气筒的木柄，一上一下地给车胎打气。赵润生为自己的工作感到骄傲，认为这是个"铁饭碗"。为什么是"铁饭碗"呢？厂领导告诉他，中国是个自行车大国，几乎人手一辆自行车。有那么多自行车，还怕气筒没有销量吗？

可是，就十几年的光景，人们都不爱骑自行车了。气筒也跟着不好卖了。厂长在会上说："环球牌气筒的销量连年下滑，厂里效益不好。"赵润生不相信自己的耳朵。他感觉厂长昨天刚说过"环球牌气筒畅销全国"这样的话。终于有一天，赵润生不用再去厂里开冲床了，他下岗了。

那时女儿正准备考大学。上大学是要很多学费的。为了赚钱给女儿交学费，赵润生去驾校报名学习开汽车。学会开车以后，赵润生做了出租车司机。每天，赵润生开着夏利牌的出租车，在县城新建的柏油马路上跑。柏油马路比西门大街宽敞多了，路面非常平整。赵润生开车很平稳，他觉得开汽车比开冲床难多了，一定要更加谨慎。冲床只有一个踏板，汽车却有三个踏板，哪一个踩错了都要出事的。天不亮，赵润生就开着车去跑生意了，天黑的时候才回家。老婆也是很辛苦的，她白天洗衣做饭，晚上还要坐在桌前绑鱼钩，绑到夜里一两点钟。这些鱼钩是渔具厂外销的产品，各种各样的鱼钩，大的小的五颜六色，有的还做成小鱼小虾的样子。这些都是有钱人消遣的玩意儿，赵润生在河沟里钓小鲫鱼是用不着的。老婆为渔具厂绑鱼钩，绑一晚上能赚二十块钱。女儿读书也很努力，每天都要学习到很晚。赵润生睡觉的时候，母女二人都还在灯下埋头用功。后来，女儿考上了大学，大学毕业后又在外地嫁了人。老两口终于可以松口气享享福，等着抱外孙了。可是，老婆的身体却出了毛病，挨了不到一年就去世了。

赵润生的胃再一次感到抽搐和疼痛。赵润生用手按压着胃，又重新坐回天井走廊的藤椅上。藤椅的位置很好，既淋不到雨，又能呼吸到雨中户外清新的空气。赵润生吸了一口带泥土味的清新空气，看着大青石条上一盆盆花草，才感觉好受了一些。

雨淅淅沥沥地下了很久，终于停了。天井里很安静。只有屋檐上的积水滴落在青石台阶上的声音。这声音和堂屋里那只三五牌座钟走动的声音是一样的。赵润生清晰地听到两种滴答声交织在一起，"滴答滴答滴滴答"，仿佛时间在快速地流逝。母亲、父亲、老婆，他们都走得太快了，连这座小院子都将离他而去。赵润生坐在藤椅里，坐着坐着就有了睡意。门外大槐树上的一片叶子突然飞到了他的脸上。是谁？赵润生警醒过来，意识到这只是一片薄薄的槐树叶。起风了，风吹得龙爪槐的树叶沙沙地响。赵润生好像听见老婆在跟他说话："你怎么又打起瞌睡来了？不能睡，小心着凉。"

赵润生决定去义新泉浴室洗把澡。义新泉是座老浴室，里面蒸气大，闷一闷浑身舒坦，效果比吃药打针还灵光。赵润生脱下工装，又换上他的灰色西服出了门。

义新泉浴室离顺兴园茶馆不远，浴室门楣上边嵌的石头匾里刻着"义新泉"三个大字。大门两边还有一副白矾石的对联，上边刻着：入室突感全身暖，出门顿生满面春。

赵润生在柜台上买了筹子，拿着筹子进了浴室的大厅。大厅里有三排躺椅，每两把躺椅之间放着一张茶几。茶几的面上放着茶杯与水瓶，茶几的下方则放着一只红色的痰盂。浴室伙计看到赵润生来了，很热情地把他领到常坐的躺椅边。赵润生脱下灰色的西服，伙计用一根长叉竿把它叉到躺椅正上方的衣桩上。伙计能够娴熟地把西服一竿叉上，两只衣袖一崭齐。赵润生很欣赏伙计的功力，递给他一根香烟。浴室的老板徐大贵也睡在大厅的躺椅上，他看到赵润生给香烟，对伙计说："你怎好抽客人的烟？"伙计装作没听见，把烟别在耳朵后面，笑着跑去给赵润生拿拖鞋。

徐大贵从茶几上的红色烟壳里掏出一根中华，递给赵润生。赵润生客气地推辞了一番，还是接过来点上了。中华烟虽然贵，抽一根也没什么不可以。赵润生深吸一口烟，烟气在肺里面打了个滚，又从鼻孔钻出来。烦恼跟着烟气一起被排出体外。赵润生吐出一口烟，对徐大贵说："大贵，你听说西门大街要拆迁的消息了吗？"

徐大贵直起身子来，瞪大了眼睛问："拆什么迁？你听谁说的？"

赵润生说："听马晓明说的，他是做干部的人，应该不会瞎讲的。"

徐大贵说："怎么就不会瞎讲？马晓明是城管局局长，拆迁规划又不关城管局的事。西门大街上这么多文物古迹，哪能说拆就拆？"

旁边躺椅上的澡客听到了两人的谈话，插嘴说："马晓明也不一定是瞎讲哦。西门大街老早就说要拆了，估计这回是真的要拆了吧。"

徐大贵对那澡客说："我跟你打个赌好不好？西门大街绝不可能拆。去年，电视台的记者还跑过来拍纪录片，说这是保存完好的明清古街，一定要保护起来。"

澡客笑道："呵呵，记者说话就算数了吗？南门大街也是古街，前几年不就拆光光了？徐老板，旧的不去新的不来。我要是你，就巴不得拆迁。往后开间更大的新浴室，带桑拿和休闲中心的那种——赚大钱，发大财！"

徐大贵一脸怒气地说："你说得倒轻巧！我不要开那种乌七八糟的浴室，义新泉这样的就挺好！"

赵润生连忙打圆场说："挺好，是挺好。"

徐大贵"哼"了一声，鼻子像是被什么堵住了。

赵润生抽完了香烟，趿着拖鞋去拿白毛巾。拿了白毛巾，推开一扇厚木门，进了浴池间。一股熏热的白雾扑面而来。澡堂里的光线很暗，白雾中隐约望见几条赤溜溜的身子，围坐在热气腾腾的澡池边沿。澡池的边沿是白矾石砌成的。赵润生坐在细腻光滑的白矾石台沿上，先把两只脚伸进澡池，水温很合适，热而不烫。赵润生两手向后撑着边沿，慢慢将半个身子没入池中，整个人跟着一放松，舒服的感觉就上来了。赵润生一舒服，眼皮就自然而然地合上了。眼皮合上了，他的大脑并没有休息，还在想着拆迁的事情。

这些年来，县城里到处在大兴土木。那位澡客说的南门大街，赵润生就是亲眼看着它被一点点拆掉的。母亲生前教书的文林小学就在这条大街上，赵润生也是在这里上的学。拆学校的时候，赵润生心里很不是滋味，常跑到工地上看。文林小学是由古时候的孔庙改建的，赵润生上学时孔庙的痕迹已经很少了，只是在教室与操场相接的地方有一座空荡荡的大殿，据说以前叫大成殿。操场上有两只龟形碑座和一块碑身，周围散落着一些零散的石柱和石础，赵润生经常爬到大乌龟的背上玩。古老的校舍在轰鸣雄壮的挖掘机面前不堪一击，仅仅几天的时间就被夷为平地。赵润生看着一片废墟，辨不清哪里是他读书的教室。赵润生的眼睛迷糊了，他看到白茫茫一片，不知道是雾气、泪水，还是拆迁工地上漫天的尘埃。

一台挖掘机从白茫茫的尘埃里冲了出来。它拆完了南门大街，又轰鸣着开足马力直奔西门大街而来。"等等！等等！"赵润生拽着挖掘机的门把手，拼命想把它拦下来。赵润生看到，马晓明也跟在挖掘机的后面。赵润生赶紧对马晓明说："马局长，你是城管局的领导，赶紧管管，他们拆错地方啦！"

马晓明哈哈笑道："没拆错！我们城管局就是来配合拆迁的。"赵润生央求他说："那只紫砂茶壶你要是实在喜欢，我就送给你。求求你们不要再拆啦。"马晓明不理睬他。挖掘机继续一家家地拆下去，顺兴园、吴老三的烧饼店、王二炮的熏烧摊、张小顺的茶食店……转瞬都变成了一堆碎砖瓦砾。

挖掘机又开到了义新泉浴室的门前。徐大贵张开双臂挡在挖掘机面前，眼珠子布满了血丝，深陷在眼窝里。他声嘶力竭地喊道："谁也不能拆我的浴室！"……

"嘿，快醒醒！池子里添热水啦！"赵润生听见有人喊。

赵润生猛然惊醒，"腾"的一声从水里站起来，心有余悸地问："锅炉房没着火吧？"

擦背工说："你这说的什么话？锅炉安全着呢。"

过了好一会儿，赵润生才缓过神来，对擦背工说："给我擦个背吧，我要清醒一下。"

"好嘞！"擦背工提了一桶热水，先把宽长的擦背榻冲洗一番，再请赵润生躺到上面。

赵润生直挺挺地躺在擦背榻上。擦背工先用一块毛巾给他擦干身子，接着把拧干水后的毛巾裹在手上，在赵润生的前胸后背往复推擦。赵润生身上的灰垢随着毛巾粒粒坠落。擦完，擦背工用一桶温水在赵润生身上慢慢浇下，冲去被推擦出的污垢。冲洗完毕，再用擦上肥皂的丝瓜筋，给赵润生浑身上下细细地抹上皂液。

擦完背，赵润生胃疼的感觉已经消失了大半。他缓步走到淋浴头下面，冲去了身上的皂液，顿时感觉脱胎换骨般的神清气爽。

洗完澡，赵润生拉开厚木门从浴池间出来进了大厅。徐大贵亲自拿了两片滚热的干毛巾给他敷在身上。

赵润生看到徐大贵，心里颇有些激动的感觉。他有一搭没一搭地说："大贵，看到你真高兴。"徐大贵听得莫名其妙，先是一愣，接着咧开了嘴笑。

"你要发财了！"赵润生说："满脸的财气。"

"你才要发财呢。"徐大贵反应过来，提高了嗓门，说："我已掐指算过了，你这个赵润生要发大财的。"

"哈哈，发大财！"赵润生顿时想笑。

"发财，真好。"

走出义新泉浴室，赵润生的胃已经不疼了。他看着门上的对联，只有一半了，但还是看得清的。

"出门顿生满面春"。

外面，王二炮的熏烧摊在做生意了。熏烧摊的大木桌油光闪亮，桌上的猪头肉、猪耳朵、熏烧鸭、卤鹅翅一盆一盆整整齐齐地排成一排，等候食客的到来。桌角的玻璃罐里还装着兰花豆和五香花生米，晶亮晶亮的。

赵润生切了十块钱猪头肉，还包了两块钱花生米。回到家，赵润生就着猪头肉和花生米喝了半斤大麦烧。喝过老酒，昏昏沉沉上床睡觉。这一觉，他睡得很沉。

本文为毕飞宇工作室第7期小说沙龙讨论作品，

首发于《雨花》杂志2017年第1期。

第8期："我"要到哪里去？

金倜：各位文友，时间进入到2016年的尾部，第8期小说沙龙活动如约而至。冬天就是冬天的样子，外面很冷。我们今天把规矩放在前面，介绍一下今天的嘉宾，《江苏法制报》副总编辑宋世明、《雨花》编辑部主任刘春林、省公安厅作家韩青辰、南京公安局胡建明、《雨花》杂志社西昆。

王夔：看到第一句"你给我回来"，我觉得这个作者是一个有能力的作者，可是后面的话却在解释这句话，作者总是无法忘掉自己，跑出来讲话。小说里的人物是比较多的，但里面并没有名字，而是用称谓来代替了。我觉得一般作品里用这样的称谓，应该是具有普遍性，如果不具备，那么用这样的称谓是比较可疑的。一开始我总觉得父亲、儿子、女儿、儿媳妇，包括先生应该有一定的象征性，可是作者并没有在这个上面用力，让读者无法去想象，找不到章法。再看小说的情节，父亲有两次命令儿子回来，里面插了一些回忆性的内容，我觉得有些琐碎无章。小说中许多细节有些失真，比如地主抓到了他，认为书是地主家的，最后又把书扔到了水塘里，这个是不符合逻辑的。

顾维萍：这篇小说的细节存在许多不真实的地方，很多细节是没有作用的，感觉比较啰唆。喝茶的事件体现了父亲的节俭，而后面向儿子要50万给别人治病，也许作者的想法是反衬的，但是我觉得有些不可思议。还有后面先生与女朋友的性事是没有必要出现的。父亲如何做事说话，是应该由父亲自己的意识来觉得，而小说中，作者将自己的意识强加给了人物。

易康：我一开始觉得这个小说还是不错的，但是在父亲拜师的时候出现问题了，这篇小说不管是在现实的真实上还是艺术的真实上漏洞都比较多，逻辑比较混乱，很多描述多余，目的性不明确。比如他说父亲一定要学西班牙语，其实那个先生是可以教他英语的，为什么非要学西班牙语呢，这个显得有点做作了。作者志在求新求奇，但是力量没有达到。文中有两个片段我读起来觉得不太舒服：一个是被地主吊着打的情节，写这个情节的目的在哪儿呢？你可以为父亲儿时没有书读老了想读书做一个铺垫，但是这样的铺垫有些简单，甚至低估读者的智商了。第二个就是那段性爱描写。这段作者还是挺下功夫的，但是我读的时候觉得作者的目的与文字的效果是相反的。作者在确定了人物和主题之后，就开始七拼八凑。

沈光宇：我觉得小说的作者有些不厚道，你要一个八九十岁的人，也不知道西班牙语、英语，耳朵不好，还有白内障，他还跪下来拜师，显得有些调侃了。里面有很多文字着重描写了他的衰老，用意是什么？老人的行动似乎怪诞了，怪诞是可以的，但是你缺少让其成立的辅助支撑。前面说父亲在城里住了一个月，这里我觉得可以让他站在阳台上看到儿子住的小区的环境，心想儿子肯定也是通过知识改变的命运，让他深刻地感受到这样的力量，勾起了当年的回忆，想学习的欲望。这样这个梦就有了基础。

毕飞宇：我同意你的看法，作者在铺垫的问题上是有问题的，但是我又觉得最有价值、最容易出彩的反而在这个地方。他有一个梦，没有实现，到这个年纪了，想实现这个梦，至于读书是不是能够改变命运，或者是掌握一门技能，对他来说不重要了，重要就没意思了。作为那个时代的一个人，见到老师以后，他的精神、日常生存都在今天，但是他的价值理念、行为模式都停留在那，这个也是有意思的。但问题就是你如何去铺垫，把这些东西弄得很合理。第一期的小说沙龙我说过，在一楼与二楼之间，不管你是上去还是下来，如果是跳，你的腿会断，但你若是有个楼梯，一步步地走，那么一切都是美好的。小说的一楼与二楼都有好风景，但可惜的是作者没有搭建好这个楼梯。

姚梦：我觉得最好看的就是父亲拜师这段。我觉得可以把这个事情放到前面来，很抓人眼球。一开始把人物的愿望放到前面来，人物就很容易打开。这样父亲就是一条主线，很明确了。这个小说写得有些啰唆了，有许多不需要的东西可以扔掉的。前面关于老人在农村的孤独感，可以做一部分，但是不需要讲得那么细。

毕飞宇：中国人面对小说有两个基本的方式，一个是话本，说书，要求人物的生动性和命运的戏剧性。另外一个是笔记，偏文人的，诗意、安宁、祥和。这个小说拧巴的地方就在于前面的部分走类似于笔记的路子，到了拜师那儿后面却是话本的路子。假如我来写，我可能会去掉一小半，到底你要哪一边，要非常清楚。

王锐：小说中父亲给我的感觉是震撼的，我觉得生活中不一定存在这样的人，生活中出现这样的人，或许会以为他老年痴呆了。不管是学西班牙语，还是拿出50万给别人治病，都有些不合情理。后来我想，父亲的命令，儿子是听他的命令的，父亲在别人眼中不正常，但是对他自己来说，这个动机是成立的，但是小说的作者要让其内部的逻辑合理。

毕飞宇：现实主义作品一定要讲逻辑，反过来说，什么样的作品可以不讲逻辑呢？在逻辑上比较跳荡？浪漫主义小说，它有时候是不能按照逻辑来的。从第一期到第七期，我们一直都在现实主义的框架下讨论小说，这个小说给了我们一个机会。这个小说是有两个走向的，一个走向就是现实主义的走法，还有一个就是浪漫主义小说。如果我们反过来，寻找一个突破口，我们将其放在浪漫主义的框架里，我们发现有些逻辑我们可以不要。如果我来写，我可以安排这个人物99岁，这个小说会特别有意思。

西昆：小说以父亲的命令为主线，主人公的形象有很明显的时代特点，小说还展示了乡风乡俗，展现了一些地域特色，这是我们读者和编辑都希望看到的。但是有些地方比较突兀，将性爱描写比喻成出车祸，我起初一看还以为是真的出车祸了，实际上不是那么回事，只是个比喻而已。还有文中屋子里诡异的"液体"是什么东西？"布满白内障的眼睛"那肯定已经完全看不见了，怎么还能有以后小说情节的发展呢？这些细节方面的描写没有交代清楚。

韩青辰：现在作者最需要想清楚的是，我要到哪里去，我想说什么？不管是老父亲的精神困境，还是两代文明、城市乡村的矛盾，要集中在一点。儿媳妇与儿子吵架的那些细节很毛糙的，没有达到艺术的真实。我觉得作者是写到后面自己的意识模糊了，不知道自己要往哪儿去了。如果要写浪漫主义，我觉得可以去读一下卡夫卡的《变形记》。

胡建林：他其实用现实的文字来讲一个反常识的故事。但是前面的老爷子并没有脑子坏掉，后面突然坏掉了。这个作品要围绕命令的荒诞性去改，要将这个老人的不一样写出来。如果将后面的放到前面来，倒装一下，围绕老人的怪异性、荒诞性来写，会好很多。

董建华：我觉得作者要的太多了，一开始想写农村文化与城市文化的区别，后来又想写空巢老人的孤独，由于孤独想起了儿时的遗憾。如果让我来改的话，题目都改掉——"你是我的先生"，用意识流的手法，不断的怪诞，最后的结尾他不认识自己的儿子，睁开眼睛一看："哦，你就是我的先生。"

李静：作者的文字比较随意，很任性，其中有一些描写完全是多余的。比如文中有两处写到河水很脏，写棺材，还有写到了巷子像核桃裂开的缝，最后说父亲不行了，喉结动了一下，连接了昨天与今天……我觉得不知道他想表达什么。还有里面的分支太多了，女儿女婿、儿媳妇、先生的女朋友，这些都不太需要，没有一个指向性。

吴敏：小说还存在一个时间的问题，这个小说里时间很随意，"那天、前年、一天上午"这些时间概念是很笼统的，很模糊，它容易在前后段形成脱节。小说里有很多语言，比如说巷子，像核桃裂开的一条缝，这里挺好的，后面又说，或许隐喻着生活的不易，这个就是作者跳出来说话了。

王桂国：父亲的性格，前后是分裂的，小说中没有一个人物发展的主线。父亲对传统文化留恋，但是后面又学外语，有些矛盾。还有苦楝树是不可以做寿材的。

宋世明：首先是小说的语言，我觉得语言能少说就少说，文中的形容词、判断句太多。第二我觉得这个父亲不管如何怪诞，如何独特，最后你要写出这个父亲独特性中的普遍性，就是一个人处在困境中，他解决了困境对我们普通人有什么意义。这个人物你可以写偏执的人物，但是偏执的人物要给出合理的动机。对于这个文本中的一些日常生活中比较突兀的逻辑，比如拜师、拿50万给别人治病，虽然看起来戏剧化很强，可是这样的冲击力反而减弱了他的神圣感庄严感。日常生活的逻辑与小说的逻辑如何处理？小说的语言一定是经过处理的、符合小说逻辑的语言。这个小说里，好多语言没有经过文学的规训，不能有一个审美的感受，需要进一步调控。其中的风景描写也需要删除一些。另外儿媳妇与儿子吵架的片段，作者可能认为前面的节奏太缓慢了，到了这里制造一些紧张，一些冲突。但是这个吵架在现实中都不常见了，进入小说你想戏剧反而不戏剧了。另外情节的问题，前半段与后半段的过渡如何让其更顺畅。我的建议也是前半段干脆去掉算了，就写后半段这样一个极端的老人。不管多么极端，你最后都需要兜回来，这样一个极端的老人最后解决了他的梦想问题、困境问题。我建议第一层次写个老人的梦想的实现或未能实现，当然写完了不太出彩。也可以写文明的冲突，写他的孤独、空巢，城市与乡村，两代人，还有老人和先生。我对过去的时光无法追溯，现在的生活不可捉摸，未来的生活变动不羁，既然这样，一个99岁的老人，想抓住时光，内心的冲突或者外部的冲突，抓住这个冲突来写，可以上升一点。最后也可以写时光的困境，时光的漫长，人生的困境，可以上升到一个哲学的层面。这个可能效果会更好一些。

本文为毕飞宇工作室第8期小说沙龙实录，由郭亚群整理，
首发于《雨花》杂志2017年第3期。

父亲的命令 /董维华

你给我回来。

父亲下达命令，简短而有力，没等儿子作出反应，他已经挂了电话。让他们一头雾水去吧！他得意地掸掸衣角。

父亲再过几年就九十岁，耳朵有点背，眼睛有点花，老太婆过世后，儿子接他到城里住，好吃好喝地伺候着，可他说，城里人成天关着门，老死不相往来，一个人闷在家里，无聊透顶，等死呀。嚷着要回去。没住完一个月，他又回到老家，义无反顾的样子。没办法，儿子只好请保姆在老家服侍，可他说，保姆偷懒，把人家退了。

父亲放下电话，门也没关就出去，快步走向村头，在村头伫立很久，终于迎到了儿子。儿子见面就问，爸，要我急着回来，家中出什么大事了？父亲笑笑，明天早上你们就知道。

家神柜上放着蜡烛、香炉、一盘连刀咸肉，肉上贴着红纸片，家神柜下面放着鞭炮，厨房里布满了菜，一副办喜事的模样。

堂屋东侧搁着一副棺材，黑黝黝的，这是用西河边的老槐树做的。十多年前一个风雨交加的晚上，雷电击中了老槐树，树身烧得黝黑，就像火山喷发后烧焦的岩石。父亲请村里的木匠锯下树干，在斧头、凿子、刨子一段时间艰苦的不屈不挠的共同努力下，槐树干变成一具光亮漆黑的棺材。儿子说家里搁个棺材，弥漫着死亡的气息，多不吉利。父亲说，这是风俗，活着的时候就打好棺材，有福，长寿，这是寿材。

天刚蒙蒙亮，父亲就起床了，忙里忙外。之后，催儿子起床，其实，不需要他催，儿子一夜没睡踏实，再说，老房子用木板隔断，不隔音，他那么大动静，早已赛过半夜鸡叫。

吃罢早饭，他打开东房间的门，换了上衣，走出时，儿子愣住了，那是一件中山装，左上口袋还插上两支钢笔。这年头，人们早就不用钢笔，这玩意儿要吸墨水，一不小心就会弄得两手皆墨，甚至染黑了衣衫。

儿子问，爸，这是干吗？他笑笑，一支钢笔代表小学生，两支钢笔代表中学生，三支钢笔代表大学生，我没上过几天学堂，充其量算中学生吧，只能插两支，人不能瞎吹牛。

父亲虔诚地点上蜡烛，再点上三炷檀香，对着家神菩萨拜了三拜，插入香炉中。掉头说，放鞭炮。外面顿时响起"哔哔、剥剥"的声音，炒豆子似的，烟花点着了，礼炮弹蹿上天空，很高很高，砰，炸成巨大的花朵，五彩缤纷，一个接着一个。

父亲拉了一个青年人进来，要他坐到家神柜前正中的椅子上。青年人二十岁左右的样子，戴着眼镜，文文静静的，脸白得吓人，见不到血色，白里透着青。这个青年人叫远影，是他的远房侄孙，去年考上了某外国语大学，学的是西班牙语。今年生病，休学回家，常常要去县城做血透。

父亲平时耳聋扯八的。儿子叫他吃水果，他说西边失火，儿子说要给他剪指甲，他说要理发，常弄得大家哑然失笑。可今天的父亲耳聪目明，表达清晰，像是换了一个人。

先生在上，受学生一拜。

父亲极其认真地拜了三拜，接着双膝跪地，磕了一个头。远影赶紧站起身，让开身子，双手拉他。

爷爷，不作兴这样，我是您的孙子辈，折煞我了。

父亲不起身，坚持又磕了一个头。儿子上前一把扶起父亲，说，爸，你干吗？远影是晚辈。父亲说，拜师必须是三拜九磕。甩开儿子拉他的手，跪下来又磕了一个头。站起身，对着远影又作了三个揖。父亲从家神柜上拿起那块连刀咸肉，双手捧着，送到远影的面前。

先生在上，请收下学生的一点心意。

远影双手直摇，爷爷，你给我咸肉干吗？

这哪是咸肉？是学生的拜师之礼，当年我上私塾时就是这样，孔夫子说，这叫束脩。

这是演的哪一出呀！儿子在心里嘀咕。

父亲来到东房间。房间东墙壁悬挂着一块大黑板，漆得黑亮黑亮的。黑板前是一个讲台，讲台上还放着一块木条，就像说书人的醒堂木。父亲说，那不是醒堂木，是先生用的戒尺，学生不听讲，或者答错题，先生可以用它打学生手心。再前面是一张长条桌和两张方杌子。父亲还说，今天，我正式拜远影做先生，跟他学英语，你们陪我上第一课。

父亲不说老师，而是用古称，称先生。

远影成了先生。先生说，爷爷，我学的不是英语，是西班牙语。父亲问，英语和西班牙语哪个更难？先生回答，当然是西班牙语难一点。父亲说，那我就学西班牙语。

儿子问，爸，你这么大年纪了，学西班牙语干吗？

远影先生说，西班牙语是小语种，我都不知道几年后大学毕业到哪儿去找工作呢。爷爷，你学了又有什么用？

父亲问，怎么你们都问学了干吗？不干吗，就是想学。难不成西班牙人还不掉牙呀！

开始上课。先生说，西班牙是欧洲南部的一个国家，南临非洲，西邻葡萄牙，北濒比斯开湾。西班牙语简称西语，属印欧语系罗曼语族。

父亲极其认真，正襟危坐，手握钢笔，看得出，他没听懂，但样子极其享受，极其陶醉。儿子已看出了问题，说，远影，别讲那么复杂，直接教单词吧。

好的，今天学第一个单词，太阳，字母s-o-l，读瑞纳。先生用粉笔在黑板上写上sol。

父亲用钢笔在他的本子上认真地写下了sol，并用汉字标注发音。

父亲上过学的。当年的私塾，《三字经》《百家姓》《千字文》，一本接着一本读。九岁时，双亲暴病身亡，辍学的时候，父亲双手拉着私塾老先生的裤管，潸然泪下。老塾师摸着他的头说，苦命的孩子，以后有机会再来上学堂，送你一本孔子的《论语》，回家自己慢慢读吧，有不懂的来问我。

有很长一段时间，知识不值钱。父亲对儿子说，你们现在是长在红旗下，泡在蜜水里，别得福不知福，别听他们瞎说，读书才有出息。他省吃俭用，咬着牙供儿子上学。恢复高考了，儿子成了全乡第一个大学生。那年夏天，父亲带着儿子一起下河搅水草。恰逢乡党委书记带着全乡干部来开积肥推进会，于是就地变成了现场会。全乡广播传颂着，水乡飞出金凤凰，大学生不忘搅水草。接着，全县都在广播，大学生不忘搅水草。父亲的皱纹里写满了璀璨，再怎么低调，也掩饰不住那份骄傲，走路时脚下生风，仿佛踩着风火轮。儿子就是他的作品，儿子代他完成了夙愿。

孙子要到外国留学读博士，出国前回来向爷爷辞行。这是家族中第一个博士，父亲比儿子当年考中大学还要开心。博士嘛，应该是万能的，上下五千年什么都知，三百六十行行行都懂，考试也应该是极其复杂、极其复杂的。父亲问孙子，考博士要考几门？孙子回答，就考一门，只考雅思，雅思就是英语。父亲一脸不解，又看似入了魔。他喃喃自语，我也要学英语。当时，没人在意，也没人会把这话当真。

你给我回来。几个月后，父亲又打电话下达命令。儿子问，有事吗？父亲又像上次一样，继续玩起了躲猫猫的游戏。儿子说，我走不开，公司里事多。想不到，父亲这次口气坚决，一点也不含糊。你必须回来。

儿子刚进门，父亲手一伸，开门见山，给钱！儿子问，要钱干吗？他说，不是我要钱，是先生需要钱，医生说了，做血透只能延长生命，要想彻底医好病，就必须换肾。儿子问，那要花多少钱？父亲伸出一个巴掌。

5万？

50万。

50万？天哪！儿子怎么也想不通，一贯节俭、连剩茶水都舍不得倒掉的父亲要为一个外人花50万。记得父亲在儿子城里家中，儿子怕他闷，特意没到公司上班，在家陪陪他。公司里事多，不断有人上门来请示。南京方面要货，200吨，发不发？上海来人洽谈公司新三板上市的事，要组织一套班子做准备，等等。儿子不断地泡茶，换了一波人，再泡。父亲如同一个客人，默默地旁观，没什么表情。到了夜里，不断地去卫生间。儿子有点担心，推门来到父亲的房间。他说，没啥，茶喝多了，睡不着。儿子说，喝那么多干吗？父亲说，今天泡了那么多杯，有的只喝了几口，有的一口都没喝，倒掉多浪费呀。

有一段时间，父子之间维持着尴尬的沉默。

你算算，我养老要花多少钱？这次，就算是一次性给我的养老费吧。

儿子还是不吱声。即使他愿给，可媳妇的这一关难过，家里、公司里的财权都握在媳妇的手上。

先生要是有个三长两短，叫我怎么活呀！你到底给不给？给不给？给不给？见儿子还不表态，父亲开始发火，也可以说在咆哮。滚！不给钱，今后别进我的家门。

儿子还在犹豫。

父亲爬进了棺材，手指着儿子说，我只要你再做最后一件事，把棺材盖替我盖上。

以死相逼，这等于在下最后命令。

爸，别急，我给还不行吗！儿子只有让步，除此没有选择。儿子怎么也理解不了。

父亲送先生去上海换肾，佝偻着腰，挥着手，花白的头发乱成了一团。

先生临走时，写了一张字条，对他说，爷爷，这是我的手机号码，想我时打个电话。回到家，父亲把纸条夹在《论语》里，《论语》顿时变得厚重无比。

没有了先生，父亲捧着饭碗，呆呆地站在巷子口。睡觉不香，常常半夜就起床，在家中、在院子里游荡。父亲开始做梦。儿子考上大学时，学校派人送来录取通知书，咣，咣，锣声有节奏地响成一片，村里人都围了过来。他平时不抽烟，那天，父亲发了一圈又一圈，拔茅针似的。鞭炮响了很长时间，天地响蹿上了天空，响声真是动听，响声也惊醒了他。

父亲还是延续着梦里的笑容。

父亲的梦越做越大，已经做到外国去了。父亲经常去英国，去西班牙，去葡萄牙。国外的大学真大，真气派。那天，他和先生手牵着手，走进了教室，课堂的一边，竟然也摆着一副棺材，就跟家中的一模一样。上课的洋教授是个女的，卷曲的黄发，深蓝色的眼睛，高高的鼻梁，胸部特别大。洋教授说，欢迎来自中国的留学生，今天讲你们中国的《论语》。又一个学生走了进来，叫了一声，爷爷。他凝神一看，原来是孙子。

一天夜里，他披衣下床，摸摸索索，蹒跚地来到东房间，站在黑板前，拿起粉笔，在黑板上写上s-o-l。吱、吱，粉笔写字的声音在寂静的夜里很清晰。父亲想尿尿。他的手不由自主地伸进裤裆，掏出来就尿，小便淅淅沥沥，顿时湿了睡裤管。

先生从上海换肾回来，父亲欢喜得紧，见面时，俩人相拥而泣。之后，他拉着先生的手左看看，右瞧瞧，仿佛不认识似的。

瘦了。

先生点点头。

学习又开始了。太阳，sol。月亮，luna。西班牙，Espana。两人几乎形影不离。一个教得认真，一个学得刻苦。两人成了忘年交，有时像兄弟，有时像爷孙。先生每每一拍戒尺，立马成了爷爷，爷爷顿时变成孙子。

父亲走在村里，遇上学生，就考人家，指指天上，问你知道外语太阳怎么说，瑞纳，s-o-l。村里不少学生已跟着他学，你知道外语太阳怎么说，瑞纳，s-o-l。说毕，伸出舌头，扮个鬼脸，哈哈一笑。

一段时间后，父亲又忘了学的单词，只好从头再来。先生劝他，别再学外语，玩玩手机也挺好，问他，爷爷您有微信吗？父亲说，威信？在家里儿子只听老婆的，我有个屁威信。先生问，那您会下载吗？父亲说，快别拿爷爷开玩笑，都快九十岁了，还能下崽！搞得先生哭笑不得。有时，先生一连几天不理他，也不跟他说话，父亲就可怜兮兮地跟着。有一次，先生负气不教，父亲就上门去请，先生不答应，他就赖着不走。

那天，先生又跟他说起西班牙。父亲问，西班牙，是不是班牙稀了，牙痛，不方便吃饭。先生说，不是的，西班牙是个国家，跟牙没有一毛关系。他下意识地摸摸自己的牙，他的牙不要说稀了，早掉光，满嘴都是假牙。父亲拿下假牙，放进了茶杯，他每天都要清洗一次的。父亲怎么也想不通，外国人真怪，既然叫西班牙，怎么就跟牙没有关系呢？听说西班牙的邻居叫葡萄牙，葡萄是甜的，吃多了，牙齿当然会蛀的。

远影。一个姑娘笑吟吟地站在门口。

姑狼（娘），恁（你）好。父亲一改过去见面打招呼问人家有没有吃过的习惯，受先生的影响，而是用老外的习惯热情地打招呼。他取了假牙，说话不关风。这个姑娘他认识，是先生的女朋友，跟先生是中学同学，来过几次。平时，先生跟他交流最多的，除了西班牙语，就是夸这个姑娘，人好，漂亮，是女神。

姑狼（娘），姑（家）来醋醋（坐坐），我来烧鸡蛋茶。烧鸡蛋茶是水乡古老的风俗，一般新女婿、新媳妇或者贵客上门才有，并且要鸡蛋成单数，客人吃单留双，以示好事成双。

先生没理他，站起身，走了出去。他不便跟着，只好留在家中，听到他们在门口说话，断断续续的。先生说，我说过多次，咱们分手吧！姑娘答，不。先生说，我的身体说不清，世界上好男人多着呢。姑娘仍然答，不。先生继续说，天下没有不散的筵席，你还是走吧！姑娘还是答，不。姑娘脸上已没有笑容，眼泪漾满了眼窝，顺着脸颊往下淌，始终在摇头，坚定地重复着那一个字。

轰隆隆，天空响起了雷声，一点过渡没有，吧嗒、吧嗒，雨点飘洒下来。先生和姑娘转身走了。他不放心，撑起一把雨伞，慢慢地走向先生家。转过两个巷口就到。大门没关，他一脚跨了进去，房间门也没关，只看到两个白花花的影子。他赶紧转过身去，无声地走了。父亲想不通，现在的年轻人一会儿哭，一会儿笑，现在又成这样，要死要活的。父亲漫步在雨中，来到村头的小超市，买了一对蜡烛和一点鞭炮。

回到家，父亲点上檀香插入香炉，再插上点燃的蜡烛，放小鞭，放天地响。天地响是一炮双响的大炮仗。砰，天地响蹿上了天空，划破了雨帘。磅，又是一响，天地响在空中炸成碎片，放射出缤纷的色彩，有红、有绿、有黄，烟雾在雨中很快就不成模样，溃散得像战败的逃兵。

姑娘低着头，一手捂着嘴，在雨中哭着快步往前走。姑娘，外面下雨，快进来喝口茶。父亲热情地打招呼。姑娘不理他，继续往前走，一闪而过。先生在后面追着。他转身回家，又找出两把雨伞，挟在怀里，撑起雨伞，一颠一簸地，追了过去。追到村口，姑娘已不见踪影，先生站在雨中，一动不动，雨水顺着头发往下淌，全身已经淋透，衣服贴在身上，更显得瘦小单薄，像只落汤鸡。

隔天早晨，先生来上课，脸颊潮红得吓人，有点神不守舍。父亲问，哪不舒服？先生说，没啥，淋了雨，受了风寒，有点头昏。先生站起身时，一晃，扑倒在讲台前，接着，开始呕吐，神志不清，之后，又昏迷过去。父亲吓得赶紧叫来了村里的医生。

父亲颤巍巍地拉着医生的手说，先生怎么啦？怎么啦？你行行好，一定要把他救过来。

医生说，发低烧，心律不齐，不像感冒，看来，挺危险。

医生，千万不能让他死，他死了谁教我西班牙语呀！父亲接着说，阎王爷，让我死吧，让我替他死吧！

父亲直挺挺地一头栽了下去。

父亲躺在床上，一动不动，不言不语，松树皮般的脸上，刻着深深的皱褶，点缀着一颗颗褐色的老人斑，眉毛、胡子都已花白，嘴角歪着，淌着口水，心脏还在微微地跳动，鼻孔抽着丝丝悠悠气。

这次，不需要命令，儿子听到消息后立马赶了回来。儿子趴在床前，久久地瞅着父亲，再抬头环视屋子，那具棺材横在堂屋里，仿佛在眨巴着眼睛，透出了某种期待，一股悲凉涌上心头。突然，儿子看到父亲的喉结在动，别是眼花了，再看看，确是喉结在动。父亲睁开了眼。爸，爸。儿子欣喜若狂，终于醒了。很久很久以后，父亲艰难地嘘出一口气，断断续续地说：太阳，瑞纳，s-o，太阳，瑞纳，s-o……

他的喉结又蠕动了几下，那最后一个字母始终说不出来。喉结继续蠕动，缓慢而吃力。

打电话，问问先生，最后一个字母是什么？

父亲的胳膊又动了动，像是要拿什么东西。儿子伸手掏他的口袋，口袋里有一张纸片，上面有一组手机号码。儿子握住父亲的手，压着声音不断地叫着，爸，爸！

　　他指着儿子，问道：

　　你是哪一个？

　　爸，我是你儿子。

　　你不是，我儿子在城里。

　　父亲很轻地咳了两声，喉结又开始蠕动，眼睛一下子变得明亮，额头发光，脸上的沟沟壑壑里顿时写满了兴奋。

　　啊！我认出来了，你是我的先生！

　　　　　　　　　　本文为毕飞宇工作室第8期小说沙龙讨论作品，

　　　　　　　　　　　　首发于《雨花》杂志2017年第3期。

第9期：一支树干 /郭亚群

工作室外的桃花开了，玉兰开了，就连4月中旬才进入盛花期的油菜花也你追我赶地次第张开了花瓣。接连几天的阴雨让空气变得更加清新，弥漫着淡淡的香甜，细细的微风听起来都似乎在踏着欢快的脚步，就连几日不见的太阳也忍不住露出了半张脸，仿佛害羞地躲在云层的背后偷偷等待着什么。三月的小城兴化处处都洋溢着甜蜜的味道。

《许三观卖血记》《活着》《一九三七年的爱情》《追月楼》……这些作品大家早就耳熟能详，它们的作者余华先生和叶兆言先生的名字也是如雷贯耳。2017年3月25日上午，毕飞宇工作室里盛况空前，挤满了前来"追星"的文学爱好者。知道两位先生要来，很多人提前一个小时就来到了工作室等待了。上午9点，让我们期盼了一整个冬天的余华先生和叶兆言先生终于来了，一同而来的还有我们的老朋友毕飞宇先生、庞余亮先生以及参加过小说沙龙的省作协党组书记、书记处第一书记韩松林，省作协党组成员、书记处书记、《钟山》杂志主编贾梦玮。

"今天来了很多的老朋友，也出现了很多的新面孔，我忽然就想起了《兰亭集序》中的'虽无丝竹管弦之盛，一觞一咏，亦足以畅叙幽情'，看看现场似乎少了一样东西——美酒，若可以，来上两瓶难得美酒或许就会更漂亮一些。尽管没有我们家乡的难得美酒，但我们今天有另外两份'难得'美酒，那就是余华老师以及叶兆言老师的小说——《我没有自己的名字》《我们去寻找一盏灯》。两位老师是文坛的'大咖'，今天能够与两位'大咖'面对面交流是小说读者以及小说作者的幸运，是我们小说沙龙的幸运，更是文风昌盛的兴化的幸运。"在老朋友庞余亮先生真诚的开场白中，毕飞宇工作室·第九期小说沙龙正式拉开大幕。

与前八期的活动不同，这一次，是几位先生给兴化的文学爱好者送来了福利，给了我们一次与文坛"大咖"面对面交流、面对面请教、面对面学习的机会。大家都做了精心准备，准备好了问题，也准备好了待签名的书籍。

"我想请教一下叶兆言先生，您小说的题目与内容是如何搭上的？""我在写作的时候有时候会刻意地留下一把或半把钥匙，我想请问两位老师你们这两篇小说的钥匙在哪里？""我想请问如何在有限的篇幅里打开叙述的空间，不要在写作的时候在自己设定的框框里苦苦地挣扎。""请问老师你们小说灵感的源头在哪里？"机会太难得，大家都争先恐后地将早在心里反复组织过语言的问题抛了出来。

"看《我没有自己的名字》，我深深地嘘了一口气，对的，我没有自己的名字，你是许阿三也好，你是来发也好，哪怕就是那条狗也好，其实最后大家都没有自己的名字，在大街上一呼'喂'，熟悉的人不熟悉的人都会回头，那一刻反而超脱了。""其实我当初读余华老师这篇小说的时候第一个想到的是鲁迅先生的孔乙己和阿Q，我觉得余华老师是鲁迅先生情感和精神的继承者。"也有一些人谨慎地提出了自己的观点。

"我的脑子里有一堆的题目也有一堆的内容，这个题目和这个内容的出现有很多的偶然性。我觉得写作就如我今天来到兴化，有很多未知的东西。我写作是没有提纲的，但是题目会有，我觉得题目就是一个瓶子，里面装了水就是水瓶，里面装了酒就是酒瓶，看似相连有时候又是相对独立的。我喜欢写作当中的未知。""高晓声曾经说过，写作的时候最忌讳的就是像轮胎打气，一边打气，一边在轮胎上戳几个眼，我们称它为闪光点，这样的小说可能有段时间比较流行，也比较容易看懂，但是这样的小说就始终在那儿泄气。高晓声说好的小说就是给一个轮胎不停地打气，打足了之后用脚一踩，一声爆破。我经过这么多年的写作，自身有个感受就是最后那一下不需要，只要把轮胎打足了气就行了。""我觉得写作还是要悟性，没有什么捷径，古人说'听君一席话，胜读十年书'，其实只有读了十年书之后才能听懂一席话，我们汉语是互文的。最后能不能写出来，能不能悟出来，读上十年书以后才会知道。"非常热爱写作的兆言老师用最朴实的话语为我们解答了疑惑，他的语言与他的处事风格一样，总是溢着满满的真诚。

　　"我没有钥匙，连门都没有，都是敞开着的。因为一部作品发表之后，作为作家层面的工作已经完成了，但是作品本身的工作是不可能完成的，每个读者都是带着自己的生活经验去阅读作品，会有不同的阅读感受，不同的人读就会用不同的方式去延伸它，所以没有钥匙，门也没有，窗户也没有。""就我个人的写作经验来看，你只要把生活写出来就够了，一个作家最了不起的地方就是把生活写出来，不管他是用写实的方式还是荒诞的方式。""《老人与海》出书之后美国的评论家一拥而上，来解析这部作品，说老人、大海、鲨鱼各自象征什么，海明威很生气，将这些评论收集起来寄给了自己非常尊敬的一位老学者，请他出来说说公道话，说'那帮蠢货包围了我'。老学者把小说读完了给他写了一封信，说老人就是老人，大海就是大海，他们不象征什么，但是一部伟大的作品是无处不洋溢着象征的。这就说明了，当你把一个老人写得真正像一个老人，大海真正像一片大海的时候，就会无处不洋溢着象征了。所以只要把生活写出来，你的所有表达所有的意象就都在里面了。"个性分明的余华先生用幽默的语言让我们在笑声中得到了成长，还用《老人与海》创作背后的故事告诉我们写作就是踏踏实实认认真真将生活写出来。

　　对于有人提出他与鲁迅的相似之处，他与大家分享了自己的一个写作感受："像我这个年龄的人可能都曾经不是很喜欢鲁迅，因为我们的成长环境导致的，后来我想想当初不喜欢鲁迅可能就是因为强迫阅读。到了1996年，我重读鲁迅，仔细想想，我不能说他没有对我造成影响。当我重新发现鲁迅之后我有一种感受，鲁迅是我精神上的导师。"

"余华老师的这篇小说我觉得有点像古典音乐里面的概念重复，我知道您平时也喜欢古典音乐，不知道这个有没有受到古典音乐的影响。"第一次参加小说沙龙的周卫彬从另一个角度提出了一个非常有意思的问题，更有意思的是这个问题激发了余华先生的兴趣，他侃侃而谈用了近十分钟的时间为我们讲述了他对古典音乐的理解，以及他对古典音乐与写作之间关系的思考。

"我生活在南方，比较注意越剧里面的唱腔，我发现里面的台词和唱词其实是没啥区别的，你要不是看的话，它台词是啰唆的，而且是有点重复感的，就是为了和它的唱词协调。台词好比小说中的叙述，唱词就好比小说中的对话，所以在写作的过程中，我会有些地方增加一些字，或者有些地方少一些字。音乐里面最让我羡慕的叙述就是和声，不同高低的声音同时发出来，这个在小说的叙述里面永远做不到，撑死了也就是复调而已。当时也曾经考虑过和声，后来发现根本做不到，所以就放弃了。写作的时候还是要量力而行。"余华先生如是说。

这是一场语言与思想的碰撞。因为作品中的语言，我们有了思考、有了疑惑；因为我们有了疑惑，两位老师才又给了我们作品中没有的语言。在这样的碰撞中，在场的每个人都不得不被两位老师的睿智与才华深深折服。

一部作品就是一支树干，不同的读者会在这支树干上延展出不同的枝丫，这些枝丫有些稚嫩有些粗壮，不管粗壮还是稚嫩，总会让这棵树层次分明，茂盛苗壮。生活在继续、疼痛在继续、阅读在继续、写作在继续。每一场小说沙龙也如一支树干，我们在这支树干上贪婪地汲取养分，然后慢慢地去延展，会延展到哪儿谁也不知道，而这一份未知，也许恰恰就是最迷人的。

本文为毕飞宇工作室第9期小说沙龙综述，
刊发于《兴化日报》2017年3月31日。

第10期：好小说是改出来的

庞余亮： 扬州大学是毕飞宇教授的母校，此次小说沙龙来到扬州大学，就特别有意义。三十年前的扬州大学和三十年后的扬州大学，变与不变，都是值得研究的课题。今天我们选择的小说就来自我们面前的这群年轻的学子，从七十多篇小说中选择了这篇小说《怪物》，作为今天讨论的"靶子"。

刘小蹊： 我自己查了一下，乳腺癌是不会疼的。有的会有一个隐痛和刺痛，不过在皮肤上会有一些表现。

黄亮： 这个小说的题材是比较旧的，用叙述性的笔法来写的，缺乏一些人物的对话。另外小说中长句比较多，我觉得用短句的话可能节奏上会好一些。

庞余亮： 作者在设计这个题目的时候是有用意的，应该说，小说中每个人的心中都有怪物。当初我看到题目很奇怪，也很期待，怪物从哪儿才出现的？是在第五十四段才出现。我们从第一段开始分析，第一段出现了老太太，作者并没有给她一个名字或者一个特征性的描写。小说的开头出现了狗、老母鸡、牛、病床、晚霞、麦地、呼吸器这些事物，是很吸引人的。可是如果在小说的开头就出现大公鸡与后面呼应，会很棒；另外老太太为什么没有名字，如果像毕飞宇小说中的有庆家的，这样给老太太一个称呼，某某家的，这样把他爸爸的名字带出来，会很好。老太太的棉袄是一个很好的意象，为什么在第一段没有出现呢？

朱辉： 对于初写小说的人来说，人物不要太多。百分之九十公认的好的短篇小说，人物都不多，两三个人就可以了。作者设置了七八个人物，我都记不住名字了，记不住名字就记不住情节，再加上叙事时间的问题。刚刚那个同学发现了乳腺癌不疼的事实，那么这个疼痛就站不住脚，包括后面李照林吃安眠药自杀的情节，说李照林的旁边还散落了一些安眠药。我不相信有人会这样去死。吃安眠药到死至少有三个小时，工厂人来人往，怎么可能出现撒了一地的安眠药在那等死三个小时？所以一个是时间的问题，一个是人物太多，一个是细节上的不够准确，还有一个就是语言的问题，但是语言的修炼难度是极大的。这个小说里面还是有学生腔的，就是从中学生作文升级到大学语文的那种学生腔。小说的语言有时候是非常凶猛、非常准确、非常精到的，这个还远远达不到。

庞余亮：我们继续来看第三段，丈夫和儿子终于出现了。我觉得文中的老席是王强想象中的父亲，而李照林是他分裂出来的一个人。但是小说的编织能力确实很弱。小说的第三段又出现了牛和老太太的母亲，这两个意象有必要出现吗？而且她还没有生，怎么就知道是儿子了呢？

易康：我对小说的最大感受就是混乱，除了时间的问题，还有叙述角度的变换上缺乏衔接。如果让儿子一开始出现，作为一个人物线索可能情况要好一些，小说的叙述会流畅一些。小说在语言上是有追求的，关于母亲的描述有些地方还是比较成功的，但是给人一种泥沙俱下的感觉。当然语言中的学生腔是因为功力欠缺，能力还不及。还有一些地方是过于追求语言的特色了，我觉得语言可以求新求奇，但是不能忽略语言的规范性和准确性。

庞余亮：他写王强的父亲与别人在田里斗鸡，斗鸡怎么会在田里呢？作者没有看过斗鸡，为什么要写斗鸡呢？

毕飞宇：小说应该在叙事时间上发展，也许有许许多多的时间介入到这个叙事时间中去了，但不管怎么说，它是沿着叙事时间发展的。而这个作者在写这篇小说的时候叙事的脉络不清晰，给阅读带来了巨大的障碍。你们来看这一段"她开始无限感激起自己的母亲"，下一段"于是王强在一个下午出生了"，再下一段"王强在母亲的宠溺与责骂中长大了"，再下一段"十五岁时的王强……"这个时间混乱到无以复加的地步了。就是说作者完全不考虑其他的东西，想咋干就咋干，写小说是不能这样的，在时间的处理上太随心所欲了。随心所欲地处理时间是有的，但那个是直接切入人的内心，那是不涉及时间的。小说创作就等于羽毛球赛，运动员每打完一球，都必须回到场地的中心，否则无法统筹全局，难以应付打到球场偏远角落的球，小说创作也是如此。

顾维萍：作者究竟想表达什么？一直到看到"一直在做着斗争的老席，终于被生活这头怪物吞噬得一干二净……"我才清楚。小说可以有很多主旨，我觉得这句话的出现不太好，太直白了。作者在写这篇小说的时候很随意，信马由缰。没有一个线把主旨穿起来，全散了。这篇小说完全可以从人物出发。这篇小说中最具有怪物特征的是谁？作者应该思考一下，然后有一个侧重。小说的语言有些过于直白，小说的角色应该是呈现出来的，而不是用语言去叙述的。叙述太多，人物成了傀儡，小说中的人物要人物自身去行走，而不是作者通过叙述去推着人物走。

朱辉：小说的每一个人物设置都要用心，一般来说不能有闲人，《红楼梦》中的那个傻大姐都不是闲人。还有短篇小说的篇幅不要太长，八千字能解决的不要写一万字，人物不要太多，三个人能解决的不要写五个人。语言不要花哨，对于初学者来说，文从字顺、表述准确就好，否则你们会走弯路。

庞余亮：刚刚讲了时间，下面我们来看空间，这个小说里有医院、马路边、工厂三个重要的空间。如果让我来写，我就写一个主要的空间——工厂，把人物全部放进去。老席是老职工，王强辞退了他，聘用了李照林，另外将老席和王强父亲的死之间设计一个关联，王强一直怀疑老席打死了自己的父亲，这样人物的出现就更合理了。另外小说第一段的空间可以和结尾的空间统一起来。小说中还有很多矛盾的地方，比如前面是汽车，后面变成了火车等等。

毕飞宇：从小说的基本叙事来讲，构成小说空间的，要么在医院，要么在工厂，街道的部分可以做一个过渡，你现在把医院、工厂、街道用了几乎均等的篇幅，这个小说就乱了。这给读者的负担是巨大的。好小说应该在时间、空间和人物关系上不知不觉就解决了。刚才庞老师说的有一点我不太赞同，每个小说家的兴奋点不一样，如果让我来写，我很可能把医院作为一个主要空间，有一部分工厂的东西，大街作为一个过渡。我也可以把工厂作为一个主要空间，医院做一个补充，大街做过渡。但无论如何，这个大街在小说的三个空间里绝对不能并驾齐驱。我觉得这个小说里，老席都不需要碰他，每次过渡的时候，一两句话带过就行了。

庞余亮：王强有两组关系，一个是王强和母亲，王强对母亲是厌恶的，母亲成了一个道具。其实最大的怪物是王强，我建议可以以王强为主线。一组是王强和李照林，可以设计王强揍过李照林，推动李照林的死。

毕飞宇：这个小说应该起码百分之六十的篇幅在王强身上。当中有一个细节，王强的父亲死的时候是光着屁股的，而王强后来用的是爱马仕的腰带，这个腰带和父亲的死形成了一个对比，当中形成了一个巨大的能量。当爱马仕出现的时候就该知道王强内心的怪物有多大，这个怪物不仅仅落在王强和他父亲身上，也应该落在王强的母亲身上，这样一来，这个小说就全有了。

朱辉：小说，特别是短篇小说中道具的运用，极为重要。人物的筛选，道具的运用，包括人物的名字，其实都不要太随意。短篇小说是个手艺活。

戚亚玲：人的内心很深很深，但是写的时候可以很浅很浅地一带而过。比如王强知道李照林不是干活的料子还是把他招进来了。最后母亲回去那段可以省去。我觉得小说应该在医院结束。

谈海蓉：我觉得作者对于生活细节的把握不是很好，比如母亲的嫁妆是件绿色的棉袄，而一般嫁妆应该是红色的。另外我觉得小说当中人物的出场都比较突然，没有缓冲，让人容易跳戏。

周良玲：我觉得小说中塞的东西太多，想表达的东西也太多了。作者应该找出一个主线，然后其他的东西略写一点。想表达的东西要委婉，不能太过直白。还有，王强为什么要这样对待他的母亲，这个因果关系没有交代清楚。另外李照林之死，压垮他的最后一根稻草这方面还不够突出。最后，人物的形象不是很鲜明，比如王强，我看到最后脑子中都没有一个立体的形象出现。爱马仕的腰带是个点，可以多次出现，通过它让人物更立体一些。

易康：小说的作者急于表达的东西太多，有一种用力过猛的感觉。文学作品不能太直白，要通过一些细节来表达情感、思想，而不是通过叙述的方式。

朱辉：人物的外貌描写很重要，用极其精简的语言对人物的外貌、特点或者气质进行一个交代，是让人接受这篇小说的一个非常重要的条件。一团模糊的气在那里活动是很难把握的，但是你给了他一个外貌，它就有类似影视剧的效果，就可以很容易给人留下印象。

毕飞宇：作者写完一个作品后，一定要用一个读者的心回头来看看作品。我想到一个更极端、更简单的点，也许三分之二的篇幅就可以完成。老太太是乳腺癌的早期，医生说为了保险要割掉，儿子为了证明自己是个孝子，强烈同意医生的决定，最后割了，病也好了，出院了。儿子欢天喜地的，回家之后，老太太吃安眠药自杀了。这样里面的戏剧性就够了，两个人的性格也出来了，各自有各自的怪物。母亲不肯割，因为那是王家的饭碗，儿子为了在社会上做人，根本不顾母亲的想法，最后母亲不活了。单纯的小说，有时候特别有力量。

彭佳艳：第十四段说王强对别人正在经历的苦难格外感兴趣，而在后面对自己的母亲对老席的同情又显示出不屑，说不要多管闲事，这个有点矛盾。另外，王强是个比较矛盾比较复杂的人物，他对母亲的感情会不会有点单一了？

毕飞宇：写小说最好把人物的好和坏放弃，只对人物的特征感兴趣，要写有特点的人、有性格的人，我们不要做道德判断，道德判断是对小说的伤害。

黄亮：我觉得小说应该像带着面纱的美女，留一点给读者探索的空间。小说的力量存在问题，小说内部的力量太分散，不够集中。

李晶晶：小说对人物的情感和心理没有用力，没有深入。比如第二段讲到了老太太对死亡的恐惧，可是后面也说起了她早就料到的平淡无奇的结局，这样的矛盾心理其实可以多用一些笔墨去渲染一下的。小说设计了很多人物，可是人物的人称也是比较混乱的，视角不停地在转换。

吴迟：我想说一说小说的地域问题，她写到了黄土高原，而成片的麦地只有在平原才会出现。她写到农村的窑洞，其实窑洞是不会掉灰的，只会掉土块。黄土高原的人大多是土葬，他们是不知道太平间的。我了解到作者是南方人，我觉得作者可以把人物的背景换一下，换成自己熟悉的背景。

柳宏：读完了小说有一种在地铁站、车站的感觉，拥挤、流动、仓促。它缺少的是从容。老太太不愿意割掉乳房，乳房是女人的尊严，父亲去世的时候是没有尊严的，对儿子的成长也有了一定的影响，尊严这个点也是小说中的一个闪光点，这个是可以好好地处理一下的。

朱辉：短篇小说一定要珍惜其中的那一点点奇思妙想，有时候这一个东西就足以支撑一个短篇小说。有时从一个奇思妙想出发，会生长出特别好的小说。

庞余亮：有句话是这样说的，每篇小说的第一稿都是"狗屎"，而改到第八遍就是"黄金"了。写作需要热爱，更需要匠人般的专业精神，在阅读和实践中一点点进步，你会在艰辛的创作中收获到不断的惊喜。

本文为毕飞宇工作室第10期小说沙龙实录，由郭亚群整理，

首发于《雨花》杂志2017年第7期。

怪物 /李佳琪

　　季绿叶出了车库，一只手拉着门把手，一只手扶在墙上。已经快中午了，金黄色的阳光被门缝压成了一条脑袋宽的线，一丝不苟地落在车库里。季绿叶借着阳光审视她的房间，中间是一张床，两个床头柜紧挨在边上，房间的一角被一块白色的布隔开了，那是季绿叶的厕所。房间有些昏暗，被太阳照到的地方却亮得刺眼，东西都摆在它该在的地方，季绿叶满意地关上了门。随着她身体的移动，赘肉微微抖动了起来，腰间挂着的三把钥匙碰撞着，发出叮咚的声音。季绿叶把钥匙取下来，握在手里，熟练地摸出一个插进单元门的孔里，铁门被拉开时发出刺啦的一声响，又很快砰的一声关上了。

　　季绿叶吃力地爬着楼梯，她烫的一头卷发也吃力地上下起伏着，白头发不知不觉又冒出来了，离她上次染黑还没多久。已经到三楼了，鼻尖早就开始冒汗了，季绿叶的鼻子像她的皮肤一样松垮，软塌塌地贴在脸上。终于到了，到五楼了，季绿叶长舒了一口气，舔舔自己的嘴唇，舌头和嘴唇都是干的。季绿叶又摸出了另外一把钥匙，这把钥匙比其他两把钥匙都大，显得格外气派。季绿叶熟练地把门打开："到家了。"

　　准确地说这是季绿叶的儿子王强的家，但儿子的难道不是老妈的吗？想到这里，季绿叶就十分开心了，脚步也变得轻盈起来。她儿子王强是开水泥厂的，王强从老家出来打拼了十几年，终于出息了。用王强自己的话来说，他这是落叶归根，十五年前他在这里搬水泥，现在他就要在这里开水泥厂，看别人搬水泥。

　　季绿叶知道王强每天八点出门，季绿叶也知道儿子起床以后听不得别人唠叨。所以季绿叶总是在儿子出门以后才吭哧吭哧上楼，替儿子收拾屋子。其实王强的屋子没什么好收拾的，家具也很简单，用两只手上的十根手指头就能数清了。但季绿叶还是在屋子里兜兜转转，耐心地寻找着垃圾，然后捡起来，扔进垃圾袋里，弄得全身都是汗。汗在胳肢窝里，在胸前的沟里，在大腿缝里，季绿叶变得黏糊糊的，然后她慢慢地脱掉了衣服，放了一澡缸子水，小心翼翼地跨了进去，水满得扑出来了，季绿叶满足地躺下，闭上了眼睛。这是她每天最欢喜的时候，她是在黄土高原上长大、嫁人、生子的，她在土里待了这么久，明白水是要先给土喝的，她季绿叶只能靠着土用剩下的水生活，她季绿叶怕了。现在她把整个身体都满满当当地塞进了水里，带着报复的快感。

　　季绿叶的眼睛闭上了，脑子可没有闭上。在这种时候回顾一下过去是必不可少的。季绿叶想起了自己的男人。那个脸上长着狗皮癣的男人，在季绿叶十九岁那年的一天下午带着满身的土走过来了，两条腿像是两根竹竿一样前后动着，裤管少了一大截，裤管下面就是脚脖子了，然后是一双布鞋。季绿叶嫌弃地看着这个男人，穷得连袜子都穿不起。傍晚的风是猛烈的，毫不留情的，一阵风吹来，季绿叶感到腿上的鸡皮疙瘩都起来了，她身子歪向一边，伸手搓搓自己的腿，她悲哀地发现自己连线裤都没了。风依旧不留情面地吹着，季绿叶眯着眼睛，回头看着自己的妈妈，她妈妈坐在床上，向她摆摆手："去呀，去吧。"季绿叶跟了这个男人九年，在王强七岁的时候，这个男人就死掉了。季绿叶不愿意再接着回想下去了，每天季绿叶想到这个地方就停下了。她拿起旁边的毛巾，开始仔细擦着自己的身体。这两天手臂沉得很，肩膀像挂着两个铅球一样，钝钝的，暗戳戳的疼。季绿叶艰难地把手别到后面去，低着头一下一下敲着自己的肩膀，背也挺直了，胸前的两块肉突兀地横在眼前，季绿叶很少这么坦诚地看着自己的胸脯，她母亲说除了她那狗皮癣男人，这是谁也看不得的。季绿叶像是盯着一个新奇的玩物一样盯着自己的胸脯，胸脯是雪白雪白的，季绿叶却突然发现有一块地方隐约透着橘黄色。季绿叶抬头望望天花板，望望四周，都是单调的白色，一个有些红的东西都没有呀，季绿叶拿手拨撩着胸前的水，水纹一圈一圈地向外跑去，那一块橘黄色的地方被水纹割开了，变得皱皱的。

季绿叶穿好了衣服，看着墙上的钟，眯着眼睛认真地数了数，是十一点了。王强中午不回来吃饭，季绿叶就在冰箱里拿出点东西随便热热吃，通常是昨天剩的晚饭，每天她都认真做晚饭，等待着王强回家吃饭。菜被包在保鲜膜里，变得十分暗淡，土豆软绵绵地糊在一起。季绿叶拿筷子拨着土豆，一个人坐在屋子里，无声地扒着饭，仿佛这菜饭是难以下咽的苦味药一样，季绿叶的大半天已经过去了，在这间无其他人的屋子里。

今天王强回来得格外早，他回来的时候季绿叶还在忙着整理王强的抽屉，王强有着满满一个抽屉的皮带，王强的皮带看上去都像发着光一样。

"回来了。"王强躺到沙发上，把领结扯开。

"今天怎么回来得这么早呢？平时不是还要再过一会儿的嘛。妈前几天听你说要去和张老板谈生意，谈得怎么样？饿了吗？我马上就去做饭。"

"没谈成。"王强把腿搭在茶几上，把电视打开了，整个屋子瞬间热闹了起来。王强只是把电视打开了，却没有看电视，电视里叽里呱啦地放着广告。

季绿叶只好转身去厨房。今天她要做土豆鸡块面，儿子喜欢吃。她仔细地把土豆洗干净，然后一点点地削皮，土豆变得光滑了起来。季绿叶听着客厅发出的声响，电视里的人在说话。一个女人操着一口熟练的普通话在说着什么，季绿叶竖起耳朵听。平时除了儿子只有电视会跟她说说话了，今天电视在说生病，季绿叶听到了零星的几个词语——"肩背部发沉""皮肤变色""乳腺癌""切除乳房"，季绿叶手里的土豆滑了下去，摔在地上，咕噜一下子滚远了。

季绿叶回到自己的小车库，车库不透气，闷闷的。她躺在床上，眉头皱起来，使劲闭着眼睛。怎么还没睡着，季绿叶闭着眼睛想。

后半夜季绿叶恍惚做了一个梦。在她熟悉的麦田里，地下突然伸出了无数只手来，要把她拽下去。胸前的两块肉直直地坠向麦田，就像口袋里的苹果掉落那样干脆，那两块肉摊在地上，发出诡异的橘黄色亮光。她慌张地蹲下去想要捡起它们，身上穿的崭新的绿棉袄让她的动作迟缓得像是一个濒临死亡的老人。麦子突然全部倒下了，在倒下的麦子后，站着一圈又一圈的人，层层叠叠，对着她指指点点。

第二天季绿叶很早就醒了，她仔细地看看桌子上的小钟，是七点。季绿叶吭哧吭哧爬到五楼。儿子刚醒来，她支支吾吾对着王强说："强子，妈膀子疼。"王强嗯了一声，走到客厅里，季绿叶倒了一杯水。"晚上睡不着觉，难受。"王强一口气把水喝光了。"怎么回事？"季绿叶又倒了一杯。"妈想去医院看看，不知道贵不贵。"王强想了一会儿，"今天上医院去。"王强先去工厂安排一下事务，出门前他对季绿叶说："我下午接你去医院，你记得从楼上下来，别去车库了，穿得好点。"

季绿叶早早地就在楼下等着了，看到儿子的车她心里一颤。儿子到底是出息了。她看到车里还坐了一个人，头发油油的，整齐地梳到后面，脑门上秃了一大块。季绿叶心里又是一颤，她来城里的这两年里，几乎没有和人说过话，一是她听不懂城里话，别人也听不懂她的口音，二是儿子怕麻烦，总是叮嘱她不要乱跑，不要跟陌生人讲话。季绿叶局促地走向那辆黑色的车。

"张总，这是我妈，老人家今天不舒服，真不好意思开会开到一半就急匆匆地过来了。"

"我早就听说过王老板孝顺啦。"

今天是工作日，医院里的人不是很多。医院很亮堂，每隔两步头顶上就有一个灯照着。季绿叶跟医生说她肩膀疼，说到胸脯的怪异之处时她开始支支吾吾了，却又不敢有所隐瞒。她气呀，自己怎么这么不争气，真不要脸。她一急就觉得眼泪鼻涕全涌上来了，她说话更含糊了。医生到底是有些不耐烦了。"脱掉，"季绿叶停下了，看着眼前这个年纪轻轻的女医生，"把衣服脱了。"季绿叶听明白了，她的脸上更红了，手也使不上力气，衣服好像突然变紧了。胸罩脱下来了，她看到胸罩里隐隐有奶渍一样的东西，季绿叶又微微颤抖了起来，她暗骂："真不要脸，现在还溢奶。"女医生是习惯了的，她认真地，一丝不苟地摸，用宁错杀一千也不放过一个的态度摸。她眉头锁紧了，跟季绿叶说："把家属叫进来。"

王强走了进来，张总坐在外面的椅子上。季绿叶对着医生说："这是我儿子。"

王强听到医生说："老太太这是癌症，幸亏发现得早，可以及时治疗。通过切除乳房，可以根治，不过——"听到这里，王强把一只手抵在医生桌子上，另一只手的大拇指按在腰带上，他暗暗拨弄着口袋里的香烟盒。王强微微把头转了过去，张总就坐在外面，他在低头玩手机。"不过——"

医生还想说，王强的两只手指已经夹住一根香烟了，王强深吸一口气，就像吸香烟那样，"那就根治吧，该怎么割就怎么割，根治好，根治好啊……"王强看着旁边目光呆滞的老母亲，突然就想起自己的父亲了，父亲的死好像一直是一个禁忌。

固执，无知，终日惶恐。这是长大了以后的王强回想起父亲时的印象。在他年幼时，尽管父亲的陪伴总是短暂而粗糙，他仍然依恋父亲。在那个劳动力至上的年代里，父亲高大的身影显得难能可贵，就算他每天都碌碌无为，清晨踏出家门口，要在太阳落山了才依依不舍地从外面回来，母亲也选择沉默，在做一些琐碎的事情时偷偷掉下了眼泪。

在王强七岁那年的一天，他父亲因为一只鸡和村里人打了起来，那只鸡走到了他的院子里，主人找过来，他却硬说这是他刚买的公鸡，是他赶集时买回来的，这只花公鸡有着红得通透通透的鸡冠，立在脑袋上雄赳赳的，跟他真是有缘。

主人重重地哼了一声，呸地一下往地上吐了口浓痰，转身就走了。半夜他叫了一帮人，趁王强爸爸拉屎时把他拉了出来，狠狠地揍了一顿，一失手给打死了。死的时候裤子还没来得及提起来，身子弓着躺在草垛垛旁，月光缓慢地照在他屁股上，反射出白色的微弱的光。据说那只花公鸡在那天半夜突然叫了起来，王强妈妈气急败坏地起床，嘴里嘟囔着臭畜生，他妈妈骂人时牙齿紧闭，两个嘴唇忽上忽下，露出了被黄色牙渍包裹的牙齿，几年后王强知道了有一个成语叫咬牙切齿，他便回想起了他妈妈。这个正在咬牙切齿的乡下妇人，走到了草垛垛旁，发现了她光着屁股的男人。

这是他爸爸的一生。王强深深地记住了他爸爸的一生，并且那天晚上的场景，他在脑袋里想象了无数遍。很久很久以后，他忘记了父亲的模样，于是在他的想象中，那个光着屁股的男人的脸，变成了他自己。自那以后，王强对屁股深深恐惧了起来，他先是偷他妈妈的一根红绳子，紧紧系在腰间，晚上睡觉时也要系着。出来打工后，他买了一根黑色的皮带，系得很紧，把肚子勒出一根红色的线。现在他开了一个工厂，他已经有整整一个抽屉的皮带了。

王强回过神来时，母亲在一旁不断抹着眼泪，用手心、用手背一遍一遍抹着。医生还想说话，"不过，老太太年纪大了，我建议——"王强敲了敲桌子，"就根治吧。"然后他大步走了出去，季绿叶还在抹眼泪，跟在他后面，脚步小而快。

"王老板，您母亲没有大碍吧？"

"癌症，我就算倾家荡产也要把病治好。"

　　"王老板果然孝顺啊！"

　　季绿叶独自回到车库里，她先是走进单元门，等儿子带着张总走远了，她才回到她的小车库里去。季绿叶大概明白自己的病是怎么回事了。她——她真是造了孽呀！她季绿叶怎么敢得这种病呢？她季绿叶怎么可以把自己的胸脯割掉呢？她季绿叶怎么可以把王家的饭碗割掉呢？她季绿叶怎么像她不争气的男人一样？她季绿叶还有什么脸再回家？

　　季绿叶抹了一下午的眼泪，她缓慢地爬上儿子的家时，还在抹眼泪。她挺直了腰，坐在沙发上，打开电视。电视在重播昨天的内容。昨天电视里的那个女人还在絮絮叨叨地讲着，"乳腺癌早期症状有——""切除乳房可以根治——""对于年龄较大的患者建议保守治疗，吃药来抑制——"

　　季绿叶终于等到儿子回家了，今天王强回来得很晚，一脸喜气洋洋的样子。季绿叶知道了，儿子准是又谈成了一笔生意，儿子现在开心着呢。季绿叶小步走到王强面前："妈不想治了，想回家。"王强把笑容收起来："病必须得治。"季绿叶瞄了一眼电视："电视上都说了，妈年纪大，吃点药就行。"王强把手臂弯起来，大拇指按在他的爱马仕皮带上："医生说了要根治。"季绿叶眼泪鼻涕又涌上来了，季绿叶使劲缩着鼻子，把眼睛瞪大了，这次她仿佛是下定决心了，决心不让眼泪流出来。"强子，这可是你从小的饭碗啊！你让妈怎么见人？"王强绕过季绿叶，躺在沙发上。"今天刚和张总谈成了生意，别来寻晦气。"末了他又加了一句："这病必须得治。"

　　季绿叶默默走出王强的家，她还没有忘了把门口的垃圾带上。季绿叶缓慢地走下楼梯，在走下这一百级楼梯的五分钟里，季绿叶在脑海里又把度过的五十二年重新活了一遍。在想象中度过的人生较之现实是那么快速、生动，那些或艰难或快乐的片刻也都一闪而过。母亲坐在昏暗的窑洞里，冲着她和那个满脸狗皮癣的男人说去吧去吧；偏爱她姐姐季红花的母亲，在她出嫁的时候塞给她一件绿色的棉袄，母亲说红色是你姐姐的；她男人整日整日地在外面晃荡，死也要死得不安宁，季绿叶现在还记得那晚的月亮是又大又圆的，那是她第一次发现月亮可以这么大这么圆，月亮把她男人的屁股照得亮堂堂的；儿子第一次上学就分不清6和9，老师把儿子的手都打肿了；隔壁李妈装作不经意地跟她炫耀她儿子的满分作业，季绿叶羞得脸一块红一块白，回家又把儿子打了一顿，儿子嘹亮的不知膜的哭声让大家都偷偷笑了起来，就像笑她男人一样；儿子十五岁的时候，季绿叶就不让他上学了，她说隔壁李家的孩子已经往家里寄钱了；儿子把无依无靠的她接到城里，儿子指着车库说妈这是你的房间，儿子跟她说妈你知不知道没文化让我受了多少苦；儿子三十岁了，他父亲死的时候不过是三十二岁，王强到底是越来越像父亲了……

　　季绿叶想逃走，她想逃得不得了。季绿叶不识字，在她的印象里，回老家要坐一次火车，三次汽车。山路特别不好走，要换两次车才能到村子里，到了村子她就熟了，三年前她穿着绿色的棉袄，挺直了腰杆，在村民啧啧声中头也不回地走了。她先是走出自己家的院子，然后走过了一片绿油油的玉米地。玉米地旁边就是祖坟了，几块石板潦倒地竖在那里，石板周围开了几簇紫色的或是红色的花。王强就带着她到了土路上，路上每隔两个小时会来一班汽车。汽车出现在地平线上之前，人们就能听见轰隆隆的声音，还有远处扬起的一大片尘土的摩擦声。一想到要离开生活了几十年的地方，季绿叶终于落泪了，从听见汽车的声音一直哭到了上汽车，围在旁边看热闹的人说："儿子比老子出息多了。"

　　季绿叶在小车库里静静待了一个礼拜，她没有再去她的"家"了。早上她早早起来，把门虚掩着，坐在那一指宽的阳光能照到的地方，听着楼道里的声音。一阵有规律的脚步声，是皮鞋后跟和瓷砖碰撞发出来的声音，然后是开门声，铁门咿咿呀呀的声音被拉得很长，然后一下子停了，紧随着的是砰的一声。儿子走了，季绿叶心里想。她站起来，把门关上，打开节能灯，车库里一下子变得惨白。她把收音机打开，这是唯一能使她觉得自己还是个活人的东西了。收音机里一个老头在分享他的长寿秘诀。季绿叶掀开帘子，开水龙头，把毛巾润湿，关掉。把上衣掀开，仔细擦拭。用力擦那块橘黄色的地方，她把那块皮肤紧紧地拉着，看着橘黄色变淡至消失，乳房透着微微的温柔粉色。累了就松开一会儿，然后再紧紧拉着。偶尔会有液体溢出来，季绿叶就一遍一遍耐心地擦掉，就像她哺乳期那样，带着满足的笑容耐心地擦掉，整个人像融化了的白色雪糕，在发光。

专家分享完他的养生秘诀，季绿叶也就擦完了。然后她就坐在小车库里等待，王强有时回来得早，有时要很晚才回来。很晚回来的时候，他脚步总是乱的，踉踉跄跄的，左摇右晃的，就像他刚刚学会走路那样。季绿叶听到儿子回来后，就闭上了眼睛，这几天她没有再做噩梦了，相反，梦境里所体现的都是她一生中最快乐的时候。

季绿叶度过了她最平静的七天。

这天上午王强早早地就把季绿叶叫醒了，他坐在床上等待母亲收拾东西，点了根烟，烟草味把这个小车库包围了起开，季绿叶被呛得直咳嗽。"妈，该去医院了。"季绿叶还在咳嗽，她没有说话。

季绿叶醒来后不知道今天是几号了，她穿着条纹病号服躺在床上，手上打着点滴，青色血管清晰可见，皮肤皱皱的，堆在一起。病房很大，墙上挂着一幅黄灿灿的油画，阳光毫无顾忌地倾泻在房间里。房间里很安静，除了她不自觉发出的阵阵呻吟声，没有其他声音了。季绿叶又闭上了眼睛，胸脯上裹着大块的纱布。她失去了作为女人最重要的一部分，就像她男人一样。她男人死的时候，人们远远地看着，就站在草垛后面，月光冷冷照下来，他们的神情暴露无遗，啧啧叹气，窃笑私语。季绿叶和她男人在人群中间，她男人脸侧着趴在地上，眼睛还没有闭上，空洞无神。季绿叶跌坐在地上，仰起头，看月亮。

又不知道过了多久，病房里吵闹了起来。王强带着一群穿着笔直西装的人来到季绿叶病房。那些人仿佛在比赛一样，手里的花一个比一个鲜艳，拎着的果篮一个比一个大。他们一进门就扑到了老太太床前，脸上在笑。

——"王总的母亲真是有福气啊！"

——"王总这么孝顺，不和王总合作和谁合作呢？"

王强脸上也堆满了笑，点头附和。那些老总们夸完了老太太就开始聊天了，声音把病房塞满，满得要爆炸了。王强站在窗户边上，抽出一支烟点上。护士循声来到病房，大声呵斥着安静安静，病人需要休息。她指着王强说："你是家属吗？病房里不许抽烟。"王强深吸一口，咽到肚子里，把烟拿下来，放在窗台上抖了抖，笑容又堆起来了，"是，是。两口，就两口。"

第二天就传来季绿叶跳楼的消息。王强冲到医院时，季绿叶已经被白布罩起来了。罩得很严实。王强到病房里，床上凌乱地散落着几块血迹斑斑的纱布，病号服也在一旁。阳光从窗户小心翼翼地透进来，红的，黄的，白的。王强跌坐在一旁的椅子上，他的手突然剧烈地抖了起来，香烟在盒子里碰撞发出声音，好不容易哆嗦着拿出一根，却拿也拿不稳，掉在了地上，王强重新又拿出一根，塞到嘴里。身体突然就像泄了气一样瘫在椅子上，他一只手摩挲着爱马仕腰带上的标志，一只手夹着香烟，眼神走远了。

本文为毕飞宇工作室第10期小说沙龙讨论作品的修改稿，
首发于《雨花》杂志2017年第7期。

第11期：平静的表达反而是有力量的

庞余亮：这是毕飞宇工作室小说沙龙遇到的第三个秋天。关于这个小说，我的第一感觉是，既有优势，也有劣势。在我们的小说讨论史上还没有出现过这种类型的小说。这个小说作者的野心很大，但是作者的能力有没有达到呢？或者可以这样说，当小说遇到秋天，会发生些什么呢？

王：看到小说题目时我就觉得应该是个比较好的小说。题目有让人读下去的欲望。但是我不知道小说的开头部分与主人公吴由之有什么关系，中间部分忽然出现这么一个人，这个人的生活轨迹是异于常人的，是一个巴洛克式的人物，后来出现了与开头的呼应，原来"我"也是一个有巴洛克倾向的人。如果是我写，我就直接写吴由之这个人，把他写透了，写干净了，把"我"的部分缩小。"我"是吴由之的对比和补充，但是我觉得这个对比可以更简单一些。

毕飞宇：巴洛克是一个美学概念，与之相应的就是洛可可，巴洛克就是古典主义，洛可可就是浪漫主义。

周新天：作者心里想得很多，但是落在笔上的时候是慌张的，其中最明显的一个慌张就是称谓问题，一开始是父亲，后来变成了我爸。小说还有个明显的问题，即小说的结尾"我"对"女儿"说"我们才是假人"，挺好的，可是在倒数第二段用几百字解释了一下，这个完全是多余的。这个就是小看了读者的审美能力和理解能力。

周卫彬：小说题目已经透露了作者自身的价值判断。如果小说作者根据自身的价值判断来组织小说情节，就难免会显得不那么真实。小说的价值观应该让读者自己判断，而不是作者透露给读者。小说应该只提供问题，不提供答案，答案应该由读者自己去找。情节方面老王为什么要去陷害吴由之，就为了占他的小摊位？这个小摊位有那么重要吗？吴由之出狱之后为什么没有人提起了？这个是比较蹊跷的。他被人陷害坐了三年牢出来了，他是被冤枉的，怎么没有任何的情节补充？我觉得有个断点。

朱辉：这个我想插一句，这个不是冤枉，是误解，如果你认为是冤枉的话，它就有断点了，但如果是误解，就不存在断点。

周卫彬：结构上我觉得有点琐碎，好几段之后才进入真正的主线。小说中有很多非常棒的地方，他写了很多的食物，吴由之对世界的看法可以通过食物来体现，这是个很好的点，但是作者把它放过去了。

王锐：小说的作者的确是有野心的，特别是后面点题的地方非常明显，但是就小说的结构而言，感觉它的背景故事有点多。吴由之出现之后，作者对吴由之的一生有个追溯，我觉得太长了，可以慢慢地渗透。她塑造的这个人物与"我"是一个对照，一个不被大家认可的人物和"我"这个被大家认可但同样深陷痛苦的人形成一个对照。但在我看完小说后，我没有感觉到小说的开头对结尾有冲击。也就是说，小说前面部分的视角或者说价值观的输入，还不够强大和明确。

刘春龙：我看第一遍的时候想到了鲁迅笔下的孔乙己。我觉得小说不够节制，有点任性。优秀的短篇小说需要最短的篇幅，最少的人物，最简洁的语言。这篇小说在这方面做得还不够。看第二遍的时候我想起了王彩莲，但又不是特别像。看第三遍时，我又觉得有忏悔救赎在里面。小说到底是什么主题，作者在构思的时候就应该想到这个问题。看第三遍时我忽然有了想改写的冲动。如果我写的话，我可能不会把吴由之写得这么肮脏、好吃懒做，令人讨厌。他应该是一个酷爱巴洛克有点癫狂的人物，他的理念和乡村的传统文化或者说观念有很大的冲突，他只生活在自己的世界里，也许在活着的时候显示不出他的价值，只有在他死去之后才能显示出他的价值。我会淡化"我"，这个"我"有点喧宾夺主了。开头太长了，完全可以不要。假如按照故事的走向，我会这样写：因为想念母亲的菜而特别想回家乡，但又害怕回故乡，因为怕见到吴由之。换言之，我特别想回家不仅仅是为了母亲的菜，还在于我想见到吴由之。小冉这个人物我会不要，我会把村支书、警察等人物合在一起。再比如一些细节，既然他喜欢巴洛克，我就不会让他穿"鸭鸭"羽绒服，我可能让他更西方化一些，更与村庄格格不入一些。作者还写到后来梦到了前妻，这和主题也没有什么关系。我写的话，就直接梦到了吴由之，这样更震撼一些。后来发现的那个柜子是干净的，因为他没事的时候会把这些东西拿出来欣赏，而不是压在箱底不闻不问。吴由之问"我"这幅画好不好，"我"说不好后，他将画扔到了火塘里。如果是我写，我会把吴由之写得很自负，他会跟我说"这种艺术你不懂的"。我觉得最后跟小孩子说"我们才是假人"，这个太生硬了，是个败笔。另外，吴由之的妻子到底是个什么人，一个喜欢巴洛克的人怎么可能喜欢一个卖菜的呢？这里处理得有些随意了。

庞余亮：其中有一个细节可以再斟酌：是否可以把吴由之扎的纸房子，写成欧式的纸房子？这样的话，他卖的是欧式的房子，买的也是欧式的房子了。这个故事就有意思了。这个就是作品的一个延续，以此说明他在经济压力面前还不忘记生活的美感。

毕飞宇：阐释巴洛克这个概念一定要慎重。其实巴洛克还是个时间概念，它代表的是十七世纪，而洛可可是十八世纪。还有一个概念：君主制。洛可可就是自由主义。巴洛克是直线，洛可可是曲线。

朱辉：对于一个写作年龄并不是太长的人来说，能写出这样的作品，我是喜出望外的。这篇小说是小说沙龙中的佼佼者。沙龙的规矩是不要谈好，但是我觉得有的时候要有好就说好，有不好则说不好。刚刚几位指出的关于这篇小说的一些关窍，相当到位、相当专业。这篇小说给十个人写，十个人都会写得不一样，但是我们要体察出这个作者的匠心。她既有野心，也有匠心，而且完成得相当不错。关于吴由之身世的这一段，太过生硬、冗长，没有必要。这是个明显的硬伤。刚刚有人说小冉这个人物可以不要，"我"也可以淡化，我不这么认为，这个小说的丰富性恰恰是由几代人与吴由之的关系，与一个缺少艺术容忍力的传统乡村之间的矛盾构成的。小说有非常丰富的内涵。刚刚提到的孔乙己，鲁迅是怎么写孔乙己的？非常简洁，非常出乎意料的，主人公就出现了。这篇小说在这个格局之下是不是一定要达到那个程度？不一定。小说涉及的主题相当有意义。作为一个教授，他是带着一种落寞的，陷于烦恼之中的心情回到故乡的，万万没有想到，一个人的死亡让他的心灵产生了震撼，产生了忏悔，同时映射到他自身美术教授的职业上。他也是个搞美术的，他也是一个画家。因此，吴由之的遭遇所凸显的意义，就具有了某种传承性。再讲一下作者所写的那些食物。写十几种食物，也是颇具匠心的。吴由之是吃死的。他是一个难以舍弃口腹之欲的艺术家。我们分开来说，吃饱了是腹之欲，吃得快活是口之欲。讲究口之欲的吴由之把家产败光以后，只要腹之欲，他只要吃饱就行了，所以给他羊肉，吃多了，死了。这些地方都足见作者的匠心。在我目前所收到的自由来稿当中，这篇小说是出类拔萃的。

董景云：作者刻画人物形象的功夫很好，语言也不错。作者是想表达对底层人物吴由之的悲悯情怀。只是我有一点不理解：吴由之应该是一个非常讲究的、画技较高的艺术家，他做的那些精致的美食都是非常高超的，作者为什么要把他写得这么脏、这么邋遢呢？另外，我觉得智障女孩也可以刻画一下，她的故事几乎都是靠"我"推动。我觉得还是要淡化"我"。重点的笔墨还是应该放在巴洛克身上。

沈光宇：我查了一下，巴洛克是古典主义的堕落，是古怪的。作品就是演绎这段故事。所以离婚了，学院改革了，他感到烦恼。这个故事编织得这么缜密，连个窗户都没有，这恰恰说明了作者的年轻。她没有留白，没有休止符，没有远景，都是近景。我觉得作为一个艺术品，应该有个把玩的地方，但是她没有给我这个地方。我分析原因，可能是她认为"我"是个教授，所以很多地方要装出个教授的味道。

易康：我们不具备大家的能力的时候，不如用自己的腔调来说话。这个小说是比较有野心的，她试图在世俗与高雅的碰撞中寻找一个新的价值观念。但是小说有点杂有点乱，在生活常识上也有一些匮乏。小说中有句话："小子，你不懂巴洛克。"我想也许作者自己也不懂巴洛克。"因为这句话我大学里特地选修了……"林布兰特，这个译名这个地方不应该这样说的。吴由之家里虽是开米厂的，但在民国时期，一个县城的财主三年花了上万银圆，这是不可能的事情。在那个时候，一个普通的农民一年的支出大概只有两到三银圆。另外，吴由之死了，从理论上来说是自杀，但这个说法是不专业的。小说力图达到一种腔调，一开始是很民俗的唐万图，床上铺稻草，后来出现了安泰，过了不久又出现了荷马，读者的思维完全跳不过来了。如果我来写这个小说，我可能将吴由之制作祭品的过程作为重点来写，通过几本账把几个人物串联到一起。吴由之的死亡，我可能让他处于正常死亡和非正常死亡之间。这样写的话可能会取得好一点的效果。

董维华：我觉得结尾说得太满了，用开放式的结尾可能会更好一些。当然我觉得这篇小说的语言超越了兴化的地域环境，尽管有许多地方还需要有所打磨。这篇小说吸收了很多新的元素。这个"我"是个美学教授，但是在文中并没有体现出这个美学教授的美学素养，这一点还欠缺一些功课。枝蔓太多，需要拿把剪刀慢慢修剪。

陆泉根：我觉得写那么多的食物，是为吴由之的死找一个理由，包括这个梦境也是吴由之死时状态的一个映照。短篇小说要好看，要简洁。小说进行到三分之二处花了很多的笔墨介绍吴由之的过去，打乱了读者的阅读节奏。这个小说有的地方写得太满了，特别是结尾。如果是我写，吴由之作为主人公不能那么轻易地死去。刚出场就死去了，这个设定不是太好。

夏红卫：我看到的是六个字——对比、挣扎、妥协。作者和吴由之之间有很多的相似之处。我最喜欢的是两点，吴由之的死因，他好吃懒做，把老婆吃跑了，最后把自己也吃死了。另外就是女儿说："爸爸，你看他像不像个假人。"这个让我想起了皇帝的新装，有些隐晦的东西在里面。缺点就是解释太多，作者把自己的观点灌输得太多，说得太直白。另外村支书这个人物出现了六次，村支书好像很讨厌吴由之，这个缺少一个交代。

朱秀坤：有一些细节处理得不是太好，比如她讲到吴由之生活的奢侈，从里到外都穿着丝绸，但丝绸是不适合做内衣的。他的祖父吃咸鸭蛋能吃三顿，如此节俭的人怎么能容忍自己的孙子顿顿吃腮帮肉那么奢侈，有点不大可信。另外写到吴由之的老婆，一会儿说老婆，一会儿说媳妇，这个称谓还是要统一的。妈妈变成我母亲，勺子变成调羹等等。

李静：我留意到了巴洛克的特点：享乐主义，堕落的、瓦解的艺术。大多数巴洛克艺术家都有远离生活和时代的倾向性。我在想作者是不是要先对这个词语进行了解然后再开始写这个小说。我读这个小说的感觉是，人物形象特别鲜明，很有画面感。刚才有些老师说文中的"我"可以淡化，我倒觉得因为"我"的存在，小说显得更有层次感。因为"我"和吴由之之间的渊源，是像抽丝一样呈现的，这里布个局，那里留个悬念，有条不紊地透露吴由之这个人物形象。这是一个吸引读者的讲述方式。我觉得这是一篇赎罪小说。文章的题目很洋气，而文中吴由之是一个乡村底层人物，后期的生活还那么不堪，这里面是有一个对比的。当然，我也留心到了一些细节，有些地方处理得欠妥当，比如文中出现了"废柴"这个词。这个词源自粤语。调羹是个南方词汇。母亲说吴由之很腌臢是老北京话。因此，我们也就无法界定这个故事的语言背景。文中还出现了腰果，而有腰果的时代已经比较先进了，这与肺结核还如洪水猛兽的时代是有些脱节的。双脚踩在大地上的安泰是个希腊神话，而像麻姑看沧海桑田则是中国神话，有点杂乱。结尾太冗长，吴由之死了，就可以结束了。

顾维萍：小说要写到人性的深处，对自由的追求，我不觉得"我"要淡去。题目很"哲学"，但是小说的内容和题目似乎不太协调。小说的亮点不是很多。回忆和现实交替推进，有些地方衔接得不是太好，有些生硬。文中有很多的内心独白，但是太满，有点说教的味道，破坏了小说的情趣和意味。

毕飞宇：主人公的名字起的由之，与题目是顺的，由之在汉语里面不是一种积极的自由，而是一种消极的自由，显示出的是一种无奈。

朱辉：小说里也有好几个地方气不通，好多地方太书生气，沧海变不成桑田了。我想问，究竟是沧海好还是桑田好？这里面有个对比，完全没有必要。值得表扬的是这个小女孩一开始对人不理不睬，后来会根据"我"的眼神跟情绪审时度势地摆正自己的位置，这让人既欣慰又难过。我看到这里时，心中一动。后来讲到制造的房子美轮美奂、栩栩如生，这些词太书生气了，用"精彩"这两个字就可以解决了。村支书说的话不必说了，重复了很多次。为什么结尾会被许多人质疑，就是因为"我"在向大家解释的时候很不像一个小说人物说的话。关于"假人"的问题，最后把女儿抱起来说："嘘，小声点，其实我们才是假人。"这个有点肉麻了，这个小屁孩怎么会说这种话呢？

叶弥：我想说的是，小说到底要提供什么东西对每个作家都非常要紧。女性在写作的时候有时会比男性更有爆发力，但是在细节的处理上反而没有男性那么考究。看毕老师，你们就知道，毕老师的小说是无懈可击的。细节方面、语言方面，甚至标点符号都是无懈可击的。我就做不到这一点。我看这篇小说时看到了女性共通的特点，但这个是可以更正的。小说到底要提供什么？这个有很多答案，我觉得最最主要的是人物。我看这个小说，写的就是一个死亡事件。这是个有野心的作家，前面写了这么多看似无用其实是有用的。她告诉我们乡村的风土人情里面也有巴洛克的艺术，但是深究下去，也许洛可可的更多。这篇小说的主人公是一个来自乡村的叛逆的人，我觉得倒不如把他作为一个叛徒来写，这样什么都可以找到理由。不管是审美还是审丑，所有的东西都是有理由的。我相信，乡村里面是有这样的人的，但是生活的逻辑不等于小说的逻辑。还有一点，刚刚有人说，小说是小声地说，平静的表达反而是有力量的。

本文为毕飞宇工作室第11期小说沙龙实录，由郭亚群整理，

首发于《雨花》杂志2017年第11期。

巴洛克在黎明前死去 /陆秀荔

鹅毛大雪下了一整天，傍晚的时候，总算停了。

我爸将院子里的雪扫到墙根下，堆了个圆嘟嘟的雪人，又在头上扣了个破铁锅，腰间插一根竹棍，看上去像个矮胖的浪人在坏天气里赶路。

小冉看着它，哈哈大笑着，又玩了一会儿雪，跑回屋抱着铜手炉取暖。我招手喊她过来，把炉盖打开，丢几颗花生、白果在草灰里，过一会儿，听到"噼噼啪啪"的声音，就用旧筷子夹出来给她吃。

小冉并不认为这些东西好吃，但为了迎合我的兴致还是勉强吃了几口。我笑笑，让她看电视去了。自从和她妈妈离婚后，我患上了神经衰弱症，烦躁焦虑、整夜失眠，短时间内瘦了一圈。所有人面对我这个漂亮老婆跟人跑到非洲，竞争副院长又失败了的中年男人，眼神里都会充满同情或流露着别的什么意思，说话、做事总是小心翼翼地顺着我，像是对待一个受了委屈随时准备放声大哭的小孩。这感觉比离婚和竞岗失败糟糕多了，所以一放寒假，我就带着小冉回了老家。

躺在家里的木板床上，闻着褥子下面新棉絮的气味，我感到特别舒适，就像双脚踩在大地上的安泰一样，能够沉沉地从天黑睡到天明。小冉开始有点不适应，天天闹着要回去，但认识几个小朋友之后，很快玩得乐不思蜀。

我妈在厨房里烧晚饭，大蒜炒慈姑和粳米粥的香味飘得满院子都是。他们迁就我的喜好，每天都用土灶烧饭。其实我从不觉得大铁锅烧出的食物特别好吃，只是喜欢看到白烟从烟囱里钻出来，袅袅地飘向天空，我心里的一些愁云惨雾仿佛也能随之消散。晚饭之前，天还没全黑，我爸借着雪光，在院子里给水缸包一层稻草，防止冻裂掉。乡下的自来水极不正常，时有时断，所以最好用个大容器备上一些。

我去厨房端菜的时候，听到有人在敲院门。我爸跑过去开门，惊讶地说："五舅你怎么来了？这大雪天里路很滑，你小心一点，别摔着。"

听到我爸喊五舅，我就知道是吴由之来了。心里莫名地"咯噔"一下，手指就被锅边烫到了，赶紧伸到耳朵边上。

我妈皱着眉头说："他怎么来了呢？"

我听出她言语里的意外和嫌弃，不过这也难怪，吴由之的名声确实烂透了，恐怕整个村里没有人不讨厌他。但是他住在我家前面，又是我奶奶的远房亲戚，见了面，还是要客气客气的。

我爸将他搀进屋里，他穿着臃肿的羽绒服，像个灰蒙蒙的茧。脚上一双又脏又旧的大头皮靴，好像三十年前就穿过，居然还没有坏。他拘谨地坐下来，问："小女娃儿呢？"

我把小冉喊出来，她刚刚在房间里看《果宝特攻》，有点儿不乐意。吴由之陈皮色的脸上却堆满了笑容，谄媚地从大口袋里拿出个雪灯，把蜡烛装进去点上，于是那红色的火苗就在莹莹的白雪中间跳动了。我小时候的下雪天，吴由之也给我做过雪灯，用茶缸做模子，把雪压进去，中间挖空，填紧，再点上一支红蜡烛，拿出去准能引起小伙伴们一片艳羡。而现在他还想用这样的玩意儿哄小冉开心，显然已经过时了。小冉看了两眼，用手摸了摸说："没有哈尔滨的冰灯好看。"

小冉的反应让我们有点尴尬，想找些话来宽慰吴由之。我说："舅爷，现在小孩都被惯坏了，整天就知道看动画片，都不懂什么叫好东西，我看你这个雪灯做得真是漂亮。"吴由之摇摇头，说："现在我老喽，不懂现在的小孩了。"他沮丧地低着头，从口袋里掏出一方看不出颜色的手帕擦了擦眼睛，抬头看着我，问："少庭还在大学里教书吗？"

我垂着眼皮点了点头。

"你们学校有美术系吧？"

"是的，现在叫艺术学院。"

我以为吴由之还会多问些其他问题，没想到他站起来就准备走了。我想开口留他吃晚饭，我妈使了个眼色让我别作声，跑进厨房，切了一块羊肉交给父亲，让他送吴由之回去。

母亲说："这个吴由之，真是越老越犯嫌了，人懒嘴馋，一辈子改不了。你看看他身上不知道有多脏，衣服领子袖子都黑了，嘴里假牙也不刷，一股子死鱼烂虾味，你还留他吃饭呢，想把一家子都熏死？"

母亲有洁癖，她曾把吴由之坐过的板凳拿到河里去洗刷，也从不让我吃吴由之做的东西。吴由之送过一碗田螺塞肉，母亲抢过去倒进泔水缸了。她说："刚才去河边淘米，看见他在剁肉，那切菜板已经长满绿霉了，旁边还有一摊鸡屎，你要不要吃？"

吴由之真是够脏的。我刚才扶他的时候，闻到一股劣质香烟和久不洗澡的油垢混合的味道，这味道凝成一把无形的锤子，在我脑门上迎面砸了一记，差点让我打个趔趄。但我必须得站稳，吴由之八十多岁了，他要是摔了，谁也担不起责任。我还注意到他的手指甲很长，里面填满了黑色的污垢。假如他用这双手做吃的，我可能当场就会吐出来。

我爸扶着吴由之出去，我妈赶紧把他坐过的凳子擦了一遍。我叹了口气，问："他现在怎么变成这个样子了？以前是个挺讲究的人呢。"

"作，他自己作的。"我妈说："村里也有别的五保户，都住到敬老院去了，那里有人烧饭有人洗衣裳，可他偏偏不肯去，整天躲在猪窝一样脏的房子里，不知道干什么。"

吴由之不合群倒是意料之中的，他从来就没有看得起过村里任何一个人，当然，村里人更加看不起他。我从小不知道听过多少遍吴由之的故事：吴家原是远近闻名的财主，几代单传且夭折四个孩子之后才生了吴由之。父母把他宠上了天，要什么就给什么。所以吴由之的生活奢侈得不像样，据说衣服总要到上海的外国商店买，点心让伙计专门去苏州采购，春天的塘鳢鱼只吃腮上两瓣肉，夏天的桃子只要尖尖上的小红点，秋天螃蟹只吃蟹黄蟹膏熬的油酱，冬天想吃鹅脑炖豆腐就要杀一院子的鹅……乡亲们都觉得这样过日子是要遭雷劈的，但吴财主却认为只要儿子书读得好，吃再多的鹅脑也值得。他不惜花大钱将吴由之送到省城的洋学堂读书，指望将来能光耀门楣。但吴由之却瞒着家里人偷偷改学了西洋画，三年花了几千大洋，除了画光着屁股和奶子的女人，什么都没学会。吴财主气得吐血，但还是花钱帮儿子娶了媳妇，找了一份小学教员的工作。吴由之婚后依然毫不收敛，甚至变本加厉，吃喝嫖赌什么都干，没几年就气死了父母，打跑了老婆，败光了家产，成了一无所有的穷光蛋。这还不算完，因为老婆跟着青梅竹马去了台湾，他在特殊年代没少挨批斗，工作也丢了，从此凄凄惨惨地在村里一混就是大半辈子。

老人们讲这个故事的本意是想教育大家，孩子不能太娇惯，否则就会变成吴由之这样忤逆的败家子，他落魄的样子是活生生的反面教材。但我倒是觉得，吴由之是个挺有趣的人。首先，他好吃，所以会弄很多稀奇古怪的吃食，摆在学校门口的小摊上卖。我记得有一次看见他把一点点水和白糖倒进锅里，慢慢熬成黏稠的糖稀，把去了皮的熟花生放进去迅速翻炒，那些糖稀就神奇地变成白霜裹在花生米上了。他看着我口水快决堤的样子，问："想吃吗？"我连忙点头，他舀了一勺子放在我手上，我迫不及待地放了一颗在嘴里，感到整座雪山在舌尖里崩塌了，铺天盖地的甜和席卷而来的香让我的每一个味蕾都在颤抖，我不知道花生米和白糖之间发生了什么，居然会产生如此奇妙的变化。吴由之又问我："怎么样？"我就把感觉说给他听，他好像很高兴，又给我一勺子，自己也捏着花生吃，一边吃一边自言自语："其实用核桃仁或者腰果才好吃，花生的也就这样了。不能吃太多，要留着卖的。"可是那个下午，我们俩还是将那盆霜糖花生全部吃完了。

其次，他懒做，霜糖花生和油酥蚕豆每次都供不应求，他如果勤快一点的话，肯定能多挣些钱。可是他并不把这个太当回事，每天只干半天活儿，余下的时间就关上门躲在家里，没人知道他在做什么。偶尔我爬上泡桐树，会看见他裹着个杀猪匠的围裙在院子里画画，用铲刀和画笔堆砌神情古怪的老头和长翅膀的小孩。有的时候，他躺在葡萄架下的草席上，什么事情也不做，就这么看着天空的云，一看一下午。倘若他发现我在树上，会招手让我下来，从两家之间的篱笆缝里钻进他的院子。他拿出一个很白的瓷碗，摘一片藿香叶子扔进水里当茶，递给我喝。他问我这些画怎么样？我老老实实说很丑很奇怪，比起我们家墙上的挂历美女差远了。他大笑着，把画撕下来，塞到灶膛里烧掉，然后惋惜地说："小子，你完全不懂巴洛克。"我看着他癫狂的样子，觉得很害怕，怀疑他大概是受刺激太多，脑子出问题了。

吴由之的脑子并没有人关心，但是他的身体也出问题了，得了肺结核，这种病是传染的，便再没有人来买他的东西。小摊变得冷冷清清，门可罗雀。

吴由之一边看病，一边自己把这些存货吃完。当米缸见底的时候，他开始有点慌了，决定找点事情做。恰巧有个亲戚死了，他去奔丧，看见灵堂外摆了许多纸房子，出神地看了半天，又找来纸和笔画了些草图。回去之后，到荒地里割了一捆芦苇和芦竹，买了些彩纸，把自己关在家里捣鼓了几个月，居然搭出了精致的西洋房子。那些拱门、窗台、罗马柱，无一不跟真的一样，甚至比真的还好看，像电影里法国皇帝的宫殿。扎的纸人也是栩栩如生，脸上的肤色白里透红，眼睛透亮，仿佛吹一口气就都能活了。一时间，远近村庄的人家办斋事，都要买到吴由之的纸房子才算圆满。有些老人家在咽气之前都要叮嘱儿孙，一定要买上几套吴由之扎的西洋别墅，不管死了是否真能住进去，这些纸房子堆在空地上准备烧之前，围着里三层外三层的看客，就已经是极大的哀荣了。

那段时间是吴由之的黄金时代，他生意好得不行，订单一个接一个，价钱也水涨船高。吴由之挣钱容易，便天天吃酒吃肉，还经常往城里跑，有人说他到洗浴城找鸡了，这个不好考证，但大家确实看到他给自己买了一件"鸭鸭"牌羽绒服和一件藏青的呢料大衣，穿在身上走来走去，像个时髦的归国华侨。听说有些不正经的女人会在夜色里悄悄潜入他的屋子，然后吴由之就会去城里给她买新衣服。我没有看到过所谓不正经的女人，但偶尔会在夜深人静的时候听到前面有野猫一样的叫声，我问："这是什么声音？"我妈说："快睡觉，是河里的水獭猫上岸了。"

吴由之有钱的时候大手大脚，吃光用光，从来不算计将来，所以他的好日子总是不长久。我看着他在暴富与赤贫之间颠来倒去，就像看日出日落一样，都已经习惯了。但今天看到他蹒跚地走出大门时，我心里却莫名感觉悲凉，嘴里喃喃道："吴由之真的是老啦……"

我爸送完吴由之回来，我妈把饭菜都端上了桌。我看到喜欢的炒慈姑和青菜老豆腐，便觉得饿了。小冉也被奶奶从房间里叫出来，坐到桌边啃羊排。

孩子的好胃口让餐桌上的氛围变得愉悦起来，大家逗逗她，再说说我小时候的事情，就越发显得其乐融融。吃完饭，我妈收拾碗筷，我爸带小冉玩一张桑树枝做的小弓，而我什么也不用做，只管自己吃好睡好就行了。我坐到房间的沙发上，玩了会儿手机，又翻出一本《奥德赛》来看。上学的时候买《荷马史诗》纯粹是为了装模作样，根本没有好好读过，它们躺在书柜里已经快二十年了。感谢我母亲的洁癖，书柜里每本书都保存得很好，一点灰尘也没有。我现在拿出这本书来读，是因为它的内容晦涩，看着看着就会打瞌睡。果然才翻到二十几页，我就睡着了。

和前几夜不同的是，今天我睡得没有那么酣畅。夜里断断续续做了许多梦，梦见平缓的、长着青草的山坡上，奔跑着许多粉红色的肉体，有猪，有丰乳肥臀的女神，有蛇发的女妖，有独眼的巨人，还有拿着长矛的骑士，他们像迁徙的角马一样在狂奔……我还梦见波涛汹涌的大海，月亮向大海里倾倒着银白色的鱼，那些鱼嘴巴很尖，利箭一样扎到我的船上，船插满利箭沉没了，我像只大鸟一样滑翔着，最后掉进乔木茂盛的森林里，一个裸体的金发女人从树上降落，她抱着我，粉红色的皮肤在我身上摩挲，我很快胀得像一把要射出去的箭。我抚摸着女人的头发，脸庞，我想去亲吻她的嘴唇，可是拂去脸上的金色头发却发现，她的眼睛里竟然长着和吴由之一样的白内障……

我猛地惊醒了，醒来感觉到生殖器顶着被子，就像春夜里要破土而出的春笋一样。我睁开眼睛，发现窗帘的罅隙里透出一些亮光，天已经蒙蒙亮了。

外面似乎很嘈杂，巷子里有人在说话，堂屋里也有脚步声，我听到爸妈在轻声说着什么，很好奇，问了一声："妈，怎么了？"

闻声走进房间的是我爸。他打开灯，惊魂未定地说："吴由之死了。"

这下轮到我惊魂了，十个小时之前，他才到我家里送过雪灯，怎么就死了呢？我问："怎么回事？"

"早上念经的老太太们起来扫土地庙门口的雪，扫完了去水码头洗扫帚，发现河里漂着个黑色的东西，用扫帚戳了一下，竟然是个人。老太太赶紧叫人，大伙儿七手八脚拉上来一看，原来是吴由之。"

"他为什么会死在河里呢？"

"不知道，已经有人报警了，警察一会儿就到。"

警察来得很快，我刚刚起床，上完厕所，在院子里刷牙的时候，派出所的民警就来了。我爸妈把他们让进屋里，坐到八仙桌边做笔录。警察问了一大堆的问题，无非是对最后见到死者的人进行正常询问，但我却觉得有一丝莫名的心慌。我很怕警察误会我的表现有什么问题，但是他们并没有。那位所长说："情况基本上清楚了，我们勘查了现场，法医也做了体表检验，基本可以推断，死者是晚上吃了羊肉喝了酒，夜里觉得口干，自来水又停水，他到河边打水喝，意外失足溺水的。"

"不要做尸体解剖或者别的检验吗？"我问。

所长白了我一眼，说："不需要，像这样的孤寡老人，没有谁有杀人动机，现场也没有打斗、投毒痕迹，就是一起意外死亡。"

我妈听了这些话，默默地到厨房去了。等警察离开后，我看到她坐在灶台后面，握着一把筷子发呆，见我进来，流着泪说："唉，早知道不给他羊肉了，不然他不会喝酒，也就不会三更半夜去河边了……"

我拍拍她的肩膀，安慰道："妈，这不关你的事，你是好心好意，谁想到会这样呢？"

她说："儿子，我总觉得心里不安，如果你留他吃了晚饭，没给他羊肉，他也许就不会死了，唉，我明明晓得他是个有好东西就等不得过夜的人。"

"世事难料，反正这些年他住我们家门口，你没少照顾，也算对得起他了。"

"话是这么说，可心里就是不踏实呢。唉，我还是去前面看看吧。"

母亲收拾了一些针线就出去了，邻居死了人，总有些针头线脑的活儿要帮忙。

小冉还没有起床，这几天她总是先把电视机打开，在被窝里赖到九十点钟才起来。我爸妈惯着她，连早饭都端到床上去，我说了好几次都没用。今天他们俩不在，我吼了一句："陆艺冉，该起来了啊！"

知道靠山不在家，小冉在五分钟之内就穿戴整齐到堂屋里来了。这孩子很懂得察言观色，是个识时务的"俊杰"。以前跟她妈妈的时候，对我经常翻着白眼爱理不理，跟我之后立刻就变得又乖巧又谄媚，很会根据我的情绪审时度势地摆正自己的位置，这让人既欣慰又难过。

我给小冉弄了早饭，她坐在八仙桌的高凳子上一边吃一边踢着桌腿玩。门口来了几个小孩，脸蛋冻得像红富士苹果，不知道是因为我留着络腮胡子，还是因为我是老师，他们有点怕我，不敢进来，只敢在门口喊："陆一懒！陆一懒！"

小冉听到她新朋友的召唤，匆匆把最后几口面条塞进嘴巴里，讨好地看着我。我点了头，她乐颠颠地揣着煮鸡蛋就跑了。

家里人都出去了，一下子就显得很静，静得能听见屋顶上融雪的声音。我搬了张竹椅坐到门口，从外套口袋里掏出一根香烟点上。我平时并不吸烟，只是偶尔点上一根，作为辅助思考的道具。我深深吸了一口，又缓缓地吐出来，其实我还会吐烟圈的，但那样得把头向上仰着，像缺氧的鱼在苟延残喘，看上去很不体面。当年和前妻谈恋爱的时候我那样干过，她说我吐出来的都是蘑菇云，还在纸上画过蘑菇云的图样。但后来她说那是个屁，所有虚张声势的东西最终都是个屁，就连我这个人也是自私冷漠的屁。

我狠狠地把烟头掐灭，虽然它还剩五分之三。我原本要思考的不是这件事情，就像本来准备沿着大道前进，却不留神跑到了小路上一样，这支烟根本就不是个好向导，它不敢往我心里更加阴暗潮湿的地方走。我不知道自己心里有多少个"暗区"，但其中肯定有一团暗黑星云是关于吴由之的，算了，不想也罢。

我听到小冉在院子前面叫"奶奶"，她的小伙伴们定是喊她一起去看死人了。我们小时候也这样，一群绿头苍蝇似的，闻到死亡的气味，就会迅速聚集过去看热闹。不管是死者家属披麻戴孝、呼天喊地的哭丧，还是给黑白无常准备的供品以及死人脚下点的香油灯，都让我们兴趣盎然。至于门板上躺着的那个尸体，反而像是这场热闹的局外人，静静地躲在花里胡哨的被子下，等着被烧掉，然后装进一个小盒子，埋到村北的公墓才算完事。我们小时候见多了这个流程，十分地不以为意，但吴由之死得太突然了，而且和我们家多少还有点关系，所以我决定到前面去看看。

雪后的太阳很亮，但是风大，天气也冷。我到了吴由之的院子里，看到我妈和几个大婶在门外的小桌上赶着缝制寿被，听说这是别的老人给自己准备的，没想到吴由之突然死了，就先让给了他，以后再由村会计从丧葬费里还。我父亲和吴由之的一个远房侄儿收拾乱七八糟的院子，陆艺冉和几个小孩拿着纸人纸马，还有纸做的扇子、蚊帐在梨树下玩。

我看那些纸家当，全都力不从心的样子，完全不像以前那样栩栩如生、美轮美奂。可见吴由之确实老了，这种需要手劲和眼力的活儿，他真是干不成了。我把陆艺冉和几个小孩喊出来，让她们到别处去玩。我自己则走进堂屋里，打算近距离看看吴由之和他的家。屋子里光线昏暗，即便外面雪亮，里面也开了灯，还是灰蒙蒙一片。不多的几样家具上，堆满了乱七八糟的纸、芦苇和糨糊，地上也都是碎纸、麦秸和空酒瓶等。吴由之躺在堂屋中间的草席上，身上盖着一床脏兮兮的化纤被，粉色的被面上晕染着各种可疑的污渍，污渍中间怒放着几朵俗艳的玫瑰。吴由之蜷缩在玫瑰下，像一个大大的"C"。"C"沉默着，屋里的一切都沉默着，桌上的劣质白酒瓶、吃剩的几片羊肉、干瘪的橘子、许多天没有洗的碗筷……全体默不作声，安静地和主人一起等待命运的安排。

村主任把寿衣买回来了，按规矩该给吴由之洗个澡之后再换上，让他干干净净离开这个世界。但是吴由之没有亲人，而且找来找去家里连澡盆也没有，这个仪式只好从简再从简。打邻村请来的收殓婆是个长得像男人的老女人，黑胖黑胖的，剪着极短的头发，她一边抽烟一边操着男人般的嗓门说："人反正是淹死的，就当在河里洗过澡了吧。"她用戴着大金戒指的肥手将吴由之身上的脏衣服剥下来，拿草纸擦拭他身上的淤泥和水藻。吴由之在水里泡了很久，身上的陈年老垢都涨开了，纸一擦，面条粗细的泥垢争先恐后滚落，像下了一场雪。大概是被人当众剥得一丝不挂觉得有些尴尬，吴由之很不合作地僵硬着，怎么也弄不平。让他侧躺吧，像个"C"，平躺像个"U"，趴下来像个"Ω"，再怎么用力也摆弄不成一具尸体该有的样子。殓婆有点恼火了，她把吴由之翻过去，面朝下趴着，撑好，然后用肘部用力压他的背，整个肥胖的身躯都压上去了，我甚至能听到"咔嚓"的声音，但吴由之的身体，还是倔强的老样子，一点变化也没有。

"要用热水泡，只有热水才能让他的肌肉松弛下来。"我本来不想掺和这些事情的，但是我站的角度正好看见吴由之裸露在外的生殖器，它像丧家之犬一样垂着头，对命运完全无可奈何。而下面的睾丸也如同倒空了粮食的布口袋，破旧干瘪地垂挂着，好像还被风吹得有些飘摇。村主任在旁边抽着烟，鄙夷地用脚拨弄了一下吴由之的"丧家之犬"，说："这个老东西，上半辈子享了多少福，睡了多少女人，下半辈子活得连狗都不如，到头来冻死在河里，你说是不是报应呢？"

村主任的这个动作让人很反感，我说："不管是不是报应，现在人已经死了，就给他点脸面吧。"

"脸面，他哪里还有脸面？"村主任哼了一句，说："他这一辈子活得像个人样吗？你说说，他有手有脚有手艺，又不是不能过日子，偏偏好吃懒做，干些偷鸡摸狗的事情，我们家的鸡鸭好几回走到他门口就不见了，不是被他吃了难道还能上天？哦，这人还好色，强奸过幼女，坐过牢呢……"

最后这句话像一枚核弹，在我心上狠狠地撞了一下，那团暗黑星云开始猛烈震颤。我强作镇定，扯开话题说："我家有澡盆，你们烧点热水，我去把盆子拿来。"

我走出门，跟我妈说了一声，她也没反对，家里建了淋浴间，旧的塑料澡盆早就闲置了，只是偶尔用来洗衣服。如果泡过吴由之，肯定再也不要了，反正是件无关紧要的东西。我回去从谷仓里找到澡盆，它已经从大红褪成了灰色，就像一个迟暮的美人，被时光榨去了颜色，变得又老又丑。但老和丑并不影响它的使用价值，它仍然可以完成最后的使命。我把澡盆冲干净，拿过去交给殓婆，她独自在堂屋里处理吴由之的尸体，我退了出去。

站在院子里，我闻到一股蜡梅的香气，这才注意到南窗下的枯枝上有几个花苞，在萧瑟的寒风里冷冷地开着。梅树底下，一个陶罐摔裂了，却看得出质地和造型都很好，我记得吴由之曾经在五月里割了人家的大麦插在里面，也记得他在秋天里拔了人家整棵的棉花插在空米缸里，那些炸裂的棉朵和金黄的麦穗都曾经让我惊艳过。当然，这些我都没有告诉过其他人，我和吴由之的一切交往都是秘密的，我不想让任何人知道我和这个"烂人"关系密切，这会成为大家的笑柄。

村干部和吴由之的远房亲戚们都来了，他们一边商量吴由之的葬礼，一边收拾着他的遗物。其实也没有什么东西，吴由之都到这般田地了，还能有什么财产呢？柜子翻空，箱子见底。除了一些烂棉絮和旧衣服，就剩下一些旧的画笔和颜料，都是无用的。忽然，有人从他的床底下拖出一个落满灰尘的旧皮箱，这个皮箱虽然长了一层又一层的霉，却还是能看出考究的款式和质地。所有人都来了兴致，围着箱子，催着赶紧打开。那人用斧子劈开铜锁，把箱子撬开，将里头的东西一股脑儿倒了出来。我在人群中看到，箱子里掉出几本画册和一沓手稿，还有一个红纸包。众人七手八脚地打开画册和手稿之后，立刻就炸了锅了：吴由之果然是个老流氓啊，他当宝贝藏起来的箱子里，全是黄色的东西！

我说："让我看看！"

他们诧异地把画册递过来，我接到手上，这是老式英文版的鲁本斯画册，里面丰乳肥臀的女神们有的在挣扎，有的在呐喊，还有的目光迷离……这让我想起很久以前吴由之说过一句话："小子，你根本不懂巴洛克。"他永远不会知道，我因为这句话在大学里选修了《西方美术史》，甚至去比利时看过鲁本斯的故居和画作，我想现在算是有点懂了。我打开他的手稿，有几幅是临摹的鲁本斯原作，还有一幅题为《吃西红柿的女孩》，画上胖得像肉山一样层峦叠嶂的姑娘，忘我地在凉席上吃熟透的西红柿，红红绿绿的汁水流了她一汗衫……吴由之画得多传神啊，画中人眼神空洞而纯净，有种接近于神的光辉。她是我的智障堂姐晓凤，已经病故好多年了，很多人都不再记得她。我以为随着当事人的陆续离世，那天下午的一切早就过去了，想不到这里还有一块暗礁，撞得我灵魂出窍。

那是我一生当中做过的最卑劣的事情。十二岁那年的暑假，我带着晓凤从吴由之的门口经过，他看见了，让我把晓凤带到他家去，拿出一篮子西红柿给我们吃，我们在吃，他在画画。到了傍晚出来的时候，我被村里杀猪的老王拦住，他说看见我们做坏事了，他要用广播告诉全村的人。我吓得要死，求他不要张扬。他说不张扬可以，我必须按照他说的去做。我犹豫着答应了，第二天还把晓凤领到吴由之家，让她把衣服脱掉躺在席子上吃西红柿，我自己则悄悄地溜出去躲到河边的芦竹丛里……不一会儿，伯父领着一群人冲进去了，将吴由之一顿暴打，送去了派出所。我站在河岸上，看着派出所的快艇远去，吴由之蜷缩在船舱里，像一只五花大绑的螃蟹。他落了个猥亵罪被判刑三年，名声算是彻底臭掉了。老王占领了吴由之的小摊，那块地皮曾是吴家的仓库，现在沦为无主之地了。老王在那里盖了新的猪肉铺，高兴地送给我一支玻璃钢鱼竿，让我保守秘密。

我把鱼竿拿在手里把玩了半天，最后扔到了河里。

这件丑闻好像与我毫无关系，就连吴由之出狱后也没有问过我。后来老王死了，晓凤也死了，我外出求学，离村庄越来越远，这件事几乎被忘了。

我沉默了半天，才对议论纷纷的众人说："这不是黄色图片，是西方的名画。"

"是啊，这一幅我们美术课本上也有。"一个上中学的孩子指着《苏珊娜·芙尔曼肖像》说。

"那就奇怪了，他把这些藏着当个宝贝干啥？咦，看看，还有个红纸包，里面是什么呢？"

他们打开了红纸，里面包着一副普通的小银镯子，纸上还写了两个字：吴梦。

几个上了年纪的老太太终于想起来了，吴由之那个被带到台湾的女儿，好像是叫这个名字。她们说："这个坏了一辈子的人，到底还是牵挂着女儿的。"

也许因为这个，大家原谅吴由之了，反正人都死了，以前那些小偷小摸、芝麻绿豆的事情还有什么值得计较的呢？

我在旁边心不在焉地想事情，却被陆艺冉拉着去看入殓好了的吴由之。他身体终于放平了，穿着崭新的寿衣，盖着寿被，体面地躺在门板上。陆艺冉悄悄说："爸爸你看，他像不像个假人？"

我把她抱起来，觉得这孩子竟然很重了，而我总记得她婴儿时期的样子。我小声地问："你知道什么是假人吗？"陆艺冉摇摇头。我心里冒出一句："你根本就不懂什么是假人。"当然，我更希望她永远不知道什么是假人。

我放下孩子，对村主任说："我有个朋友在台办，要不帮着打听一下他女儿的下落？"

村主任说："那当然是最好的，有个女儿给他送终，也算是这老东西的福气。"

我当即回去打电话托人，第二天一早便有了回信：吴由之的女儿找到了，但是身体不便，不能亲自过来治丧，全权委托我来代办。

没有人怀疑我的话，他们都觉得我是堂堂的大学教授，从小品学兼优，是全村人拿来教育小孩好好学习的楷模，在道德上毫无污点，说的话当然是可信的。我拿一笔钱让村里去请和尚来做道场，请草台乐队热热闹闹地吹拉弹唱，请家宴团队搭大棚摆流水席，一切流程照着乡下普通的葬礼进行。吴由之扎过那么多纸房子，可惜却没有给自己留一套，现在也买不到像他巅峰时期那么好的作品，我觉得这多少是个遗憾。于是，想换个方式弥补，给他造一座坟墓也是好的。我立刻动手，亲自采办材料，设计图纸，请泥瓦匠在村后建了一座巴洛克风格的坟墓，上面镶嵌了许多奇形怪状的珍珠，这都是以前养珍珠的人家没卖掉的次品，嵌到坟上倒也算派上了用场。看过的人都说挺漂亮，但他们都不知道这代表什么意思。别人明不明白并不要紧，我想吴由之应该懂的。

年关将近，葬礼彻底结束了，帮忙的人也皆已散去。我独自来到他的坟前，自己点了一支烟，也给吴由之点了一支烟。我对着吴由之的遗像鞠了三个躬，照片是我找出来的，他穿着中山装，戴着帽子，还是年轻时的模样。虽然有点陌生，但是更加亲切。

我说："其实我一直很崇拜你，却装模作样和别人一起来践踏你，甚至还陷害过你，你都知道的是不是？唉，你这辈子活得自由而真实，而我呢，还得继续装下去。"

冷风吹过旷野，吴由之和他的坟墓寂静无声。我知道这些话说出去不会有任何回应，却觉得无比轻松。我扔掉烟头，伸手抚摸了一下墓上的珍珠，它们很粗粝，划得手心生疼。我走到坟墓的正面，看到墓碑上的字：先父吴由之之墓。落款是女儿吴梦。我想告诉吴由之，其实根本就没有找到过这个叫吴梦的人。但想了想，还是决定不说了。我再次深深地鞠了一躬，抬起头准备往家走。远处云色渐重，西风劲吹，好像又要下雪了。

本文为毕飞宇工作室第11期小说沙龙讨论作品的修改稿，

首发于《雨花》杂志2017年第11期。

第12期：小说的空间

庞余亮： 兴化是个多水的地方，有水的地方就会有渡口，有渡口的地方就会有义渡。毕飞宇工作室第一次小说沙龙的文本叫《福扣》，《福扣》中有个很好的细节——造船。造船需要木料、桐油、石灰等各种材料。我们的小说沙龙就是在选材，然后造船，渡过我们的文学之河，渡过我们的人生之河。今天我们小说沙龙讨论的文本也是和水有关的，叫《漏水》。

顾维萍： 小说讲述了"我"在婚姻的迷宫里寻找、挣扎，酿成了自己的悲剧。实际上就是讲了"我"的婚姻危机。这个小说有很多故事可写，但是她没有展开，没有讲好。一篇小说要想把故事讲好，故事就必须吸引人，必须是别致的。这篇小说的故事是我们生活中不太经历得到的，如果故事是我们身边经常看到的事情，那么就没有什么意思了。我觉得小说《漏水》的题目是不错的，它是一种隐喻，一种象征。看到小说的题目我是挺感兴趣的，但是后来看到细节有些失望。小说所写的不管是凡人的生活还是超越生活，首先要像生活，或者说不能违背艺术的常理。而这个小说中有些细节是经不起推敲的，可以说是一厢情愿。比如说，"我"作为一个银行的信贷科长，怎么可能坐在宾馆的台阶上。即使作者把他定义为神经错乱，我觉得错乱得不够，也难以让人信服。"我"坐在宾馆的台阶上是离婚之后，大家想想，一个离了婚的男人，他有必要这么做吗？说得粗鲁些，他有权利去捉奸吗？我觉得他给老婆装窃听器这个情节设置也应该会有更好的、更隐蔽的方法，我觉得这些有点失实。还有小说中"我"是个守身如玉的人，怎么会因为对胖女人的一个微笑就毁了自己的婚姻？文中还有一个精彩的细节，"我"请好友来家里喝酒，小兰左一遍右一遍地敬他，而且还眉目传情。"我"还是男人吗？竟然无动于衷！小说中这样的漏洞还不少。我觉得这些漏洞都严重地削减了小说的反讽力度。

庞余亮： 漏水和漏洞。它讲了一个爱无能的男人的故事。我看这个小说的开头开错了，小说的题目是"漏水"，一开始就写漏水是可以的，但是这篇小说开头的最佳点应该在什么地方呢？如果让我来写，我会将第九段的第一行作为开头——"现在这个城市里几乎所有宾馆的前台都和我吵过架。"

顾维萍： 小说开头第一句："我与兰离婚后家里就出问题了。"这句话其实是有问题的。小说中漏水的事情其实在离婚之前就已经发生了，小说的开头一定要精彩。毕老师讲过一句话，把你最羞耻的事情讲出来，小说就成功了一半。就像在舞池里，男士对女士发出的邀请，就像小说的开头，是作者对读者发出的一次邀请。刚刚庞老师讲的也是我的想法，这篇小说的开头要么就是我和前台的争吵，要么就是我喝醉了酒躺在宾馆的台阶上。这样更吸引人。

庞余亮： 刚刚我说爱无能，爱的另一面就是恨，小说其实把他所仇恨的人都写出来了。第一个是楼上的邻居，第二个是丈母娘，第三个是老婆兰，他一个一个地把仇恨引出来了。漏水背后的精神分析，是爱与恨之间的相互交错，在恨的过程中他把所有东西漏掉了。这个小说最大的问题应该不在细节，而在"我"分裂的原因，精神出现问题的根源在哪里。

易康： 这个小说节奏比较均衡，推进比较有序，有些描写比较感性，有一定的感染力。作者写这个题材有一种敢于直面人生的勇气。我觉得这个小说最大的不足就是缺乏情感和精神方面的支撑，小说意在表现现代人的不安和焦虑，但是这个不安和焦虑有些空洞，缺乏精神上的支撑，所以这个小说不是悲喜剧，它是闹剧。它不是讽刺，是调侃，是挖苦。看到这个我想到了小时候读鲁迅的文章，我的父亲曾经这样指导过我，他说，鲁迅的作品很有人情味。直到成年之后，我都将这个作为打开鲁迅一切作品的一把钥匙，就是人情味。不光是他的小说，包括他的散文、杂文、文学评论等都是很有人情味的。所以文艺作品一定要有足够的情感支撑。这个小说让我想起了一幅美国的漫画，就是一边笑，一边含着泪。黑色幽默就是要含泪的笑，所以仅仅只有讥讽、调侃是不够的。其实她是有追求的，但是能力没有达到。这个小说是兴化作者当中非常有自觉追求的作品。这是我说的第一点。第二点，人物关系上有点问题，人物之间的连接不够紧，作者可能是要让婉兮和兰形成某种对应关系，或者因果关系，但这种关系最终没有完成，婉兮在作品当中的退场十分草率，作者也试图从这个人物身上带出一点东西，但只是蜻蜓点水，相对来说比较肤浅。这个人物给我的感觉就是一个人准备出门了，外套也穿好了，鞋也换好了，但是转了一圈他又回来了，最终他还是没有出门。我倒是觉得另外一个人物邻居胖女人写得要成功一些。

庞余亮： 不知道你们有没有注意到，胖女人住在哪一层？没写。自己住在哪一层？也没写。这说明作者在写这个小说的时候，自己头脑中的清晰度还是不够。

易康： 胖女人这个人物形象对我来说要比婉兮深刻一些，尽管作者在婉兮身上很用力，但是有一种半途而废的感觉。我有个想法，就是是否可以把胖女人和婉兮合并成一个人？如果把婉兮身上的一些东西移到胖女人身上，可以使小说更紧凑一点，也能凸显作者想表达的东西。这个小说的语言比较拉杂，有些叙述没有必要，有些词语缺乏提炼。比如第一节第七段"连这话法官都信"，这肯定是没有理顺的句子。第二节第三自然段，"老婆开一家洗衣店，……生意好些"这样的句子读起来就有点拗口。

冷玉斌： 第一我觉得这个小说的完成度还是挺高的，它有两条线索，第一条是跟前妻的纠缠，对婉兮的心仪。实际上他对婉兮的喜欢也是建立在对前妻的不满上。另外还有一条暗线，她基本上没怎么动，就藏在里面。就是他母亲这条，他十岁那年，母亲跟人私奔了。这条暗线，可能就是他如今不堪的生活以及造成他人格障碍的一个前因。他与婉兮相遇，包括捉奸，其实都发生于他当天检查漏水的过程中。这个小说的物理时间不超过五分钟。从物理时间转到叙事时间方面，她其实做得很干净。这篇小说与前面沙龙里讨论过的小说相比，我还有一个感受，那就是在故事的包裹下，很有些都市心理小说的气息，甚至有一点悬疑的意味。题目叫"漏水"，"漏"与"水"是极其鲜明的意象，"漏"是主人公"我"的人生本质，从母亲私奔后开始，他的一切都漏了，最终强烈地反映在个人的爱情与婚姻生活中，对自己的外貌没有信心，对自己的妻子不满意，心仪的对象是一个从《诗经》里走出来的女人，自己在这样隐秘的心事底下，没发现同事的秘密，却发现妻子疑似出轨，人生漏了，他这个人也太陋了——简陋的陋；至于"水"，在婚姻、爱情乃至性里面，都特别重要，而主人公缺乏的就是"水"。你看小说里的林林总总，就是缺水的状态。开头的捉奸，在太阳底下晒得头晕，还有后面，妻子兰住回娘家，他的性饥渴让他开始原谅兰的不忠，诸如此类，所以，整部小说里都有一种火气，主人公始终是在肝火上升，开头查水表遭邻居唾骂，到最后，请求胖女人帮忙未果，故事沉浸在一片黑暗里。这当中，他的疑神疑鬼，气急败坏，气喘吁吁，男人气短，在小说里得到了充分展现。他到底是不是一个精神病人？不需要有明确的医学上的答案，但也许，从他的母亲离开，他的精神上确实就生病了，到如今，病得还不轻。

李冰：第一，我觉得这个小说讲述得过于清晰有条理，小说主人公的精神应该是错乱的，他所感知的世界或者感知世界的方式应该是跟普通人不一样的，所以我觉得如果用碎片式的写作方式可能会更好一点。碎片式的方式同样也可以重现人物与事件的关系。可以把故事讲得模糊一点，隐去一些线索，让叙述者用一种有别于普通人的思维灵感方式，来建立一种叙事的策略。错乱式的叙事可以加强小说的纵深感，产生多种意味，也会出现更多解读的可能。第二，我觉得漏水的意味没有充分地写出来，漏水没有和主人公的情感建立一种稳定的联系。要为主人公的情感找一个着力点，要强调主人公的愤怒和不解。另外，漏水可能就是说这个主人公的世界是失控的、是流失的，他的世界是塌陷的。他应该努力在这个事件中重建一个秩序，给自己一个相应的位置。漏水应该有一定的意味，他就是主人公内心不断流失的东西，有可能是时间、生命力或者是美好的情感，他意识到了，却无法阻止，无能为力。我觉得如果把这种无奈写出来，可能会让小说拥有一种悲剧意味。第三，他与几个女人之间的关系没有写透，这几个女人也没有对主人公的行为、命运、结局产生什么影响，有点浪费的感觉。第四，我觉得这个小说缺乏进展，主人公的行为和心理都处于一种停滞的状态，我觉得可以给一点暗示，他下一步的行动是什么，或者，他的思维是不是会更加错乱。

朱辉：我接到《漏水》这篇小说时对它是充满期待的，因为此前大家交流的两个文本都相当好。庞主席告诉我沙龙的规则是尽量把毛病和缺点都找出来，少讲好话。我说不行，上一期的陆兮兮的小说我讲了一点好话，我的原话是我喜出望外。这一次我也希望可以喜出望外，但是看到最后我一盆凉水浇到脚，我很不满意。我看出了作者对生活的切肤之痛，我也看出了作者经过了精心谋划，可惜在我看来都达成得不好。比如说漏水和漏气，漏水是慢性的，睡不着，烦，而漏气是急性的，是会死人的。漏水常常被拿来比成生活里的烦恼，多了象征的意思，就像张爱玲讲的生在袍子里的虱子。是，漏水挺好。我在一个月前刚刚看过一个小说家写的中篇《漏水》，和这个一样，生活出现问题了，她家漏水，她老公没本事，修不好。女人到处想办法解决这个漏水问题，就睡不着。你用"漏水"没问题，问题是这个漏水事件本身和婚姻出现问题没关系，一点关系都没有，硬贴上去的，这叫"穿靴戴帽"。这都是写小说的大忌。如此通俗的象征"漏水"被她拿来了"穿靴戴帽"，小说立即就下降了一个层次。另外一个问题，小说可以有意识流，可以有后现代，也可以是非常传统的写法。能讲好故事而故意不把故事讲好跟想讲好故事而没有讲好，有巨大的区别。这个作者是想把故事讲好，但是她讲不好。而且她自己的精神也会经常发生漂移，因为她想写的东西有点像《狂人日记》，就是有点精神病的、焦躁的、生活里烦恼非常多的、已经开始窥探别人生活的这么一个人，但是她没有把这个故事讲好。所以她是想讲好故事而没有讲好，而不是玩后现代。小说还是一个传统结构，"穿靴戴帽"让小说从哪里出发又回到了哪里，画了一个圆形。这个作者是写过一段时间的，文字很通顺，但是她对文字的要求显然是不够高的。另外，描写人物其实是有诀窍的，我给大家一点阅读的建议，读书不能读个故事情节就完了，仅仅这样达不到一个写作者的要求，得不到特别多的滋养。其实好的小说从构思、语言、情节、细节到人物的名字乃至标题，都用足了心。很少有人会注意到这个层面，可是对优秀的作品，你注意到这个层面会得到巨大的教益，你的功力会得到质的提高。比如说《红楼梦》，人物的性格是一对一对地塑造，最典型的是林黛玉和薛宝钗，这两个人的人物关系是有一点对照意味的。这个小说里的婉兮和胖女人也许也有那么一点意思，但是这两个女人包括老婆兰，没有一个人深度介入主人公的生活，跟这个漏水事件更没有关系，整个小说支离破碎，所以这个小说想要改好，要花很大的功夫，我个人持悲观态度。

庞余亮：朱辉老师讲的，也涉及我们兴化作者写作中的最大的毛病——随意性。兴化的小说作者中，我印象比较深的一个是易康，一个是汪夕禄，他们对小说的认真程度超过了其他人。这就是对自我的要求高。这个小说的作者有她的追求，但还是没有避免随意性，这个随意性我身上也有，我也在慢慢地克服。朱辉老师讲的这一段对我们在座的所有人都有启发，你只有尊重了文学，尊重了小说，小说才会反过来回馈你。

毕飞宇：刚才朱辉老师讲，漏水也好，家庭生活也好，没什么关系，支离破碎的。我对此有点不同的看法。小说里面写的这个"我"，无非就是两个流向，一个流向是道德流向，一个流向是疾病流向，以我目前的判断来看，道德流向弱一点，或者说这个小说本身不是去探讨道德问题的，而是去探讨心理层面的问题的。从心理层面来讲的话，这是一个有问题的人，一个有问题的人，他应该就是碎的，如果我来写，我要做的就是进一步把它打碎。

这个小说写了六节，如果我来写的话，这个阿拉伯数字我就不要。直接就打回车键，打空格号。我可能会处理得更乱。在这个乱的过程中，让读者自己去把它内部的逻辑找出来。无非就是两条线，一条就是作为一个病人，他在日常生活里出现的异态，比如对声音的敏感，本来也没有漏水或者说即使漏水了也不是我家漏水，即使我家漏水了也不是什么大问题，可是对他来讲，对他的听觉来讲，对他的睡眠来讲，这个声音到底是现实的还是非现实的，到底是在近处还是在远处，到底能不能让他过上日常的生活，是能睡觉还是不能睡觉，这条线是可以往下走的。

除了对声音的敏感，还有就是他有没有异态的性行为，有了异态的性行为，在婚姻内部出现了一些问题之后，他开始自我警察化，用一些古怪的行为大幅度地伤害他人的自由和人权。我觉得可以把这两条线弄得更乱一点。现在我要说的还不是这个问题。小说中的两个人物，让我很纠结，我不知道该怎么处理这两个人物。一个是太太兰，一个是丈母娘。从小说的人物组合来讲，兰和丈母娘应该是处于一个空间的，我和婉兮是一个空间，我和胖女人是一个空间，这个是生活空间的空间，我和兰是一个家庭空间，兰和她的母亲之间还有一个空间。

这个小说真正让我感兴趣的还不是精神错乱这一块，我觉得重点应该在兰身上，如果已经确定了这个男人是一个有着中度或者重度精神病的人的话，我个人认为太太应该是知情的。现在这个兰只会说你神经病，其实并没有更深刻的认识。男人是这样的一个生理和心理状态，我喜欢的一个走向是，妻子照顾病人，这个病人在日常生活中，在床上已经很异态了，可是一个做太太的人，她不知道，她关心的可能是丈夫的单位、收入、工资卡，每天给我多少钱，至于这个男人在疾病的干扰下有没有对她的生理和心理构成伤害，她是麻木的。她离家的原因也不是因为性，而是因为经济原因，她离家之后跟她的母亲有一番对话，她的母亲从他们的对话当中意外地发现，女婿出问题了，这样写的话，小说的空间就会更大一些。它给我们一个结论：丈夫是一个支离破碎的病人，而妻子其实也是个病人，是个麻木的病人，而这个病可能更可怕。这样，丈母娘这个角色就变得非常重要。

我们别忘了，小说的一开头，"我"交代我离婚是女方提出来的，但是第一次提出离婚这个念头的是丈母娘，丈母娘提出离婚的时候，作者写："等我说完话，丈母娘沉默了一会儿，平静地说：'和我的女儿离婚吧。'"从这里我们可以看出丈母娘是一个很理性的人，但是我们沿着这个往前推，作者对丈母娘的描述不是这个路子的，比如在洗衣店的门口，丈母娘四仰八叉地躺在门口的地上，她说被我气得心口疼。这个地方又成了一个市民气很重的很庸俗的人。我就觉得作者在丈母娘的身上要花点功夫，你只有把丈母娘的定位定好了，她到底是一个理性的人还是一个胡搅蛮缠的人，才能把兰确定好了，只有把兰确定好了，才能确定"我"究竟是一个什么样的走向。是整合它还是进一步打碎它。第二点，刚刚朱老师讲的水和婚姻生活没关系，我觉得没关系就没关系呀。没必要让他们有关系，他本身就是一个病人，很可能漏水本身就是不存在的。现在最大的问题是漏水这个事件没有处理好。漏水是真实的也好，幻听的也好，他听到了声音，下去查了水表，确定了是601的水表在动，小说的结尾是到胖女人那儿敲门。这个地方就看出小说的作者不讲究，你到底是让这个精神病人往清晰的方向上走，还是往模糊的方向上走，这都是一个方向。

朱辉：就是这个第二点，说明作者不知道在做什么，乱七八糟。按照我们生活的逻辑是排查水表，到底是只是幻听还是真的有个水表在深夜还在转，如果如此缜密，它就是一个传统的小说。如果说他是个精神病人，整天在家疑神疑鬼，那就应该像毕老师刚才所讲的那样，把整个故事打得更乱。

毕飞宇：文章的结尾，我去敲胖女人的门，猫眼黑了。给我们一个错觉，水的问题是一个借口，他去敲门其实是想干点别的事情。我觉得这个处理得不好。我胡说啊，给作者提供一个思路。哪怕我进到了这个胖女人的家里了，哪怕这个胖女人反过来对我提出了其他的要求，他的重点反而在水上，我觉得这样更有意思。

丁帆：我觉得《漏水》这个文本恰恰给我们提供了一个最好的讨论空间和修改空间，讨论就是要有争议。我觉得这个小说的修改空间非常大。朱辉说漏水事件和婚姻事件是两张皮，没有连接起来，但是你也不能说这两个就不搭，我觉得漏水这个意象如果写得好的话，就会成为这个小说最大的亮点。也就是小说的素材如果处理得好，能够充分挖掘小说的内涵和提升小说哲思层面的定位。她可以把它写成一个反讽的寓言式的小说，那么这个小说就可以得全国的短篇奖。

什么是好小说？一种是靠曲折的情节取胜，这个是传统小说的写法，情节有节奏感。但是短篇不靠这个取胜，短篇靠视角取胜，找到一个好的视角，小说就成功了一半。比如《哺乳期的女人》，就是叙事的角度和儿童视角的角度相互交替、重叠，勾起了读者一种窥视的期待性。第三，是以构思取胜。第四是以题材取胜。这种编织故事的能力，发现生活中的规律稍加修改就可以成功了。比如法院的案件案例、特殊的社会事件。第五，短篇最重要的取胜方式，就是靠语言的张力。比如汪曾祺的小说，一句顶一万句。所以短篇小说的语言是很考究的。第六是靠悬念取胜，寻找疑点，让读者有被骗的感觉。第七就是以人性为基点来揭示人性的弱点，尤其是写悲剧。就如鲁迅所说，你把有价值的人生撕毁之后，你考虑到的是什么？现在这种悲剧色彩的小说很泛滥了，但是你的价值立场在哪里？第八，就是玩技术魔方，就是先锋小说，或者是后现代小说，都是在技术层面玩小说魔方。

根据这几点我要讲的是，这个小说实际上具备了三个元素，但是这三个元素都没有充分发挥，第一个是题材，这是一个特殊的题材。第二个，它用了悬念，漏水就是一个悬念，这个好像跟情节不搭，但是这恰恰是这个心理病人的心结。你不能把它看成简单的细节描写，它是这个精神病人在处理人与人之间的关系的时候，表现出来的一种失望。我觉得这个悬念从开始的一个扣到最后回到原点是好的，但是她没有充分运用好。第三个就是视角，它的视角是一个有窃听癖的男人。朱老师认为水和事件没有勾连，其实是有勾连的，那个水电工是作为伴郎出现的，他认为这个水电工和他老婆私通。它的视角是叙事者和我，她没有处理得和谐自然，最可惜的是，叙事者先看到这个男人就是个疯子，要我写的话我会把它处理成疯与不疯之间，我不给答案，让这个答案自己来扩张它整个社会认识的空间。这个就变成究竟是"我"疯了，还是这个社会疯了，还是人与人之间的关系都疯了。如果是这样，这个小说就提升到了一个非常高的高度。所以我一开始看到的时候就想到了《狂人日记》和《阿Q正传》，它能不能向这个方向靠近？可惜作者没有意识到也没有能力达到。所有的延伸空间都被叙事者堵死了，这是比较愚蠢的。不愚蠢的就是混淆两者，模糊它的定义，把空间留给读者。水平高的读者能看到更多的社会问题。我们的社会进步了，经济发展了，地位提高了，但是人与人之间的交流产生了一种障碍，我觉得这个小说有很大的空间可以伸展。如果把小说定义为反讽的寓言式的小说，将人物的塑造、情节的发展向这个方向伸进，就会非常好了。

漏水是一种现象，延伸到心理现象扩展到一个社会现象，这个小说的结尾滴答滴答哗啦啦，这就是一个精神病患者的幻听症状，这就延展到他对这个世界的一种幻觉现象，这个我就想到了，用幻听中的这种带有象声词的意象会好一些，漏水改一个字，滴漏。这个既可以涵盖社会哲思层面的，也可以涵盖小说主人公"我"的病态的心理感觉，或许会给人一种疼痛的感觉。

本文为毕飞宇工作室第12期小说沙龙实录，由郭亚群整理，

首发于《雨花》杂志2018年第3期。

漏水 /单玫

一

酒店门前的台阶被太阳晒得滚烫，我买来一瓶矿泉水倒在台阶上，不一会儿工夫台阶就干了，我一屁股坐下。虽然太阳已经偏西，我也没坐在太阳下暴晒，但极高的温度还是让我头晕目眩。这种头晕目眩的症状其实已经持续三个多月了，自从老婆不再回家留宿，坚决住在娘家起，我就有了这样的症状，医生对我进行了全面检查，说我身体没病，可能是因为睡眠不足或者太过亢奋引起的，无药可医。

既然没病，就由他去吧，头晕目眩已经成了常态，那么我就带着它一起过呗。

这个小城里几乎所有酒店的前台都和我吵过架，而且都知道我的老婆叫兰。只要见我进门立刻就有保安上前盘问。他们有什么资格盘问我？我要上楼去捉奸，我找我的老婆有什么错吗？他们应该配合我才对，怎么能对我进行驱逐呢？

不能捉奸在床没关系，我坐等总可以吧。

110要带我走，说我影响到酒店营业了，我坐在大门口怎么影响？大门两边不是也有迎宾的小伙子站着吗？只不过他们穿着职业装罢了。我也没有衣衫不整啊，虽没有穿工作服，但汗衫加长裤，应该没有影响到市容市貌吧。不走，坚决不走！这个城市里很多街道上有乞丐，他们的形象要比我差多了，而且他们向行人伸手要钱，甚至还用脏兮兮的手去碰人家小姑娘的裙子，那些人不管，来管一个坐在门口歇凉的人，有病。

警察说，有人报警，他们必须要管。

谁报的警？我立马想到，一定是兰。她被我堵在门口出不去，想用这招支开我。哼，没门。老子今天捉奸捉定了，我倒要看看那个奸夫有没有脸见我这个熟人！

我要报警，我要状告这家酒店纵容狗男女行苟且之事！

警察到前台检查，出来后坚持说没有兰这个人住宿。这让我再次怀疑我的那套侦查设备。

二

这套侦查设备毕竟是从网上买的，和公安局的设备真不能比，好几次定位出错。

当初在网上购买这些设备本是出于对谍战片的痴迷。我崇拜剧中的特工，他们可以用先进的窃听技术揭开各类人物谜一样的生活。我太想了解我身边的人了，尤其是单位的同事以及住在一栋楼里的邻居。现在也不知道是怎么了，邻居之间互不相识。记得才搬来时，我友善地与楼里的人打招呼，可是，没人搭理我，没听清我的问题便敷衍着离开了，那个时候我就觉得这幢楼里的邻居都有病。

我网购了一个迷你型窃听器，只有打火机大小，而且薄如纸片，我决定先试试它的性能。我把它夹在一本书中，放在老婆的店里。

老婆开一家洗衣店，平时不忙，到春节过后的那一个月有点事。店里一般只老婆一个人，我难得往那里去。我不想让单位上的人知道，我有一个没有固定工作，开了一家小洗衣店的老婆，尽管她还算漂亮，但我始终觉得带不出场。

我有一个心仪的女人，她是我们银行里的职工，不仅漂亮而且气质高贵，我最喜欢她穿工作服的样子，迷你短裙把屁股包裹得原形毕露。她叫婉兮，《诗经》里走出的女人如何不叫人爱恋：有美一人，清扬婉兮。

婉兮身上有顽固的奶香，这让我忍不住想打听她是不是正处于哺乳期。可是，我怎么能无缘无故去探听一个女同事的隐私呢？来来去去经常看到她与营业大厅里的小姐妹窃窃私语，每每都有凑过去偷听的冲动，她们在说什么？会私下议论我吗？我知道我其貌不扬。兰曾经打击我说，可惜我没有翅膀，有翅膀的话绝对能够混迹在鸟界。

对于兰的言辞，我没有辩驳，从小到大我没少被同学取笑，鸟人鸟人地喊我。不知道为什么我的头很小，额头好像被刀砍去了一块，眉毛几乎接近发际线，鼻梁很高，如鹰嘴，脸颊消瘦似无颧骨支撑，嘴角下垂，上嘴唇弧度很大，直接把鼻梁下的人中拉平了，看上去，像鱼的嘴巴。兰说，若不是因为她那什么，绝对不会嫁给我。那什么没有一次被她详细描述过，人对自己往往宽容，很多缺陷一个词就可以蒙混过关。兰其实有点跛，不过不是很明显，一条腿比另外一条腿稍稍短那么一小截，这一缺陷其实对她没有任何影响，甚至让她走起路来比一般人妖娆了很多，因为起伏，因为摇摆，还让她多了几分妩媚，从人身边经过，那一扭、一跳，韵律感十足，每次都能让我想起二十世纪三四十年代上海滩的歌女抓着话筒在唱：假惺惺，假惺惺，做人何必假惺惺。你想看，你要看，你就仔细地看看清……

婉兮第一次见我时捂嘴窃笑会不会是因为我的长相？她们经常聚在一起嘻嘻哈哈会不会也是在议论我呢？可是，婉兮看上去那么善良，温柔如水的目光好几次让我不能自持，我甚至在梦中喊过她妈妈。我对婉兮的好奇心越来越强烈，最终决定效仿影视剧里的特工，打算在营业大厅的一个花盆里，放一个不起眼的窃听器。

万万没想到，窃听器还没有派上真正用途时就出事了。它记录下兰的背叛，她居然背着我偷情！

若不是我把那个迷你窃听器放在老婆店中试用，估计这会儿我还美滋滋地戴着顶绿帽子满街炫耀呢。

窃听器里的声音把我吓坏了。开始十五分钟，里面只有公路上的嘈杂声，我都能清晰地数出这十五分钟内从店门口开过去几辆车，正当我为买对了这个高科技的小东西而开心时，突然听到老婆熟悉的电话铃声。铃声刚响就被接听了，可想而知，这只手机始终抓在老婆手上。

老婆说的那些话让我浑身冒汗，我被老婆哆哆的笑声笑得热血沸腾。没照镜子都能知道，我的脸一定被血涨得通红，我听到血管里的血快速奔涌向上的声音，我看见眼睛里被血丝布满，我甚至闻见了喉管里的血腥味。

臭婊子！我抓起窃听器就走。

这时，窃听器里又传来了丈母娘的声音。我那个丈母娘满肚子坏水，说话阴阳怪气，对我这个女婿从来没有过好脸色，只有看到自己闺女时才会眉开眼笑。她们母女时常背着我嘀嘀咕咕，我总觉得她像阴险的巫婆。

老婆让她妈妈看店，说自己要出去会一个人。

她去见谁呢？难怪我刚才去店里没见着她。难道是……我极力控制住自己的情绪。

三

我对婉兮钟情是在婚内。说来也巧，从镇里调到县城，第一天上班我就一眼看中了她。从营业大厅往电梯口走的时候，我发现她正微笑着与一位顾客攀谈。那笑容一下就让我想起了我的妈妈。我对妈妈的记忆停留在十岁以前。接下来的日子里，我只有在梦里才能看见她，她远离了我与父亲，与另外一个男人私奔去了天边。

婉兮把我当成办理业务的顾客了，见我愣愣地停留在营业大厅中，微笑着走向我，询问我办理什么业务。我如梦初醒，慌里慌张地掉头就走，差点撞上旋转的玻璃门。再转身寻找电梯口方向时，只见婉兮正捂着嘴巴吃吃笑。我结结巴巴地说要到信贷科，她用弯弯如月牙的眼睛扫向左侧，同时伸出左手指向电梯示意我过去。我从她身边经过时闻见一股浓烈的奶香。

能有这样的美女做同事实在是件幸福的事。英国一家杂志社不是说"科学证明看女人胸部有益于延长男性寿命"吗？主要原因是性兴奋能使心脏功能增强，加快血液循环。如此好事在我报到的第一天便得以体验，实在是老天爷给我发的福利。

可惜，当婉兮知道我是她的上司以后，就没再对我捂着嘴吃吃笑过。见到我毕恭毕敬，左一句科长早，右一句科长再见，弄得我想在大厅里多逗留一会儿都不行，只能匆匆来匆匆去。只有在经过她身边时深嗅一下那迷人的女人味。

兰好像看出了我的不对劲，经常在吃饭的时候阴阳怪气地看着我，还会说一些莫名其妙的话。她说自打搬进这个小区起我就不正常了，经常面带微笑，那笑容此前没见过，她肯定地说：你一定是有外心了。而且她还神经兮兮地说，她知道那个人是谁。

虽然我相信夫妻之间只要有一方出轨，另外一方便会有所察觉。但我只是心猿意马而已，并非真正意义上的与人相好，所以无论兰说什么，我都一笑了之。哪知没过多久她竟然煞有介事地说出一个人来。

这个人是同一幢楼的邻居。她住在二楼，上下班经常会在楼梯上遇见，每次都会热情地和我打招呼。她家暗地里开了一个小麻将馆，对人热情，无非是希望有人到她家去打牌，她好多收一些茶水钱。这个女人我连她姓甚名谁都不知道，怎么可能就和她好上了呢。虽说我长相一般，或者说有些貌丑，但无论如何我也不会看上她那样的女人啊。那个女人一身肥肉，成天嗑瓜子，门牙因为嗑瓜子而出现一个豁口，时常有唾沫星从那豁口处喷出。我是择食的，宁可不食，也不乱食。

说实话，我确实跟那个胖女人搭讪过几句，但绝不是兰说的，我被她的一身肥肉所吸引。在这幢楼上再没有其他邻居和我打招呼，只有她见到我满面堆笑，上班啊，下班啦地问候。

兰那么说我，是有原因的。兰是我接触的第一个女人，也是唯一有肌肤之亲的女人，她知道我长期守身如玉，没见过世面，见到陌生女人会心跳加速面红耳赤。对胖女人没有这些反应，这个神经病的老婆便认为我已经与她的关系不一般了，跳过面红耳赤这个环节必定有催化剂。这个催化剂就是相好过了，已经熟不拘礼。

我若是没有心虚，不与兰计较，没有找一间门面给她做生意，打发她无聊的日子，大概我们的婚姻还会继续下去。她做饭，我洗碗；她看韩剧，我看法制在线，节目时间不一样，我们从不会因为抢遥控器而翻脸。我们的婚姻其实挺轻松的，未曾想因为我的微笑竟然把一段美好的婚姻给毁了。

现在想来，毁了我们婚姻的其实不止兰说的那个不熟悉的笑容，还有我那个不省心的丈母娘的那句话。

男子好色，黄皮包骨。

这句话从她妈妈嘴里说出，字字如刀，色字是从牙缝里挤出来的，说到"骨"时上下嘴唇聚拢向前形成一个极小的圆形出口，然后奋力发出拼音第四声的发声，再慢慢收回上下嘴唇，充分拉直，咧开如笑容，收尾音似打嗝。

我没有因为丈母娘对我的诋毁而生气，但是兰却忧心忡忡起来。妈妈的话，多多少少给她留下了阴影。我只在邻居家打了一次牌，就被兰责问是不是对那家女主人动了坏心思。我不承认，她立刻学着她妈妈的腔调说：男子好色，黄皮包骨。

四

兰通过我的微笑就洞悉了我的心猿意马，这不正是经验之谈吗？我决定不动声色，抓她个现行再说。接下来的日子我发现，兰的脸上经常出现微笑。正如她所说，那笑容是我不熟悉的，里面有若干甜腻的秘密。她的手机经常静音，可是我却看到提示信息的绿色指示灯，像幽灵的眼睛在她的手机上一闪一闪，召唤她抹亮屏幕。她常常在洗澡的时候哼歌，那些歌词大多暧昧，什么真的好想你，什么一起慢慢变老，什么夜深没有睡意……我强忍住扇她的念头，待她上床，依旧温存地抚摸她。可是，她却侧转身体和我拉开一个人的距离，这是结婚以来从没有过的。看着我俩之间那个空出来的位置，我突然想到，这中间其实是有一个人存在的，他正得意地冲着我微笑。我异常愤怒！没想到愤怒竟然激发了我体内的雄性荷尔蒙，不管她愿不愿意，我一次又一次地折腾她，直至双双瘫软无力昏昏睡去。

这么闹了三天，她不干了，和我大吵了一架，骂了我十几声变态后卷铺盖回了娘家。

到丈母娘家接兰，我没敢把窃听器的事情拿出来说，我也没说兰做了见不得人的事，只说闹了点小矛盾。在丈母娘面前我做了自我检讨，说了一大堆作为男人应该大度、包容女人的话。可是丈母娘却发起神经来，说什么也不让我带兰走。她还装出一副有文化的样子，文绉绉地说：分开一段时间也好，大家都冷静冷静。兰的身体状况堪忧，我帮她调养好了再让她回去。

在丈母娘家坐了半个钟头，始终没有见到兰。我不能确定兰是否在家中，她的房门紧闭，我没好意思叫门。丈母娘说，你先回去吧，女儿住在妈妈家里，你有什么不放心的。我只好告辞，临出门前冲那扇紧闭的房门说：兰，我先回去了，你早点回家啊。房间里一点动静没有，我怀疑，兰根本不在家，她去哪儿了呢？

五

一桩好端端的婚姻变成了这个样子，我连死的念头都有了。结婚三年我们没有要孩子，主要原因是兰，她说我们家的基因有问题，有返祖现象，怕生出个小孩如鸟或如猿，我也没太计较，顺其自然为好，孩子该有时自然会有。父亲不肯跟我到县城生活。不过他强调等他死的那天，我必须回家给他送终，所以我根本没有死的资格。

既然死不了，我就得好好把日子过下去。我思考过了，想把日子过好，首先要弄清楚，兰到底有没有背叛我。虽然我没有想好，假如她背叛了我，我该怎么办，但是，弄清真相是当务之急。

没带回兰，我的时间变得富余起来，每晚我都会去洗衣店转转，我想发现点什么，到底是什么呢？我决定升级我的窃听设备。

夜幕降临后，我悄悄潜入洗衣店，把从网上买来的摄像头分别安装在接待间与洗衣房内。

安装完第二天，我就发现了一个天大的秘密。

与兰相好的那个男人居然是我的老乡。他才从村里到县城做水电工不久，跟在一个小包工头的后面，给装修房子的人家安装水电，前段时间还来我家喝过酒。他是我从小玩到大的朋友，是我结婚时的伴郎。婚后，我的朋友自然也是兰的朋友。那天我与兰在超市遇见他，他看起来心情很糟糕，满脸忧伤，一副如丧考妣的样子。他与我们攀谈，言语间流露出的绝望远比他脸上的表情更为糟糕，于是兰邀请他到我家喝酒，好让他快些振作起来。

我极力回忆那天他们的表现。兰特地换了身鲜亮的衣服，这是过去从没有过的，她怕厨房的油污粘在衣服上，往往一到家就换一件宽大的灰色上衣，在我的印象中那件衣服好像长在她身上的树皮。

晚饭时，有邻居敲我家的门，问是不是我家太阳能漏水了，这幢楼的两个下水管道里有水哗哗地不停往下漏，他正挨家挨户询问。我跟着邻居下楼了，家里只留下了他俩。我在外面大概逗留了半个小时，一会儿到楼下查看水表，一会儿与几个年轻力壮的邻居爬上楼顶检查太阳能。这期间，他俩在干什么，我一概不知。看完录像我突然想到，他是一个水电工，我们这幢楼上有人家漏水，他应该陪着我挨家挨户检查才对，可是他却始终留在我的家里，和我的女人单独待在一起……

请他来我家喝酒的是兰，兰难得对人热情，那天她却一反常态，左一杯酒右一杯酒地敬他，我可以肯定他们还眉目传情了。

他们大概早就好上了吧！

这以后，我常常在上班时请假到洗衣店查岗。但每次去都只看到兰一个人坐在店里玩手机。有时候是她妈妈看店，而她不知去向。我问丈母娘兰去了哪里，她每次都能替兰说出一个地方来，但我不相信！她们母女合起来骗我，兰一定是与那个该死的水电工鬼混去了。

上网查询了跟踪设备，有一种项圈，定位功能超强，可是那个项圈适合家里的宠物，我怎么可能把那样一个项圈套在兰的脖子上呢。继续查找，我终于发现了一个宝贝——定位手表。这款手表不仅可以精确地记录下每个地点，而且令我兴奋的是它还能检测出佩戴之人的心跳与血压。我只要把这个智能手表与自己的手机连接，那么兰的行踪将在我的监视之中，我甚至能通过她的心跳频率判断出她是否处于兴奋状态。

手表送给兰时，我特地告诉她这是单位发的，还精心为她挑选了她喜欢的咖啡色表链。兰开始不肯要，说不爱戴手表，夏天容易出汗，手腕上多个东西感觉累赘。我连忙给手表做起广告，直至说到可以记录下她每天消耗的卡路里，有助于她减肥时，她才动了心。给她戴上手表时，我问她能不能回家住，她立刻沉下脸要把手表还给我。吓得我连连说：不急，不急，等你身体养好了再回家。

六

狗屁的定位手表，没有一次我能按照它给出的地点找到兰。

现在不仅各大酒店的前台保安认识我，连派出所的警察在路上见到我时，都会多疑地多看我两眼。

兰已经有三个月没有回家了，虽说每天吃饭可以在食堂解决，没有老婆，照样可以填饱肚皮。可是生理问题没有老婆怎么解决？性饥渴让我开始原谅老婆的不忠。我三番五次到洗衣店请求老婆回家住，可是她死活不答应，说上次吵架留下的创伤一直没有愈合，这个创伤不仅是身体上的还有心灵上的。我问她身体怎么就伤到了呢？她怒目圆瞪咬牙切齿地骂我无耻。

我被激怒了，到底是谁无耻？我把窃听器、摄像头以及定位手表的事一股脑儿地说了出来，我准备破罐子破摔了，既然你不知好歹，那么我又何必给你留着脸面呢？

她惊呆了，像看一个火星人一样地看着我。

你这个疯子！神经病！我要离婚！这是她不顾一切摔下洗衣店钥匙转身就走时丢下的一句话。

她如此骂我，让我有些意外。一直以来，我始终雪藏着她的秘密。兰去医院看病的诊断书我小心翼翼地藏在抽屉的最深处，生怕被别人知道。兰曾经到医院看过神经科。尽管兰始终不同意我说的神经衰弱就是神经病，但我每每看到她大喊大叫，歇斯底里的泼妇样，我便坚信，她就是个病人。

我不离！你休想！我冲着她的背影大声喊叫。

再到丈母娘家，我连大门都没能进入。丈母娘说我有癔症，往她闺女头上扣屎盆子。她手指一直指着我的鼻尖，咬牙切齿地说着和她闺女一样的脏话。我没有和她对骂，很绅士地站着，坚持要带兰回家。

她见我不温不火，终于冷静下来，说，你先回家，明天白天我在洗衣店等你。

洗衣店的门口聚集满了人，丈母娘四仰八叉地躺在店门口的地上，她说被我气得心口疼，还说我动手打她了。天地良心，我怎么会动手打她呢。她说找我谈，我以为我和兰的关系会有转机，没有哪家妈妈会希望子女离婚的，不是说宁拆一座庙不破一桩婚吗？哪知，我这个丈母娘居然一口咬定我精神出了问题，希望我到医院做个检查。我不承认自己生病，她便开始责问我最近一段时间跟踪监视她女儿的细节，还声泪俱下地大骂我强暴了兰。我告诉她兰是我的妻子，与她做爱天经地义，虽然兰有几次比较勉强，但最后还是尽了一个妻子该尽的义务。

丈母娘等我说完，沉默一会儿很平静地说：与兰离婚吧。

我急了，坚决不同意离婚，还责问她，兰有什么理由与我离婚。丈母娘说，婚内强奸也犯法，都已经给你录了音了。

我去抢她手中的录音笔，她便大喊大叫地跑出洗衣店，然后躺倒在地上向路人求救，求他们打110。这出闹剧一定是她精心策划的。

因为我具有家庭暴力倾向，直接导致女方受到身心伤害，法庭调解判决，我要对女方进行经济赔偿。那间原本写着我名字的洗衣店判给了兰。

七

离婚是她提出来的，法庭只调解了一回我便同意了。但是，现在时常后悔，我感觉上当了！

我与兰离婚后家里就出了问题。每天夜里我都会听到水管里有水流动的声音。关了家里的进水阀，拿手电筒到楼下检查，见鬼的是，水表纹丝不动，显然不是我家漏水。关了水阀，我下楼。那水管里是否还有流水声？我不能确定。一口气上了六楼，站在卫生间里仔细聆听，水流声没有停，这说明不是我家漏水。可是，刚才我好像看到有水表在转，是601人家的水表吗？难道是他家漏水？如果是他家漏水，怎么从来没有看见过他家的人下楼查看水表呢？他家的水管里有哗哗的流水声吗？

再次下楼确认，到底是我家的水表在转还是隔壁家的水表在转。

刚盖上水表铁盖，就听到楼上有人家开了窗户，对着楼下大骂：你有病吧，天天夜里折腾，手脚就不能轻点，一会儿当一声一会儿当一声的，还让不让人睡觉了！

这幢楼上的邻居真不是东西，每一户人家的男主人都被我邀请到家里查看过我家是否有漏水的问题，还请他们鉴定水表是否转动。结果，没有一个人对我说实话，都说不转，还说没有漏水声。我对邻居谦恭有加，可是，他们竟如此没有素质，骂起人来像放鞭炮，噼里啪啦不停息。哼，我有病，我看你们一个个的才有病。

我从不理会别人对我的谩骂。离婚时，老婆与她妈妈在法庭上说得那么难听我都没接一句话，还怕别人再多骂一句？笑话。我快速爬上楼，砰一声用力关上大门。

法庭上，我那个神经病的丈母娘指责我不把她闺女当人，一夜折腾她闺女十七回，简直畜生不如。这话连法官都信，我还有什么理由坚持不离婚。

我知道那是栽赃，但是，我认了。这日子确实没过头，每天像警察一样做着侦查工作实在太累，离了也好。

婉兮知道我离婚后再也没对我笑过。我找她到我的办公室谈了好几次话，她每次来都很紧张，东张西望神经兮兮地随时准备出逃，害得我也跟着莫名地惊惶。不过也好，我对她还不算了解，等我摸清了她的底细再说也不迟，别再像第一次婚姻那么失败，被戴了绿帽子还蒙在鼓里。

可是，我发现她对我越来越冷淡，连过去在大厅里见到我的问候语也省略了，她在躲我。后来，我发现不仅婉兮在躲我，银行里所有的人都不正常，都在躲我。

我干脆请病假在家休息。领导真是通情达理，让我安心在家休养，他还说：休息必须，求医也不能耽搁，讳疾忌医总是不好。说罢，还古怪地对我笑了笑。

我也对着他笑，心里却在暗骂：有病。不过这样也好，我可以不去单位上班，我可以自由自在地活着了。

可是，漏水的问题怎么办？

我真怀疑这幢楼里闹鬼，白天一点漏水声都没有，可每到深夜，那哗哗声或者滴答声就会顽固地响起，让我无法入睡。我不敢再爬上楼顶检查了，这个小区里的保安也是个神经病，太爱管闲事，若再把警察、消防车招来，弄个气垫在楼下劝我不要跳楼，那会再次搅得邻居不得安宁，第二天不知道又会说出多少我的怪话来。

滴答，滴答，哗啦啦，滴答，哗啦啦……我受不了了，那流水已经入侵了我的大脑，正往血管里流。我再次拿起手电筒下楼，我必须要弄清楚，我家的水表到底转不转。走到胖女人家门口时，我停下了。轻轻敲了几下门，等待着。

过了很久，我看到大门上的猫眼里有灯光亮起，又过了一会儿，猫眼被挡住了黯淡下去，但很快那猫眼再次亮闪闪的，仿佛有很多话要说。我等待着。

她肯定在家，她已经通过猫眼确认过门口站着的是我了，可是为什么不开门呢？她那么热情，今天怎么会变得如此冷漠了？我再次敲了三下。

谁啊？

我！

这么晚了，你要干吗啊？

我听到水管里有水哗哗在流，我家好像漏水了，你能帮我下楼看看水表吗？

猫眼黑了，再没有亮起来。

她也有病，还病得不轻。

本文为毕飞宇工作室第12期小说沙龙讨论作品，

首发于《雨花》杂志2018年第3期。

第13期：好小说就是"靠船下篙"

庞余亮：今天我们讨论的是本土作者的小说——《河流带走的》。第一眼看见这个小说题目的时候，我很期待，因为我们兴化就是浮在水面上的荷叶地。

姚梦：我觉得这个小说在描写方面还需要打磨，在遣词造句中有太多描绘性的词，有些句子非常长，让人一口气很难读下去。当然有些细节也非常好，比如吴老师给那个女人送东西，我觉得这个细节非常好，一下子把吴老师性格层面的东西都挖出来了。但是许多其他的细节太多，太浪费了。比如描写吴老师和丽丽两个人在吃饭的时候，对丽丽的着装、身体描写的词汇太多了。人物这一块，吴老师这个人物是立起来了，但是丽丽，相对于吴老师来说比较扁平，还停留在大家对这个人物的认知层面，它并没有让丽丽跟吴老师之间有多一些的互动。我建议他做一些修改。这个小说写得太满了，太实在了，这样就把读者可能产生的想象空间都给封死了。

庞余亮：可能跟写作的自信有关，我觉得作者的写作信心还没有完全确立。只有把人物消化到位，才能够靠船下篙。这个小说中有很多的细节都非常好，但是放在吴老师身上有些不妥。

王夔：看到小说开头写一男一女的死亡，我以为是一个悬疑小说。

我觉得如果把吴老师和这个死亡的一男一女扯上一点关系，也许会更好。但是没有一点关系，其实没有关系也行，可以作为一个隐射在里面。后来看到吴老师和丽丽并没有发生什么实质性的关系，我就觉得对于人物来说太困难了，如果说一次两次还说得过去，而三番五次还是如此，应该有一个很大的原因在里面。小说的结尾，作者试图回到题目，另一个人离开了。这个是吴老师生命中一段灰暗的东西，河流带走就带走吧。我觉得这些都是作者的想法，而不是小说人物的想法。其实我觉得它不一定是灰暗的，你也可以把它写得更明亮一点。

王锐：我看到"吴国才中午放学回家的时候"，以为吴国才是个学生，到后面才发现他是个老师。他前面说吴国才是个历史老师，后面又说吴老师有物理老师的品质。我觉得既然他已经给了一个历史老师的人设，就可以把这一点做足。另外我在思考一个问题，那就是这个吴老师有什么值得我们书写的地方？这个小说给我们呈现的就是一个"油腻中年"的形象，这个太接近我们的生活了，我们的生活中到处都是这样的男人，而我们对这样的人燃起的就是厌恶，而作者似乎把他写得让人同情了。倒不如把"讨厌"做足了，也许更好。我觉得中年男人也会有让我们欣赏的地方。我来设想一下，吴国才是一个被学校抛弃了的中年人，家庭对他的需要也不是那么强烈，他的无聊是很多人都会有的，就是在这个社会上已经没有存在感了，这个时候，再写他和丽丽的纠缠，可能会更好。

易康：小说为什么写得太满，我觉得作者在写作的时候有个错位，他把自己当成了小说中的人物，又把小说做成了自己，他在自说自话，自娱自乐。他把读者扔到了一边。这个小说里有作者的影子。有这么一句话：小说是伪装的自传。但是作者不太会伪装。这个小说的看点不是很多，不管是人物、故事还是语言。刚刚有人说小说中描写太多，而我恰恰觉得小说缺乏描写，偶尔有描写的话也没什么大的意义。不知道作者究竟要凸显什么东西。人物比较机械、扁平、不合逻辑，比如最后死的人很可能就是丽丽，但是她为什么投河，作者没有做好足够的铺垫。语言方面，除了大家刚刚说的问题，还有一点就是语焉不详，比如第一段中，"一堆人围在那儿"中的"那儿"，指的是哪儿呢？后面还有一段对警察的描写，我觉得这个描写没什么意义，作者对警察的描写究竟是什么意思呢？

育邦：一个作家需要在写作中展示他的诚实。作家不走心，很难写出一个好的作品，你的态度也决定了作品的命运。把一个作家和另一个作家区分开来，与才华无关，一个持久的作家，必须要有自己独到的观察方法，并能对观察到的事物加以艺术地叙述。准确叙述可能就要取缔一些无关紧要的装饰性的修辞。我们今天这个小说中的解释和阐释过多，冗长的叙事，压缩了读者想象的空间，也伤害了文本可能产生的张力。

毕飞宇：叙述的粗糙带来的毛病就是空洞。描写的空洞、不讲究，是和一个坏习惯分不开的，就是这个人爱看电视剧。他不是凭着感受去写生活的，他是冲着屏幕去写生活的。你描写的不是生活，你描写的是电视剧。这个是电视剧的语言，靠画面、靠演员的表演就呈现出这么多。小说家的语言和电视剧、摄像师不是同一种语言，小说家的语言是电影和电视剧没有的语言，一定要在画面之外去寻找语言。如果你一直按照画面去写的话，一辈子也写不好。

刘春龙：看到这个题目，我就带着疑问来看这个小说。河流带走的，究竟带走了什么？我觉得河流带走的有可能是社会丑陋的东西，是欲望，比如为社会不容的，道德不允许的那些欲望。看了这个小说，我觉得有两个方面比较突出。一方面，可能与我的职业有关，我觉得他的价值观出了问题。情节的走向也缺少一种内在的逻辑关系。留白的局设得不太好，留白的度也没有把握好。另一方面，是遣词造句的问题，比如"吴老师像断了线的风筝自由自在地飘荡着"，断了线的风筝是不是能自由自在地飘荡呢？"吴老师看到眼前的丽丽像自己的女儿"，看到这儿的时候我有点想吐，哪有看一个妓女像自己的女儿的？丽丽说自己来自河南新镇，吴老师说丽丽是来自炎帝的故乡啊。这种调情我觉得也是不妥的。这样的例子很多，总的来说，作者信马由缰，缺少一种节制。

育邦：我觉得最后一段可以改得简洁一些：秋天的黄昏，吴老师伫立在大桥上，身下是匆匆流过的河水，手里拿着一份晚报，一阵狂风吹来，报纸脱手，在空中飘了一会儿，最后在水面上打几个转，很快被湍急的河水带走。从结构来说，小说整体的架构是不稳定的，失衡的，不够合理。开篇就讲吴老师去调查一男一女的死因，我们以为小说意在发现或揭示生活中的某种秘密，但是他的叙述忽然来了一个转变，从调查突然叉线了，没有说服力。乔伊斯曾经写信给他的姑妈，让她测量一个纸条从一座桥流到另一座桥需要的时间，他好在这个时间里设置情节。一个小说家叙述的精确性，是可以和科学家相媲美的。这个作者对人物的设计和结构的铺陈，都过满了，一瓶水满了，晃也晃不起来了，无法产生任何响声。修辞的目的是表达，像《水浒传》中，有时候不需要多少字就能够把人物的个性、事件的发展表达出来。

单玫：我觉得作者一直在保护着吴老师，他把一个男人嫖娟的行为上升到了爱情的高度。作为一个阅人无数、阅读无数的人，你让他去和一个妓女谈恋爱，而且是在那么短的时间里，这太不合理了。一开始说两个溺水者到底是什么身份并不知道，可是吴老师为什么要选择去那样一个地方探秘呢？他应该是对居住在那个环境里的人感兴趣。不管那两个溺水者是不是引子，你在小说中多多少少都应该有所交代，只有这样，这个主人公的行为才能站得住脚。说作为历史老师的吴老师，有物理老师的气质，倒不如说吴老师是语文老师，爱好写小说，苦于没有素材，然后去搜集素材，这样更合理。这个吴老师明明就是一个道貌岸然的人，为什么非要给他贴上一个好男人的标签？我觉得作者就是怕读者对号入座，在不停地藏着掖着。

赵冬俊：小说中的历史老师吴国才太不像老师，尤其不像一个年已五十的老师。他的行动好像是由作者控制的，而不是由人物自己决定的（其实他是有自己的兴趣和使命的。或许正是自己设定的任务，自己赋予的使命，让他色胆包天，敢入"虎穴"）。文中较为精彩的一处是对"给丽丽二百元冤不冤的思考"。其他如"第一次见面，跟丽丽进入车库""在茶吧，吴老师再也顾不上安全不安全、风度不风度，他把丽丽抱到自己的腿上亲吻"等等。作者缺少对人性心理的分析和探索，五十岁的吴老师还那么血气方刚，显得失真。这篇小说的重点不是写巧合，而是应该写内心的困境，写人物的挣扎和思考。

陆泉根：我有个设想——吴老师是个小学科的老师。平时不做家教的吴老师，做起了家教，因为他没钱，因为没钱他被边缘化了，在家里没地位，在社会上没地位，甚至在自己的学生面前也没有，所以他苦闷，缺乏情感的慰藉，所以他去找丽丽。

金倜：小说过于随意，自说自话，油里油气。开头是引子，引子是中药中的名词，引子放到药中是为了让药效发挥得更大，而这个引子对于这篇小说几乎没有什么作用。小说开篇有两个人死掉，结尾又死了一个人，作者的心太狠了。

顾维萍：这个小说写于很多年之前，我写的时候想写出一种空灵之感，但是功力不够，没有做到。这个小说语言比较粗糙，叙说过于直白啰唆，而且小说里叙述者说得太多了。大家对我小说的剖析，给了我很多启发。虽然我不是凤凰，但是我有涅槃的决心。

本文为毕飞宇工作室第13期小说沙龙实录，由郭亚群整理，

首发于《雨花》杂志2018年第9期。

河流带走的 /顾维萍

历史老师吴国才中午放学回家的时候，在大桥上看到一堆人围在那里，交通几乎被阻塞。他凑上去打听，原来有人跳河了，一男一女。至于两个年轻人为什么要跳河，版本很多。五十岁的吴老师成为学校的照顾对象，每天就一节课。老婆去照顾女儿了。闲着的吴老师悄悄开始了一个人的调查走访。他要走访的地方是一个叫"宜居人家"的小区。这个小区建于二十世纪八十年代，破旧不堪，许多外地人租住在这里，也是小姐们出没的地方。吴老师没事的时候就以找朋友聊天和玩为名，来这个小区转转。一个星期天的下午，吴老师在小区认识了一个叫丽丽的穿着碎花睡衣的小姐。第一次见面，吴老师没有对丽丽做什么，但还是照付了两百元。作为回报，他得到了丽丽的手机号。几天后的一个星期六，吴老师的老婆突然回来了一趟，把他工资卡上的钱存了起来，只留给他一点生活费，每个月一千块。傍晚的时候，吴老师给丽丽打了电话，约她出来吃饭，并让她找一个隐蔽的地方，是位于小城老街边上的一家茶吧，包间里还有一张床。吴老师的心很乱。酒多了，话就多了。丽丽毫不隐瞒地向吴老师讲述了自己的过去。酒足饭饱之后，吴老师想跟丽丽打听两个年轻人跳河的事，丽丽对他发出了邀请。吴老师把丽丽抱到自己的腿上亲吻起来，用丽丽的话讲，想"深爱"一下。可是手机突然响了起来，是老婆带着女儿女婿回来了。丽丽成了吴老师身上的一个痒，几天不抓挠就痒得难受。他隔三岔五地打电话给丽丽。为了给丽丽"补课"，从不给学生补课的吴老师给学生加班补课。后来，他经常送丽丽东西，比如避孕套、洁尔阴清洗液、卫生纸、卫生巾以及牛奶、"六个核桃"、红枣、蜂蜜等营养品。丽丽有点想不通，买东西也要钱，吴老师何必转个弯呢？原来那些东西都是吴老师用医保卡买来的。一天夜里，吴老师准备关电视睡觉，突然接到一个恐吓电话。那人自称是丽丽的老公。他让吴老师给他卡上打五千块钱，不然就去找学校领导。吴老师知道这是典型的敲诈，但是不敢报警。经过一番讨价还价，对方同意两千块私了。吴老师向一个学生借了两千元，在约定地点给了丽丽老公。第二天一早，吴老师就去了丽丽的出租屋。他这才知道那人是个无赖，丽丽就是被他逼着走上这条路的。前几天，他来找过丽丽，抢走了她几千元钱，并在她的手机上发现了吴老师的电话号码。分手时，吴老师劝丽丽金盆洗手，回家找个男人嫁了。一天下午，吴老师收到丽丽的一条短信，得知丽丽准备回家结婚了。一周之后，吴老师写的一篇论文发表了，拿了两千多块钱的稿费，把借学生的钱还了，还请同事们小吃了一顿。席间，有人说又有人跳河了，与上次一样，也是个小姐。吴老师立刻紧张起来，不过很快就恢复了平静。秋天的某个黄昏，吴老师伫立在大桥上，他的身下是匆匆流过的河水，他的手里拿着当地的一份晚报，一阵狂风吹来，把吴老师手里的报纸吹到了桥下，报纸在空中飘飞了一会儿，最后落在水面上打了几个转，很快被湍急的河水带走了。

本文为毕飞宇工作室第13期小说沙龙讨论作品的梗概，
首发于《雨花》杂志2018年第9期。

第14期：呈现出你富于闯劲的东西

易康：我觉得这个小说蕴含的东西很多，有作者对社会对人性独立的思考。这个小说让我想起了鲁迅先生的《伤逝》，但是作者并没有按照人们熟悉的套路走下去。这一点是特别值得肯定的。作者的写作态度十分认真，可以看出他对文字的尊重和爱惜。可这种精心和小心，给小说也带来了一定的损害。在语言表述上，小说不够流畅，像"结巴"在讲话。可能这是作者追求的一种语言效果。这方面可以去探究，但是最好谨慎一点，规范一点。这篇小说最大的问题在节奏上：前半部分节奏比较慢，比较杂，应该切入一些有戏剧性的东西，可是没有，相对来说比较沉闷。这样写可能会让读者失去阅读的兴趣。后半部分简易出去旅游了，在福州和女管家发生了一些事情，这里就像踢足球，球到了禁区面前了，必要的传切没有，必要的转移也没有，直接一脚射门了。

常青藤：小说的题目叫"天晴"，小说中也插入了这个意象，但是我觉得这个意象比较生硬。小说的语言也有同样的问题，语言太满了，没有留白，没有给读者留一些想象空间。人物塑造方面，宋珂一开始给人的印象是非常理性的，是圣洁的，而后面，有一种前面的被推翻的感觉。她变成了一个气性很大、自命不凡的女人。还有简易对女人的态度，管家第一次出场的时候，他的视角是怎样的？这个小说应该是描述心理层面的问题，是一个向内的过程，但是我觉得小说并没有把人的行为和人的某种对抗性写出来，整体感觉是比较浮的。

朱辉： 简易对女人的态度，包括他在事情发生前后的状态是不一致的。这些都不是问题，我倒觉得恰恰是这个小说作者刻意为之。我觉得这一点是好的。在家庭生活中，他对他的老婆宋珂是这样的一种看法，但是当艳遇出现的时候，他纯粹就是因为欲望和这个女管家发生了关系。这个时候他所表现出来的是男人比较简单甚至是动物性的一方面。如果写得更为强烈，这个小说反而更好。

陈媛： 我觉得这个小说类似于一个红玫瑰与白玫瑰的故事，写的是经济和物质对人的打压，或者束缚。由天晴回归到天晴，由日常回归到日常。但是这里面有一些逻辑方面的问题。比如第五段说，妻子是一个难见的理性多于感性的人，但是写到恋爱的时候，又说女人在某一个瞬间心动了。既然是难见的，理性多于感性的，那怎么会在一瞬间爱上简易呢？

毛宇轩： 我看这篇小说的时候，不太明白作者想要表达的意涵。人物塑造主要集中在第一页到第二页的部分，用长段的方式，给人物一个设定。我觉得有要强加给读者的感觉。简易出走遇到女管家，应该是小说的高潮，但是高潮的冲突非常不明确，不够有张力。包括后面简易回到家中，他的作品突然就可以卖得很好，岳父岳母对他的态度有所改变，他和妻子也回归到了原来的状态，我觉得这个结尾可能对作者想表达的意涵有些损害。

庞余亮： 简易，宋珂，还有女管家，应该是一个非常对等的三角关系，但是我发现这个三条线有的画长了，有的画短了，有的画得不到位。小说中有一句话，"一夜过后头发蓬乱，似乎随时要爬出虫子来"，如果能把这个虫子的感觉写好，会非常棒。天晴、下雨、虫子之间是有关系的，但是后来作者把这个虫子丢掉了，如果能把虫子这个意象写足，会更好。

沈烁岩： 首先谈谈优点，我觉得小说的描写非常细腻，对人物心理的把握也非常准确。下面谈一些建议：小说的悬念不够足。如果把简易的艳遇提前，也许会让读者产生思考，哎，他为什么会有这样的情况？这样会更加引起读者的兴趣。人物不应该太早被下定义，这样会显得人物比较扁平。另外，在小说的视角方面，作者用的是上帝的视角，我觉得可以通过简易的视角去看世界。

彭佳艳：我觉得简易的日常生活和艳遇的场景对比不够明显，矛盾设置得不够剧烈。简易的艳遇对他的日常生活会不会产生什么影响？而作者在这方面并没有把它体现出来。

顾维萍：作为一个学生能写出这样的小说，说明他想象的翅膀已经张开了，但是到最后他并没有飞起来。小说需要惊喜，但是更需要符合情理，我觉得这个地方处理得有点草率。我有一个想法：文章以"宋珂宋珂"这一声喊叫开头，文章的结尾——他艳遇回来之后，妻子并没有回来，他下意识地又叫了一声"宋珂宋珂"，这样的感觉也许会更好。

毕飞宇：从这个作品到刚刚各位的发言，我发现大家有一个共同点——拥有中学写作文的思路。一个作家在家里面写作，太太翻译，炒股票，然后发生了一件事情，最后回来。这是标准的中学作文模式——开头、发展、结尾。为什么要那么完整呢？他不出去就不能写小说了吗？什么事儿也没有，小说也写不下去了，股票也不涨了，他的工作也做不下去了。就俩人，你瞪着我，我瞪着你，就不能写小说吗？可以写得非常好，百无聊赖的生活，日复一日，日复一日。我觉得就那一个无聊的片段写下去，比这个完整的小说更加完整。中学老师要求一个作文的完整性，对小说来讲是巨大的伤害。

吴白嫚：对于宋珂的形象，我觉得可以再丰满一点。文章当中对简易的描述是比较多的，而宋珂更多的只是贴标签。在后面简易与女管家发生关系之后，她有一段描述写到了虫鸣，我觉得虫鸣是可以让简易想起自己做过的事情。对于一个男人来说，发生这种事情，他应该会有负罪感。

毕飞宇：你刚才说到一个词，负罪感，为什么？他真的会负疚吗？他有可能没有负疚感。他不负疚的可能性在哪？在前面，在后面，都能找到原因。如果你告诉他，这个地方是小说人物应该负疚的地方，那小说就死了，就只有一个思路——只要性出轨，就一定负疚。如果仅仅是这样的，我们还写小说干吗？对一个大学生来讲，第一件事情就是好好地和自己的中学时代"say goodbye"，然后进入新的世界。你从小河流向了大海，你的思维还是小河的思维，你是应付不了大海的。我们写小说的时候，由着我们自己的惯性，放任我们之前的道德观念，这对写小说来讲是非常危险的事情。你刚才随口的一句话，就会影响你的小说思维、小说走向，最终影响你的小说人物。

张晗瑶：我很喜欢这篇小说的细节描写，它给我一种生活的实感。他写早上的阳光，简易到早上会叫"宋珂宋珂"，等等一些细节，我觉得这些细节可以丰富人物的独特性。它像是一种生活模式的凝缩，也体现了小说人物之间的情感关联。简易看阳光和叫宋珂的习惯，其实是前后都有的，他的这个习惯描写是为了架构整篇小说。另外一个就是虚，他在福州遇到那个漂亮女人的时候，我感觉那个漂亮女人就像《聊斋志异》里面的女鬼，她很漂亮，突然出现，怀着不可告人的目的。这个部分我觉得增加一些鬼魅气会更好。

金倜：这样一个90后，他对生活的观察、对细节的把握，对小说来讲是非常重要的，里面有很多生活性的常识，写得非常好，写得很细。至于缺点，我觉得有些时候他的小说世界被他自己打乱了，本来是一个比较完整的小说世界，但是作者经常自己跳出来。比如说对简易个人写作的评价，"自命不凡""不入流"，这些都是作者对这个人物的评价。写作者应该隐到小说当中去，这样的错误不止一处。我们在处理文本的时候，不管这个世界有多么可恶，多么丑陋，作为写作者，一定要心怀善良，一定要温情地对待这个世界，要以善良之心对待笔下的每一个人。另外就是刚刚毕老师讲的，要和自己的中学时代"say goodbye"，就比如说这个题目，《天晴》，这个事情过去了，天晴了，作为一个小说的题目，他过于老实了。

张莹莹：他看到虫子就看到了一种可能性，而我看到了夹竹桃的时候，我也看到了一种可能性。他这个写得非常好，可能他自己都没有意识到。他可以把小说中提到的几个女性，宋珂、女管家、杨绛、黄蓉都囊括进去。而且夹竹桃还是有毒性的，这个意象我觉得可以好好利用一下。

尤一涵：如果我来写的话，我可能会将整个小说采取一个务虚的手法，不给主人公起名字，我会把宋珂和女管家高度象征化。宋珂作为一个庸常的生活的象征，女管家作为一个欲望和激情的象征，从头到尾不要有对话，因为我觉得，这个作者不怎么擅长写对话的部分。干脆就用一种看似很零碎的语言从头到尾写下去，直观地去描摹这样一种情绪的东西，我觉得可能会比现在呈现出的状态更好。

朱辉：这个小说写得太实，但是作者的能力又不够。我现在看小说看得非常多，我极为希望看到作者在小说里有一点点的聪明劲儿，可在这个小说里面，我几乎没有看到。但是，我告诉你，你可以写小说，因为你还小，已经做到了文从字顺。其实这个小说还有另外一条线，他的老婆真的到岳父岳母家了吗？他的老婆会不会也像他一样，出去有了一次艳遇呢？

黄建龙：这是我写的第一篇小说，当时也就随手一写，但是今天听了老师还有同学的点评，我觉得自己学到了很多东西。以前也没有想在小说方面有什么发展，但是今后我可能会在这方面多下一点功夫，多一点尝试。

何平：现在很多年轻的写作者跟上一代的作家是有很大的区别的。他们那一代，一出手就是先锋小说——先锋小说是从文学阅读中生长出来的。而现在的写作是从流行文化，比如说影像生长出来的，两者完全不一样。现在的流行文化里面不能提供小说所需的丰富内涵，所以小说就变成了解释说明。这篇小说，两个人物出场的时候，比如说简易，他的心理起点是什么样子的？简易每天早上都要喊他的老婆，我们可以看出他是一个长不大的男人。简易会怎样发展？他会干什么事情？包括遇到艳遇他会怎样去处理？都跟一开始的心理起点有很大的关系。从这一点看，这个小说的内部是有矛盾的。它在情节的发展中，没有遵从人物起始的心理起点，他是按照作者自己想象的情节去处理了。因此，作者给我们的意外太少了。我觉得这个小说写得过于熟练，写作者的设计感过强，太想把它处理得完整、完美。对于年轻的写作者来说，我倒愿意他的小说中漏洞百出，然后呈现出很多的意外和可能性，过于设计感的东西反而会伤害作者本身的一些优点。一开始写小说的时候要将自己内在的东西野蛮地生长出来，哪怕它不完整，但是它会呈现出你年轻的、冒犯的、那种富于闯劲的东西。

本文为毕飞宇工作室第14期小说沙龙实录，由郭亚群整理，
首发于《雨花》杂志2018年第12期。

梦游记 /黄建龙

早上八九点的样子。阳光正好落在桌上，金黄色的光束中漂浮着许多清晰可见的灰尘，本是肮脏的东西，在阳光里却显得圣洁了。

简易就坐在桌子边，看着这些漂浮的灰尘。此刻他的脸上也泛着圣洁的颜色。他跷着二郎腿，脚上趿拉着人字拖，腿麻了，时不时地换姿势。一夜过后头发蓬乱，似乎随时要爬出虫子来。他拨弄着右手食指上的疣，很想把它抠下来；他想象着疣体从自己的食指上被连根拔起时鲜血淋漓的样子，便作罢，只是轻轻地拨弄着，感受着被异物附着的感觉和偶有的痛觉。太阳慢慢地向上移动，约莫十点，阳光就完全地离开了桌子。简易也终于把脚上的拖鞋穿得稳当，走开了。

"宋珂，宋珂。"简易轻声地叫着。

宋珂知道他的习惯，吃早饭从不叫他，只把早餐用罩子罩在桌上，然后去睡回笼觉。宋珂是个十分爱睡觉的女人，早上有回笼觉，下午有午觉，大概天底下有名字的觉她一个也不落下。

简易明知早餐盖在桌上，可他偏要叫两声"宋珂"，听见宋珂用惺忪的声音应着："桌上，桌上呢。"这才心满意足，走向餐桌，独自吃仍有些余温的早餐。

宋珂被这么一叫就睡不着了，在床上磨蹭一会儿便走出房间。她是美丽的，是那种经得起推敲的美丽，因而她本身也不爱化妆。起床后不过就是刷牙洗脸蹲马桶，偶尔出门时画个眉毛已经算是最隆重的了。正值夏日，人总慵懒，妆也需要常补，宋珂就连眉毛也懒得化了。

这套房子是简易的父母买给他的婚房。两室一厅一卫，典型的小户型。比起前些时日流行的木式装修，现在的年轻人更加偏爱简欧风，黑白灰成了主流色调。下灰上白的墙面上挂着两幅肖像：一幅是雨果，一幅是杨绛。这个组合很奇怪且毫无关联，简易本是想挂巴尔扎克的，但最为著名的《巴尔扎克头像》看着阴森可怖，就换成了雨果。至于杨绛，那是宋珂挂的，不仅念先生的作家身份，更重先生的翻译家身份，同时又是"最贤的妻，最才的女"。阳台上放着几盆夹竹桃，粉中带白，美而不艳。夹竹桃的花期很长，几乎全年可赏，是少见的开得美而久的花。然而它有毒，是个带刺的聪明美人儿，像极了金庸笔下穿软猬甲的黄蓉。

简易是个作家，长久地蹲在家里，或是对着电脑敲键盘，或是拿着笔写。他爱写点东西，年轻的时候便是这样。因为本就有一套房子，没有买房的负担，稿费就足够他的日常支用。宋珂是个自由翻译者，也整日对着电脑敲键盘。

简易本来是个高中语文老师，但他太随性了，时常惹上级不悦，如此反复，就辞职了。之后简易就在家里写东西，投稿，靠稿费过日子。家里人不同意，觉得不靠谱，便百般阻挠。但简易就是一副"你奈我何"的样子，软磨硬泡和厉声呵斥都如同拳头打在棉花上。

宋珂坐在阳台的摇椅上，眼睛闭着，长长的睫毛在阳光下如金丝一般。回忆在阳光下星星点点，像在调相机的焦距，不一会儿就清晰起来了。他们是异地恋，烧钱似的煲电话粥，把堆叠的电话卡当成财富，当成爱情。

突然有一天，宋珂问简易："你说，我们到底为什么而活啊？"

简易愣了愣——从小认真学习，总拿奖学金的人居然问出了这样的问题。电话那头有人群的嘈杂声，还有宋珂清浅的呼吸声。简易想了想，对着电话说："人可能不为什么而活吧，人生可能也没什么意义。但我们不会因为找不着活着的理由就不活了，不会因为食物会被消化成屎就不吃了。大概是这样吧？像你，你拿了奖学金就很开心；又像我，进球就很开心。我觉得就这么简单。"

宋珂想了想，好像是这样的。

宋珂心里是复杂的，她没法理解自己：简易这个人看起来很不靠谱，他不在乎成绩，不在乎前途，他看起来什么都不在乎，就像是个爱吹牛的骗子。但是和他在一起，却很安心。

高中那会儿，宋珂和简易不在一个班。简易几乎每天都会在下课的时候，毫不避讳地走进宋珂的班级里，顶着所有人的目光，旁若无人地和她讲话。这让另一个喜欢宋珂的男生妒火中烧。烧着烧着，有一天终于包不住了。他趁着简易没留神，往简易脸上就是一拳。简易被这突发状况整蒙了，还没回过神来又挨了一拳。他马上发现自己右眼看不太清了，鼻梁发酸，眼泪不停地向外冒。哦，自己右眼和鼻梁上都挨了一拳。耳边是那男生的谩骂声，胳膊上应该是宋珂的手，她好像挡在自己的前面。

"这孙子真会挑地方打。"简易心里想。好在眼睛能看清楚了。他用手在鼻下一抹，有血。他问了一句："有纸吗？我擦擦鼻血。"宋珂回身，发现他的右眼肿了，鼻子嘴唇上还挂着血。宋珂赶紧掏出了一张餐巾纸，送到简易手里。简易没忘了说"谢谢"。

简易慢条斯理地对折了餐巾纸，放在鼻下擦拭。他渐渐地听清了那个男生的话："秀秀秀，秀你妈的秀？你把这里当你家？"

简易擦着人中附近的血迹。

"忍你很久了，还不知趣？准备秀到毕业啊？"

简易把纸略微伸进鼻孔，擦了一圈。纸被染红了，还带下一些已经冷却了的血碎末。他看到，宋珂护着他的手被那男生推开了。就这一下，简易算是彻底地被惹毛了。

一把椅子在宋珂头上划过，然后砸在了那个男生的脑袋上。他没声了，往后一躺。

然后，学校里该走的程序都走起来了，找家长，谈话，处分，赔偿，公开道歉。简易的耳朵被拧得红了好久。

大家都以为宋珂的男朋友是个混混，只有宋珂知道他不是。简易就像是他自己的鼻子那样：鼻梁被打歪了，但是挺拔、高昂。

简易吃完了早饭，抓了把瓜子嗑。

"奶油味的瓜子啊？"简易嚼着瓜子仁，看向阳台。

宋珂转头望了望他，发现他又把脚搁在椅子上了。那是宋珂提醒了无数次的，她觉得那样显得一个人很粗鄙。不知道从什么时候开始，她也懒得管简易的脚了，也许念叨一辈子简易都改不了。她把简易扔在洗手台上的脏衣服拿走，浸入洗衣盆里。随后把米洗了，泡了；把中午要吃的肉放入滚锅里过水，去腥味；把菜择好，冲洗干净。宋珂坚持手洗衣服，说是很享受手浸在凉水里的感觉。洗完衣服，把泡过的米放进电饭煲里煮，然后就开始做菜。宋珂把家里打点得井井有条，根本无须简易插手。有兴致的时候，简易会夺过宋珂手里的活儿来干，但马上又因为做得不好，被赶走了。

简易已经不会在宋珂拖地经过他的时候，往她嘴里塞一把瓜子了。他只顾自己吃，连瓜子壳也不带收走的。而等待宋珂的却是日复一日地收拾。她真想抓起桌上的瓜子壳，扔到简易的脸上，问问他为什么不把瓜子壳收走。宋珂想，"婚"肯定是个会意字。

简易涂着治疗疣的药膏，心里还惦记着医生推荐给他的冷冻治疗法，据说不仅疗效迅速，还可以根除。说实在的，冷冻的费用比药疗的还低。但简易拒绝了冷冻治疗，他不喜欢连根拔起的感觉。

两人都坐在了沙发上，仅隔着几寸远。人就在边上，可就是说不出半句话来。简易终于拿出了手机，昨晚充好了电的。他永远不会忘记给手机充电，倒是有可能忘记给宋珂晚安吻。那吻大概也只是一种仪式，少有爱意，点到为止。换作从前，大抵是什么天灾人祸也没法将他们分开，恨不得把自己粘在对方身上。但爱情终究被时光消磨了：简易不再每天对宋珂说爱她，一个吻永远不超过两秒，连睡觉也因为不够宽敞而分开了。这世界上大抵是不存在永远的爱情的。

"我想回去看看我爸妈。"宋珂首先出声了，她看着地板，好像简易在地板上一样。

简易扭过头看着宋珂，宋珂却一直盯着地板。

"好久没回去看过他们了，"宋珂的声音很轻，就像是说给地板上的简易听的，怕被身边的简易听到，"最近也没什么事情，该回去看看他们了。"宋珂推开简易的头，让他的视线离开。"好久没和爸打羽毛球，和妈逛逛街了，"宋珂继续说着，轻轻地，"现在他们老了，我大了，一切，都，都变了。"

简易听到了水滴滴到布料上的声音，钝钝的，噗，噗。刚想转头去看，宋珂的手就摁在了他的脸上，他扭不过去了。

简易知道，这是柔情版的指桑骂槐，心下陡生一阵愧疚。他低头拨弄着食指上的疣，由后及前地掠过去，再把它向里摁。

"好吧，是该回去看看他们了，我送你。"

家里彻底安静了下来，本就只有黑白灰的家显得更加落寞。简易重重地在沙发上坐下，雨果和杨绛直直地盯着他。简易恍惚了，雨果那坚定的、批判的目光，杨绛那安详的、包容的目光，并列地向简易射过来。一种强烈的不和谐感包裹了简易，他把眉头皱起来，让自己看起来深邃一些。在眼神的较量里，谁先挪走，谁就显得心虚；而肖像是不会心虚地挪走目光的。

一觉醒来，简易计划到处走走。

这天没有阳光，是个阴天。简易抬头看着天空，灰蒙蒙的。他猛然觉得，这些云就像一张巨大的蜘蛛网，凡是有人在的地方，都被网住了；生活就像是一只巨大的毒蜘蛛，先将人们麻痹，然后一个一个吞掉，总有一天要轮到他。这张蜘蛛网似乎越来越近，压得他快要透不过气了。前面是一条笔直的路，一直朝远方看去，路的尽头是极淡的山影。山的那端又是什么，简易看不见。于是那条路脱离了地面，弯曲地朝着天边延伸去了。就在那里，简易隐隐地觉得有什么在呼唤他，撩人的，炽热的。简易额角出现了细密的汗珠，风吹过，便觉得头上一凉，这才缓过神来。他招了一辆出租车。

去车站的路上，简易又想起了手上的疣，正欲拨弄，却发现摸不着了，外边的风景一帧一帧被他抛在脑后。

简易踏上了火车。

福州是山地，眼前是山，往后看是山，看不到的地方还是山。火车不知道穿过了多少个隧道，终于到站了。停靠的火车站在偏僻的、周围都是林场的青山里，山上的树整整齐齐的。天很矮，干净得像蓝绸布。简易用力地吸了口气，浑身都酥麻酥麻的，周围的人们也都笑语盈盈的。总算不见了那些扰攘。

简易把一切安顿好，已经是傍晚了。

躺在床上，迎面的大窗户里射进夕阳的余晖，抬头望去，淡黄色的天幕里晃动着一颗鲜红的光球。往远处俯瞰，是几幢别墅，里面的人也在向外眺望。大概是只有几个人分享的缘故，夕阳显得格外红格外大，山间的树也都披着一层柔和的红光。这里闻得到山的味道，说不清是什么样的味道，但的确只有在山里才闻得到。简易听到一声虫鸣，声音虽小，却引得虫鸣四起。

简易把窗关上。他累了，要放纵自己不刷牙不洗脸。他把鞋子蹬到地上，袜子也不脱。耳边仍有细微连绵的虫鸣，窸窸窣窣的，听得简易耳根微微地痒。简易大概是睡着了。

清晨，简易很早就起来了。他觉得自己是被山里的风吹醒的。漫山遍野的绿映入他的眼睛里，舒服得让简易笑了出来。房子的背后有一面小湖泊，昨晚竟然没有发现。澄蓝色的湖面像一块镜子，把天的蓝收了进去，点上几朵云的白。秋高气爽，那片镜子好像一敲就能碎掉。

昨天来得仓促，只顾看了外面的风景，连别墅本身都没注意看。这是一座两层的欧式别墅：白墙挂铜灯，屋顶是淡蓝和藏青相间的瓦，阁楼的窗从屋顶中央突出，延伸出一座阳台，阳台上种着两盆铁树。前院有两株小种的迎客松，它们脚边缀着矮灌木丛，旁边的篱笆上有几朵稀松的牵牛花。后院里栽着几株桃树，桃叶修长，颇显翠绿。矮草打底，上面衬着各色的花。看边上有花洒，起了雅兴，简易便拿起来，东边添点，西边洒些。

"你好。"

身后传来了悦耳的女性声线，简易转头一看，是个漂亮女人。她长了一对桃花眼，摄人心魄；胸前的隆起充满了年轻的气息，大小适中，不失清丽——胸太大的话，穿衣服总会有一股俗气。蛮腰，细腿。

"这些活让我做，你尽管休息就好了。"女人的声音清脆，字正腔圆。

简易缓过神来，"噢，好的，你就是管家吧？"

女人接过花洒，点了点头。

简易靠在墙上，欣赏着这个女人的身段。"这套别墅是你的？"

"不是啊，我只是别墅主人招的管家，我要是有这么一套别墅我还给你当管家啊。"女人咯咯地笑起来。

"也是。"

女人继续浇花。简易点了根烟，吸了一大口，吐向女人的方向。她处在了一片烟雾之中。简易眯眼看着她，"也许女人就得蒙上一层雾才好。"

女人像是闻到了烟味，转过身子对简易说道："客厅桌上有烟灰缸，弹在里面，别弹在地上，我不好扫。"简易一怔，失声笑了。他转身进入客厅，把烟摁灭在烟灰缸里，还有半截没抽完。

没多久，女人也进来了。"吃饭呢，这里有两个选择：一是我煮，二是去附近的饭店，你自费哦。做菜方面，我就不谦虚了，很好吃，建议你尝尝。"女人抱着手臂说道。

"好啊，那就你做。但你长得不像会做菜的。"简易歪着头说。

"为什么啊？"

"太漂亮了。"

"谁规定漂亮的女人就不会做饭了？又漂亮又有钱的女人才不会做饭。穷人家的孩子早当家没听过啊？"

简易低头笑了笑，"好，那有劳啦。"

女人把围裙围上，从冰箱里取出菜来，放到砧板上，切菜声短促而均匀。佐料也切好，浇好，集中在一个小碗里。热锅凉油，化糖，放菜，"滋啦"一声，她也不躲，抓着锅柄开始翻炒，加盐、味精，随手一抖，量就刚好。出锅，菜由盘子右边倒至左边，赏心悦目。不得不说，看着她行云流水般的动作真的是一种享受。

想到这，简易略微一怔。

"这些别墅时常有人租来度假吗？"简易问道。

"谈不上经常，比如近几周，只有你一个。我只管这一套别墅。"

"噢，那你怎么会想到要做别墅管家的，这并不是个大家熟知的职业。"

"因为自由自在啊，没有客人的时候，我是可以自由使用别墅的。偶尔来了客人，和他们聊聊天也是很好的。"

"这么看来的确是个安闲的职业啊。我以前总以为当个作家再自由不过了，到头来还是不停地赶稿，没想到还有别墅管家这样的美差。我都想做了。"

女人听到这笑了起来，"是啊，这里就像是和外面的世界隔开了一样，没人打扰，不会有太多的事情可烦恼。但不管怎样，作家听起来就很厉害。"

"作家厉害，哈哈哈！"简易摇了摇头。这里的确只有日月、林场、山风和几幢房子，干干净净。

"好啦，快尝尝看吧。"女人把围裙解下来，挂在墙上。

简易看到桌上的菜，努了努嘴。

"怎么了？看起来不好吃吗？"女人问道。

"也不是，就是我老婆老是煮这些菜，有点腻了。"简易盯着桌上的菜，怔怔地答道。

"噢，你结婚了？看你一个人来，我还以为你单身呢。"女人用布擦了擦手，坐了下来。

"那好歹也尝尝啊，家常菜不就这些吗，我又不是什么大厨咯。"女人吐了吐舌头。

简易夹了一口菜送到嘴里，才嚼了两口就停住了——连味道也几乎一样。

"不好吃吗？"女人盯着简易，小心翼翼地问。

"不，很好吃。"简易夹了一口菜，嚼，吞，咽；又夹了一口，嚼，吞，咽。

不知道为什么，简易突然想打扫打扫这栋别墅。但他刚拿起吸尘器，就被女人夺去了。她严禁简易干活，就好像会要了她的命似的。

女人不愧是管家，打扫起来很麻利，她显然是知道一切该如何操作，用极短暂的时间就把整个别墅打理得井井有条。在简易的印象里，只有打扮如保姆的人才能如此干净利落，而绝不是一个这样的美人。

"你为什么不先收拾桌子，趁这会儿时间让我玩一玩吸尘器。"简易笑道。

"你是度假客人，怎么能让你收拾，老板知道了会扣我工资的。"

"喔。"简易低头点了根烟，再看向餐桌的时候，发现餐桌已被收拾得干干净净了。

女人看到简易惊讶的目光，对着他咧嘴一笑。

简易回房了，他习惯性地想拨弄食指上的疣。待摸到自己平滑的手指头，才想起来疣已经脱落了。"怎么会好得这么快呢，医生明明说要几个月的啊。"简易觉得不对，但是谁会讨厌对自己有利的怪事呢。

简易躺在床上，盯着天花板。这才发现天花板竟是有纹路的。他从小就喜欢玩眼睛自带的视觉残留功能。比如盯着图像一会儿然后闭眼，观赏它残留的变化的艺术图案；比如盯着房间里光和暗交接的地方，过一会儿闭眼，能看到闪电状的纹路。这会儿，他又盯着天花板的纹路了，等着一会儿观赏闭眼之后的艺术创造。

简易闭眼了，但他发现，闭眼之后一片黑暗，没有一丝纹路，纯粹的黑暗。他不断地重复着这个过程，可是每次闭眼，眼里都只剩无边的黑。

简易惊了。心里兀自有了个奇异的想法。

下了楼，简易看到女人正在洗菜。

简易要做个测试。他把头别过去，不看女人。停留了十来秒以后，他缓缓地把头转过去。

果然！一桌饭菜都已经准备好了！

现在简易得确定，是自己遇上鬼了，还是自己在做梦。简易挺了挺身板，决定以身涉险。

"今晚我想去饭店里吃。带我去最好的饭店。"简易在她身后说。

"你还是嫌我做的菜不好吃吧？"

女人停下手里的动作，回头问他。简易起了点鸡皮疙瘩，他生怕女人转过来就是一张鬼脸。

"真不是，我就是想去外面吃一顿而已。"

"好吧。这里的饭店都不便宜，你确定吗？"

简易假装镇定地点点头，"对，你也去，我请你。"

女人愣了愣，把围裙摘了下来，进房里换衣服了。

简易点起一根烟，在外面等着。太阳已经快淹没在地平线下了，还露出一部分光。靠近太阳的天空是酒红色的，远离太阳的天空是蓝紫色的，彩霞很少，稀稀疏疏的，但是朝向很整齐，看起来赏心悦目。

简易想了想，总觉得哪里不对。他觉得自己的食指上少了点什么。按常理来说，疣是不会一下子好的，所以这一切只是自己的梦境吧？

女人出来了，一件亮黄色的连衣裙，裙摆落在膝盖上，裙摆以下是她细长的小腿。微风吹过，裙摆微微扬起。简易吐了一口烟，两手搭成一个方框，把她放在有烟幕的框里。烟幕里女人的脸好像渐渐发生了变化，变得阴森可怖起来。她的眼睛细长起来了，成了纯黑的眼睛，没了眼白，眼睛正中缀一粒红；皮肤开始膨胀，变得皱巴巴的，颜色也深了起来……

"啊——"简易失声叫了出来。嘴里的烟掉到了地上，他也顾不上，扭头就跑。

"你怎么了啊？"身后传来女人的声音。

简易猛地回头，定睛一看，女人依旧笑脸如常。

大概是自己的错觉吧。

回过神来，简易发现自己的额头布上了一层细密的汗。

"走吧？"女人抬了抬眉毛，眼里一闪一闪的。

简易收了收衣摆，定了定神，"好。"

晚上的风微凉，穿着裙子的女人却很自在，雪白的手臂和小腿在夜里也明晃晃的。简易觉得有点阴冷，起了一点鸡皮疙瘩。路灯昏黄，照明的范围极为有限。简易盯着黑暗处，用眼睛的余光瞥着灯光，再眯上眼睛。果然没有出现闪电状的图案，眼下一片漆黑。

也不知道走了多久，女人带简易来到了一家酒店。酒店金碧辉煌，且高耸入云，通体绕着一排灯，在夜里就像一座发光的通天塔。简易打量着这家豪华的酒店，心想：这一定是我的梦了。

酒店里的人零零散散的，这个点，照理说，应该都在大厅里吃饭才对。如果就这么些客流量，凭什么支撑起这么大的酒店？但转念一想，梦里的酒店，不需要经费支撑。

简易还在想，就有服务员迎了上来。接着，自己就出现在了座位上。

简易看了看菜单，挑了那些从前宋珂从不会点的高级货。

不一会儿就上菜了。简易才拿起筷子，桌上就出现了残羹剩菜。肚子也已经鼓起来了。

简易看了看眼前清丽的女孩，怎么可能是鬼呢？况且世界上是没有鬼的。这一定是我的梦了，简易心想。

简易看着她的眼睛，兀地抓起了她的手往回头路上拽。她轻飘飘的，也不反抗。他俩飘了回去。

简易把她推在沙发上，沙发"噗"的一声。他扶住女人的后颈，斜着脑袋凑了上去；女人的头也微微一歪，迎上了简易的嘴唇。许久，简易松开了嘴。他回身望着厨房和客厅，它们就像从来没被人用过那样新。简易突然想：梦里能留下痕迹吗？梦一结束，梦里的事物是消失，还是不为人知地脱离了宿主继续发展呢？

简易突然醒了，发现自己还在别墅里。简易想叫女人，却不知道她叫什么名字。他突然想起了宋珂。

已经是黄昏了，四下格外安静。夕阳的余晖洒进简易的房里，在床上、地板上铺了一层淡淡的红。简易坐在床沿上看着那轮红日。他点起一根烟，用力吸了一口，把烟雾吐向夕阳的方向，它便罩上了一层灰色。简易想，夕阳也得模糊一点才好。简易不知道自己昨晚到底在干什么。他只是想，不同地方的夕阳看起来不一样——也只是看起来不一样，实际上是一样的。

女人还光溜溜地躺在床上。简易却走了。他突然想回家看看——梦里的家。

简易又踏上了火车。铁路沿线的树看起来都很像是油画，绿里带黄，黄里带绿，又觉得它们是互相提拉着，分不出谁是主流。树在铁路旁一字排开，蔓延向远处的天边，又一帧一帧地被他抛到脑后。远山淡淡的，黄灿灿的，岿然不动。

火车开了没多久，简易发现自己右手的食指上又长了一星点儿疣。简易琢磨着，等自己到家了，也许疣就又长回来了。

简易到家了。进了门，发现宋珂还在睡。简易蹑手蹑脚地走向自己的房间，两手在胸前竖着，像个贼。然后简易不动了——他看到了自己躺在床上。他现在好像真就是个贼了。贼想："如果他是我，那我是谁？"

贼走到了洗手台前，发现镜子里没人。

贼正惊异于眼前的一切，突然听到简易的房间里有了动静。贼走到简易门口一看：简易跷着二郎腿，脚上趿拉着人字拖，时不时地换姿势。头发蓬乱，似乎随时要爬出虫子来。他拨弄着右手食指上的疣，只是轻轻地拨弄着。不一会儿，他就把拖鞋穿好，朝着客厅走去。贼赶忙让开，听见简易喊："宋珂，宋珂！"

又听见宋珂回应："桌上，桌上呢。"

简易走到餐桌边坐下，一个人吃着早餐。

贼不知所措，他呆呆地站在边上，看着这个家。

不一会儿，宋珂出来了。她真是很美。浓淡适宜的眉毛和水灵的眼睛相得益彰；鼻子微微挺立，恰到好处；紫红色的嘴也生得正好，上唇薄而不小，下唇厚而不肥。略加洗漱，宋珂就开始打扫房间了。简易就在一旁嗑着瓜子。两人好像当贼不存在。

贼看着，心里特别羡慕。他走向简易，坐在他的身上。慢慢地两人重叠在了一起。贼又变回简易了，手上的疣也长回来了。

简易看到宋珂拿着拖把走了过来，瞄了一眼桌上的瓜子壳。他赶紧把瓜子壳捋到手中，扔到了垃圾桶里。

宋珂愣了神，看着简易。

简易对她笑，咧着一口牙，接过了她手里的拖把，说："我来了。"

本文为毕飞宇工作室第14期小说沙龙讨论作品，
首发于《雨花》杂志2018年第12期。

第15期：小说的真实性建立在逻辑之上

周卫彬： 小说应该把事件逻辑化，也就是情节化。情节应该具有可信的逻辑关系。这个小说大概写了八件事，在处理这八件事的时候，我觉得有一个方法——可以先发制人，就是把最后这个不可信的口误放在开头。先告诉读者，这其实是一个带有荒诞性的故事，然后引发下面的情节。我觉得这样做，反而会让后面的一些巧合顺理成章。当然还可以有一种设定，他不是口误造成的。叶老师跟别人喝酒吹牛，说自己有一把特别好的二胡，这样一传十十传百，传到了老贾的耳朵里，老贾就非常想得到这把二胡；然后写老贾用老鼠皮制作二胡失败，他就更想得到这个二胡；他处心积虑接近叶老师，看到路上碰瓷，他甚至想到自己也去碰瓷。整个小说变成一种倒叙的手法。这样做小说还是建立在巧合之上，但是逻辑关系会更真实一些。另外，老贾的情感依据是什么？仅仅写他的一个梦，对人皮艺术的迷恋，我觉得是不够的。我觉得应该让人物的情感有这样的一个策动力，表述得更清楚。

庞余亮： 在前十四期小说沙龙中选择兴化本土作品的时候，我发现兴化作者的小说普遍缺少一个东西，就是小说的戏剧性，但是这部小说，出现了我们很少看见的戏剧性。写小说一定要强调戏剧性，但是戏剧性的背后应该是逻辑性，需要一个强大的逻辑，让戏剧性成立。毕飞宇在《小说课》中说了这样的一句话："作家的能力越小，权力越大，作家的能力越大，权力就越小。"而这个小说当中，作家的权力太大了。大到什么程度，他是全景式的——每一个场景他都设计好了。小说的名字叫《人皮二胡》，但是我们看看，小说到第二十六段才出现了"二胡"这两个字。我们一开始都不知道老贾是干什么的。这个老贾，如果是真正有原型的话，应该是一个非常可怕的人。

育邦：我觉得这篇小说的原型就是《刺花的灯罩》。也许正是看了这本书，激发了作者的创作灵感。当时鄂华写的是纳粹血腥的历史。这篇小说的作者可能就是受了《刺花的灯罩》的影响，我觉得他的想法非常好。小说描述了一个梦境，表现了老贾对人皮艺术的迷恋；另外，促使这个小说生长出来的就是最后一部分，读音读错了而引起的误会。这两个原因促使了这个小说的诞生。但为什么这个主人公老贾，有这样一个变态的纳粹心理，我觉得这个是很难解释的，是违背常理的。而且老贾和老叶都是拉二胡的，他们都应该知道最好的二胡是蟒蛇皮做的。当然这样写也是可以的，老贾对人皮艺术的迷恋，疯狂到已经丧失了理智，从这个角度来看也是可行的。小说整体是现实主义的笔法，里面恰恰存在着非现实主义的因素，你的小说逻辑要与人物的气息，与语言的表达相应。比如《佩德罗·巴拉莫》，他就写的鬼魂，鬼魂在说话，鬼魂在生活，读者也没有觉得不合理。我觉得这个合理就是基于小说逻辑的合理。这篇小说作为现实主义小说的现实逻辑不够合理，它用的是纯现实主义的手法，如果作者换一种方式，以其他的现代主义的手法来写，就不需要合理，它有非理性的成分，甚至把人皮二胡作为某种意象重复出现，其实根本就没有人皮二胡。

单玫：很多小说都是从麻烦事开始的，这篇小说也是从麻烦事开始的，叶子的麻烦事，老贾的麻烦事。叶子的麻烦事好解决，就是赔偿的问题，而老贾的麻烦事，就是千方百计想得到那个二胡。这两件麻烦事当中的当事人，都是有渴望的。一旦小说当中有了渴望，再加上障碍，那这个故事就可以开展了。如何发展下去，要靠主人公的行动，一步步去推进。这个故事的主人公是老贾，老贾的渴望是什么？故事的第三小节告诉我们："如果能够拉一拉，过过手瘾就更好了。"如果只有这一点渴望，那这个故事实在是没有讲下去的必要。我在读完这篇小说之后，头脑里面是蹦出了好几个词——恋物癖、虐待倾向，甚至变态。我觉得这个小说最大的问题就是没有把老贾这个人物的性格塑造出来。人物的性格一旦模糊了，这个人物的行动就缺少一个支撑。

乔叶：我觉得这个小说作者挺有想法的，或者说这篇小说有它的先锋性，也有很强的现代性，有它新锐的东西，有才华。但可能因为是新人，所以才华不够稳定。我觉得才华就跟星光一样，有的人是很均匀的，这个小说的作者才华是不均匀的，散落在各处。他有想法，但是他进入的层面不够深。小说固然需要巧合，也需要它的戏剧性。我看到过很多基层作者的文本，他们写的有时候就是真实的生活，但是为什么真实生活中的素材，写到小说里会有一种很强的虚假感？小说虽然是虚构的，但是它要表达的是一种普遍的真实感。它其实需要一个很严密的逻辑性来支撑文本，小说的内在应该是对我们日常生活的深入表达。很多作者误解了，他们把新闻性这种小概率的事件做成了小说的素材。这是一个幻觉，其实要破除这个幻觉。另外还有一个问题是，小说的重心不稳。其实这个小说有一个非常好的底子，它有两层重心。一个是明的重心，就是我们看到的故事层面的重心。比如说碰瓷这件事写得太随意，我觉得作者考虑得不够周全。看到别人碰瓷，自己也想碰，然而他没有碰，最后也得逞了。从这个层面上来说，这个事件的重心不够稳当。如果设定老贾本来就是个碰瓷高手，或者他有一个童年的阴影，又或者是他经历过一些很重要的历史时段，比如说"文革"。他有少年的缺陷，他曾经获得了某种暴力的快感，喜欢施虐，然后他年纪大了，他无法得到施虐的快感、暴力的快感的时候，他怎么办？可能他的方式就是碰瓷，他成了一个碰瓷老手。他就是为了吓唬人、震慑人，以身体来获得精神力量的快感。他天天都在碰瓷，然后有一天他碰到了叶子。小说暗的重心，就是大家都聊到的《刺花的灯罩》。这个作者其实挺厉害的，她是有世界性眼光的，她其实想表达人性黑暗的、深渊的东西。但是作家要和小说人物一起共渡深渊，要有一种非常磅礴的悲悯力量。这需要作家有非常大的精神强度和写作力量才能够抵达。有写作野心的人，一定要为自己树立标高。

李冰：我对这个小说有两点看法。第一个，小说对细节的选择可能有一点点偏差，比如说，在梦中老贾舔血的细节，还有剥老鼠皮的细节，好像老贾就是一个恶魔，其实我觉得没有必要把人写得那么坏。这两点写得太血腥了。我觉得对小说中人物的表现也没有太大的帮助。第二点，人物形象过于扁平，缺少一定的深度。这个主人公又残忍又贪婪，是一个很坏的人，其实人心应该是很复杂的。如果我想，不妨先写得好一点，比如，他是一个二胡爱好者，爱好收藏，这人有一定的品位，有一定的艺术修养，当然很重要的是，他还有猎奇的心理，不然他也不会那么想得到那把人皮二胡。故事的转折点就出现在他被叶老师的女儿撞了之后，为了他那把求之不得的人皮二胡，他看到了一点希望。我觉得这个时候是不是可以多用一点笔墨来表现他内心的挣扎？

孙曙：这篇小说作者在恶方面有一个展现，这是很难得的，她轻轻地叩击了历史，把人根本的恶拉开了一个帷幕。对于一个年轻作者来说是很重要的。下面我想说几点，一个是刚刚我们大家提到的小说逻辑的问题。小说中的巧合出现了大概三次，第一次是误听人皮，第二次是碰瓷撞车，第三次是小夫妻俩吵架，然后被老叶听到了。小说是虚构的，但是内部应该有它真实的逻辑。我发现现在我们很多作者受中学课文的选文影响很重。如果所有的巧合都是直奔小说主题中心的，往往都不是好的小说。现当代的作家比较优秀的小说，基本上都已经放弃了情节小说的构架。第二点，暴力叙事的问题。作家的写作往往是有类型的。刚刚几位老师都提到了解剖老鼠的那段，实际上这一段就是个暴力叙事。我觉得在暴力与道德之间，我们不能够绑架，小说要展现的是生活的丰富。这个作者对暴力叙事展现得那么清晰，我觉得这个可以作为她以后的写作走向。第三点，小说张力的问题。小说材料的能量其实是不一样的。剥老鼠的那一段是全篇中张力最强的一段，但是和其他部分的张力不相符合，就形成了像刚刚乔老师说的不均匀。看到剥老鼠的那段，我是特别有期待的，可是看到最后，我很失落，费了那么大的劲，最后只是为了一把二胡，把很好的想象力浪费掉了。小说张力的均匀、开合的节奏、小说的气息，都是小说核心性的因素。第四就是人物的问题。刚刚大家都提到了，小说的人物比较扁平，对于这个老贾来说，他身上有贪欲、暴力，还有色欲，但是这三个张力都没能够贯穿下来。

易康：这个小说我读起来觉得比较空，有的地方甚至不知所云。情感和精神是写作启动的能源，因为它缺乏了情感和精神的支撑，所以我觉得这部小说没有启动得了。读这个小说，我想到了两位作家，左拉、罗伯·格里耶。他们的作品里都有对人和命运的担忧，都有一个悲天悯人的情怀。反观这篇小说，在这方面是比较匮乏的。第二点，这个作者没有目标。我觉得这篇小说目标不明确，导致结构比较松散，没有必要的黏合。比如纳粹心态、剥老鼠等意象，根本就没有用上，给人的感觉貌似轻松，实际上很苍白。第三个就是控制。作者缺乏很好的控制，所以表述上就会比较生硬，出现一些不合逻辑的地方。

乔叶：最后我有几句话和大家分享，博尔赫斯说过，强大的虚构产生真实。下面是我延伸的，就是——不强大的，即使是非虚构，它也会产生虚假。这是最不理想的状态了。所以，我希望大家都能够用强大的虚构构建真实。就像最经典的卡夫卡的《变形记》，我们都知道《变形记》完全是虚构的，但是你读着读着就会觉得惊悚，甚至觉得它就是你自己。包括我们中国经典的《红楼梦》《西游记》都是这样的。昆德拉说，发现只有小说才能发现的，这是小说存在的唯一的理由，没有发现过去始终未知的一部分存在的小说是不道德的，认识是小说唯一的道德。社会常规的道德和小说的道德是两码事。最后一句是毕老师说的，其实像我们这样能够聚在一起温暖地谈小说是非常奢侈的，每个人都是孤独的，更重要的途径就是自我学习，自我教育，自我培养，最便捷的渠道就是读书。毕老师有句话是，写作是阅读的儿子。要好好读书，要读好书，还要会读书，读书是写作最最重要的滋养方式。

本文为毕飞宇工作室第15期小说沙龙实录，由郭亚群整理，
首发于《雨花》杂志2019年第4期。

人皮二胡 /赵娟湘

"舍不得孩子套不住狼"，老贾在心里又念叨了一遍，这才横下心，对着迎面驶来的小轿车，眼睛一闭，脚下用力一蹬，自行车猛地向前蹿了过去。

"砰"的一声，老贾被结结实实地撞倒在地。车篓里的线纱手套像两只受了惊吓的小白兔，飞蹿了出去，一只挂在冬青枝上，还有一只落到花圃里去了。老贾喊了一声。车灯的光整个儿地将他罩住，他索性闭上了眼睛。

惯性使得轿车又向前滑行了三四米才停了下来。由于紧急制动，叶子的身子猛地往前一磕，她竟一时犯起了傻。

见出了事儿，许多人都聚了过来。大多数的人都围着老贾察看，估测他的伤势。也有好事者走过去扒着车窗往里看。一看见叶子，就兴奋地叫了起来："嗬，又是个女司机。"

见车主迟迟不下车，有人愤怒地拍打起车窗："开门！开门！快点滚下来！"

"撞着人啦！你还不下车？"

"把她拖下来，揍她！"

叶子的头轰地一下子大了。见车窗外的人越聚越多，她哪还敢下车，哆嗦着捡起手机准备拨打110。摸索了半天，她却拨通丈夫陈平的电话。很快，陈平就赶来了。叶子一见到他，像捞到了一根救命稻草，连忙打开车窗。陈平嗅到了车里的酒气，心一沉，悄声对叶子说："私了，这事只能私了了！"他示意叶子关上车窗后，便径自向老贾走去。叶子心里懊恼极了：唉，真不该喝酒，喝再少也是酒驾。那老头也是，不早不晚的。

两天后，叶子在陈平的陪同下到医院看望老贾。

来到老贾的病房门口，叶子把陈平推到前面，自己忐忑地跟随在他的身后进了病房。她偷瞄了一眼，病床上的老贾活像"青面兽"，左半个脸的皮下瘀血已经呈现出青紫色，所幸头部并没有受到重创。被撞断的那条腿打着厚厚的石膏垫搁在被子上面。

此前，叶子本不认识老贾，老贾却早就确认过了她是叶老师的女儿。叶老师对这个女儿宝贝得很，性情淡泊的他在老贾面前唯一炫耀过的就是女儿。有一次叶老师还特地让老贾看了手机里女儿在颁奖现场的照片。其中有一张是近照，老贾那会儿还曾仔细地瞧了，发现小姑娘长得很像叶老师，鼻子右侧还俏皮地长着一颗红痣。

刚一进病房，老贾的老伴红粉便猜出了叶子的身份，她"呼"地冲过来想去撕扯叶子。叶子吓得连忙躲到了陈平的身后。陈平一边挡住红粉，一边冲叶子喊道："你快出去！"叶子心虚理亏，仓皇向门口逃去。病床上的老贾见状，这才喝住了红粉。

陈平拾起掉落在地上的营养品，放在老贾的床头柜上，说了几句安慰的话，便匆忙寻叶子去了。老贾拿起一袋奶粉，慢悠悠地查看着生产日期。红粉瞟了一眼奶粉，不满地说："这些东西能值多少钱啊？你怎么不跟他们要赔偿？"

"你懂什么！你先把这些东西拿回家去。"老贾低声呵斥道。

"撞成这样，就得让他们多赔点钱才行。"红粉还在嘟囔。老贾厌烦她话多，没心思跟她慢慢解释，就挥了挥手。

其实，老贾心里是有点儿后怕的。他原本算计着叶子在小区内开车不会太快，自己从车的正面撞过去，小姑娘肯定会提前看到。谁知她竟然没在第一时间刹车，真的好险！幸好只撞断了一条腿，如果真赔上老命可就不值啦。如今，这腿断了，那把二胡也该到手了。看来，这次终于要天遂人愿了。哼哼，是我的它就跑不掉！

见红粉在翻拣那些营养品，老贾皱起了眉头："好了，好了，你把东西拿回家去。下次把我床头的那本《刺花的灯罩》带过来。"

"什么灯罩？你要灯罩干什么？"红粉不解地问。

"唉！就是放在床头的那本书，我前几天看的。"老贾叹了口气，不再理睬她，兀自闭目养神了。

红粉不识字，而且死脑筋。曾经，她指着电视剧中的一个女人问老贾：咦，那个女人昨天不是投河死了吗？怎么今天又在这个人家里生孩子？老贾哭笑不得地告诉她，这是两部电视剧，讲的是两个故事。电视里的事情都是演员假扮别人表演给你看的，不会真的死。不然，谁肯去当演员啊。老贾还教会了红粉许多，比如使用缝纫机、骑自行车、打麻将等等，红粉对老贾当然无限崇拜、言听计从。

排满了一整张茶几的精美艺术品让老贾的眼睛发亮。有票夹，有钱包，有手套，还有画面及书籍的封套。最吸引老贾的还是那只刺花的灯罩，它造型简朴，色彩柔和。罩面上的刺花是一朵精美的玫瑰，玫瑰似乎就是为了灯罩而生的，它与灯罩相辅相成，相得益彰。

老贾忍不住伸出手去摸了摸，手感光滑细腻，富有弹性，像抚摸着人的皮肤一般。哦，对了，这原本就是人的皮肤啊！眼前的这些宝贝哪一样不是由人皮制成？他一边抚摸一边感叹着，恋恋不舍地摩挲着玫瑰花。突然，他发现花蕊处沁出了红色的液体，沿着花瓣的纹路延伸流淌。他用指尖蘸了一丁点儿，送到鼻子前嗅了嗅，又用舌尖试探地舔了一下。一股咸腥的味道。

啊，不是咸腥，而是血腥。

老贾一下子兴奋了起来，他不由自主地把灯罩高举起来，逆着窗口的光欣赏着它。灯罩在光线的照射下显出诡异的通透感，细毛孔似乎都已张开，在呼吸一般。尤其是那朵玫瑰，此刻是红黑交错，显得艳丽而诡谲。它似乎在向老贾呼唤着，勾得他心神荡漾，幻想着灯罩背后那位陌生的年轻人。突然，"扑咚"一声，一把二胡不知从什么地方掉落下来，那乳白色的琴筒皮在微微地起伏着，似一位纤弱的女子正匍匐在老贾的脚前，急切地想要向他诉说着什么。老贾不禁伸出手想去扶她起来。

突然，李寡妇那只苍白的手从灯罩的一道黑纹里伸了出来，用它冰冷而细长的手指捏住了老贾的手臂。老贾大吃一惊，猛然一挣扎，双眼圆睁。只见小护士拿起他压在胳膊下的书，放到了床头柜上，又轻轻地把他的手臂塞进了被子里。

"惊醒你啦？"小护士笑盈盈地问道。

老贾松了一口气，又嫌她搅了自己的好梦，脸色自然有些不好看。他又闭上了眼睛，没有答话。小护士见状，识趣地走了。

老贾迎娶红粉那天，李寡妇呆立在街边看着迎亲队伍路过。对抛弃李寡妇老贾没有什么愧疚。村长可以让老贾进乡卫生院，结束他赤脚医生的生涯。更何况红粉的皮肤跟李寡妇差不多细腻，差不多勾魂摄魄。

那天红粉溺水，是老贾救了她一命。老贾一触碰到红粉白皙细腻的皮肤呼吸就变得急促起来，他是强压着抚摸她的欲望完成了施救的。后来，老贾又去看望了红粉几次，受救命之恩的红粉闭上眼时看不到那张麻脸，却恋上了那双在她身上温柔游走的手。

后来老贾出钱，让李寡妇去远处找个小诊所打掉了三个月的孩子。李寡妇做了一次抗争，喝了农药。夜里喝的，没人知道。所幸村人们都不知道李寡妇自尽的真相，只传说她是惹上了隔壁村的"药水鬼"。

走廊上传来了一阵二胡声，老贾的精神为之一振。"喂，老王啊……"接电话的声音越走越远了，原来是人家的手机铃声。

二胡啊二胡，你这个折磨人的小妖精！老贾无奈地长叹了一口气，思绪飞回到一个多月前的那个星期天去了。

那天下午，老贾早早地就在公园里和自己的一帮老票友们吹弹上了。

叶老师来了。他像往常一样笑着对他们点了点头，在亭子边的木椅上坐了下来。

只听了一小会儿，叶老师就走了过来，他问老贾是不是换了一把新二胡。

老贾得意地连连点头，像小鸡啄米似的，干瘪的麻脸笑成一朵枯菊花。他把二胡递过去要叶老师鉴定。叶老师接过二胡端详了一会，微笑着称赞了一句："不错，不错，还可以。"

"哈哭以，哈哭以"，几个老家伙们一边学着叶老师的南方口音，一边很不服气地非要叶老师说出个"子丑寅卯"来不可。因为这把二胡很贵，是他们几个人凑份子送给老贾的生日礼物。

叶老师被缠不过，只好告诉他们，这把二胡的琴杆是乌木的，而红木的为上品；琴筒皮虽为蟒皮，但并不是蟒的肛门向上一段的中脊皮，只有这一带的皮性能最为稳定。尤以野生金花蟒的中脊皮最佳。他家里的那把才……

说到这里，叶老师猛然收住了口。

"你家里也有二胡？怎么从没听你提起过？"老贾很惊讶。

有人忙着追问："你家的二胡是用野生金花蟒的皮蒙的吗？"

"不是。"叶老师显得有些慌乱。

"那是什么皮蒙的？"

"没什么，只是有点特色罢了。"

"小气！还掩掩饰饰的。难道怕我们抢了不成？"

"不是……是……呃，等下次有机会再带给你们看吧。我有点事，先走一步。"叶老师说着就匆匆走了。

被老伙伴们冠以"老甲鱼"绰号的老贾仿佛嗅到了什么，他眯着眼看着叶老师远去的背影，摸捏起了下巴。

自从知道叶老师有一把好二胡后，自封为二胡演奏家的老贾又切换为收藏家的身份了。

总得先见识一下，这个念头像条虫子爬挠得老贾心里痒痒的。

第三天傍晚，老贾算准了时间溜达到文化馆附近，如愿地在路口"巧遇"到了叶老师。他拉过叶老师一头钻进街边的一个小酒馆里。

老贾点了三四样菜，又要了一瓶双沟大曲，两人就喝上了。酒过了半，他才开始把话题引向了二胡："叶老师，我想请教你一个问题。"

"什么请教不请教的，说。"叶老师已经微醺，说话虽然不再文绉绉的了，但语速是明显地慢了下来。

"我那把二胡，拉了也有一段时间了，怎么听起来声音还是有点空？"

"这个急不得。只有经过一段时间的拉奏后，琴皮的振动才会协调。不过，我听着好多了。"

"是不是蒙的皮子不行？"说着，老贾又给叶老师斟上了一杯酒。

"慢，慢点喝。"

又是三四杯酒下去了，叶老师的舌头硬了，脖子却软了，一颗脑袋开始晃来晃去的。老贾看见他这副样子，试探着问道："我的二胡拉着总感觉不行，能不能把你的二胡让我——"

"拉一拉"三个字老贾还没来得及说出，叶老师就用力地晃起了脑袋："让、让给你？不行不行！我，我的那把，是，是好二胡咧！"叶老师努力地把头晃回到老贾面前，压低嗓音说，"那……那可是别……人赔的……人赔的。"

"人皮的？"老贾霍然一惊，竟忽略了叶老师的口音。

老贾把脸凑到叶老师眼皮底下，不可置信地瞪着他，又问了一遍："是人皮的？"

"对，对！"叶老师虽然口齿含糊了，但语气却是斩钉截铁的。他想抬起一条手臂，推开老贾的脸，胳膊还没举到那么高就跌落了下去，人也趴到了桌子上。

老贾心里一阵狂跳：人皮二胡！这老东西竟然有一把人皮二胡！难怪这么保密。

老贾自从迷上了收藏，这些年来也见过不少好东西，可是自从在《刺花的灯罩》那本书里见到过对人皮艺术品的文字描述后，他就对人皮艺术品有了一见倾心式的爱慕。由于长着满脸的麻子，老贾从小就受尽了小伙伴们的嘲讽，导致他产生了严重的自卑心理，后来发展成了恋肤癖，这其中的周折难以与外人道。所以，老贾对人皮艺术品的痴迷不亚于当初看到白皙的李寡妇时的心情。可是，再迷恋也只能是想象它们的美罢了，现在这世道谁还敢剥人皮不成？想收藏一件实物那是他想都不敢想的事情。而此刻，他却得知了叶老师拥有一把人皮二胡！

老贾的心情就像坐了过山车，从惊讶到羡慕到不平：如果这把人皮二胡是自己的该多好啊！他会好好收藏、保养它，待它如上宾，如妻子，不，如祖宗一样供着他也愿意。这么好的宝贝让叶老头拥有着简直就是浪费！不，是糟蹋！

老贾心里五味杂陈，一路长吁短叹着把叶老师送回了家。

这一宿，老贾没睡安稳，不住地想着人皮二胡。

第二天早上，老贾刚起床，就听到红粉在院子里骂道："叫你偷吃！叫你偷吃！"他从窗口探出头来一看，红粉正踢着一只小铁笼在骂。笼子里关着一只夜里逮到的老鼠。老鼠受到惊吓，在笼子里拼命地上下突蹿着。

老贾见了，来了兴致，他牙也不刷脸也不洗，来到铁笼前观察老鼠。这只老鼠很肥硕，可能偷吃了不少好东西，浑身的毛很浓密，看上去还微微有些光泽。老贾想这小东西长着这么好的毛，皮质一定也很好。

想到这儿，老贾眼睛一亮，他转身回房，从柜子里取出医药箱，又从一堆手套中扒拉出一副厚厚的胶皮手套套上，这才蹲回到笼子前，看着惊恐的老鼠笑眯眯地开始"与鼠谋皮"："鼠啊鼠，你就为艺术献身好不好？你的鼠生从此达到巅峰，这样才死得其所！"他慢慢地把笼门打开一条缝，伸进手去抓住那只老鼠。

老贾打算剥了这只老鼠的皮，把鼠皮鞔到那把旧二胡上，没有人皮二胡，那就试试鼠皮二胡的发音如何。

他用细铅丝缚住老鼠的四肢，把它固定在一块木板上。由于套着胶皮手套，手指的拿捏缺少了精准度，他脱下胶皮手套换上薄薄的医用手套。

脱换手套，老贾是不厌其烦的。他的车篓里就常年备着一双线纱手套，但凡有点伤手的活，他都必须套上手套才会去干。几十年来他用过的手套可以装满一整个柜子，这能让他的手指得以保持敏锐的感知，充分享受到抚摸皮肤时带来的快感。

老贾左手用镊子夹起老鼠脖子处的一小块皮肉，右手拿着手术刀慢慢地划了下去。手术刀很锋利，刀过血出。老鼠吱吱地叫着，挣扎着，差点儿咬到他的手指。老鼠被紧缚着挣扎不得，但剧烈的疼痛使得它原本乌黑发亮的小眼睛更亮了，它盯着老贾，死死地盯着老贾。老贾忍不住打了个寒噤。

他突然莫名地想到，李寡妇死的时候大概就是这种眼神。对李寡妇的死老贾没有多少自责，只是这只老鼠似曾相识的眼神让他分了会儿心罢了。老贾甩了甩头，用力眨挤了下眼睛，李寡妇的眼神不见了，可是老鼠依旧死死地盯着老贾，盯得他心里有点儿发毛。他安慰自己，纳粹剥的可是人皮，这区区一只老鼠又有何惧。他把心一横，抓住另一边翻卷着的皮准备扯。老鼠不住地扭动着身体，使得老贾的手指一再滑开。挣扎中，老鼠的一只前肢挣脱了细铅丝的束缚，拼命地舞动起来。老贾的心里有些燥了，猛地把手术刀戳进了鼠腿。由于用力过猛，把木板撞翻到了地上，弄得地面上一片血污。

红粉拿来一把火钳准备把老鼠夹出去，看到这场景声音都有些颤了："你在杀老鼠？啊！活、活剥皮？"

"你懂什么？我是在做艺术品，搞艺术。"

红粉茫然地站在那里，不知所措。在她的认知里杀动物可以，不该虐杀。可是老贾做事是不会错的。

此时的老贾已没了兴致，他挥挥手，示意红粉捡走那块绑着老鼠的木板。

鞭鼠皮失败，老贾愈发心痒不已，他寝食难安。一定把人皮二胡弄到手！咬住不松口，这才是他老甲鱼的本性呢。

可是，怎样才能弄到手呢？要买，叶老师不一定肯卖，更何况手里也没那么多的钱。

要不用自己的藏品换？叶老师喜欢喝茶，对紫砂壶有兴趣。朱可心的那把"鱼化龙"壶价值不菲，是自己费尽了周折半哄半骗才弄到手的，断然不可换了。用那把高仿的壶？可叶老师也不傻，他会找行家鉴定的。思来想去，老贾决定先找个机会去看一看，人皮二胡到底价值几何再做决定。

拿定了主意，老贾打算买点茶叶去拜访一下叶老师。

茶庄的柜台里小白瓷盘子上整齐地陈列着各种茶叶样品，价格从几十元到上千元不等。老贾啧着舌一路看过去，档次太低的拿不出手，好的又太贵。老贾掏出两百块钱看了看，又塞进了口袋，他想还是先看看二胡再说吧，回头再买茶叶不迟。

走出茶庄，老贾看到十字路口围了一圈人。他凑过去一看，原来是一辆小轿车撞着了一个老头。老头伤得似乎并不严重，但他躺在地上就是不肯起来，"哎哟哎哟"地叫个不停。车主正气愤地向围观的人诉理："过十字路口我怎么可能开快呢？眼看着他走了过来，我还减速了，他是故意撞上来的！"

"小伙子，你讲点道理好不好？我活得不耐烦了？会故意往你车子上撞？"人多声音嘈杂，老头只好仰起头扯着嗓子叫道。

"你们听听，你们听听，他嗓门这么响，哪里像挨了撞受着疼呢！我说你是装的吧？就是在碰瓷！"车主一边掏手机一边说，"我打110报警，不由你胡搅蛮缠。"

老头并不慌乱，摆出一副死猪不怕开水烫的样子梗着脖子叫道："警察来了怎样？你撞了我就要带我去医院。我全身疼，我要做全身的检查。我还有心脏病，你把我气得病发了你更走不了！"

"算了，小伙子，这种人警察也拿他没办法的。吃一堑长一智吧，下次注意躲远点。"

"老头非说你撞了他，警察来了也只能先带他去医院做检查。还不如赔他一点钱算了。"

"到了医院花费可就大了，查这项查那项的，两三千块钱可打不住。"

围观的人七嘴八舌地劝说着车主。车主犹豫了一会儿，最终还是妥协了。他掏出两百块钱，鄙夷地往地上一扔。老头也没嫌少，抓起钱一骨碌爬起来拨开人群迅速地离开了。

"乖乖，动作真麻利！看样子还真是碰瓷的呀。"有人感叹道。

"本来我就没撞到他！"车主愤愤地开车走了。

围观的人群纷纷散了，老贾一路咂着舌："厉害厉害，碰瓷也算是个路数。"

"嘿哟，嘿哟，哎嘿哎嘿哟——"老贾一边快活地哼着自创的调子一边晃晃悠悠地骑着自行车穿行在叶老师居住的小区路上。老贾一高兴骑车就有点歪扭起来，一辆汽车差点儿擦碰到他。司机探出头来说："老师傅，骑车留神点，不要害我好不好。"

老贾心情好，有心吓一吓这个司机。他一边"哎哟、哎哟"地叫唤着一边跨下自行车。还没等他假装扔下车子，对方一踩油门，赶紧走了。逗得老贾哈哈大笑。

老贾来到叶老师家门口，才发现叶老师家没人。他只好推着车往回走了。刚走没两步，一辆小轿车从他身边驶过，停在了叶老师家门口。老贾看到叶子从车上下来了，他想迎上去问问，可眼光落到那辆小轿车上时，一道灵光从他脑子里闪过。他顿住脚步，左手在下巴处最大的那个麻点上摸捏着，一个好主意就被他给摸捏出来了。

陈平又来探望了几次。可每次谈到赔偿问题时老贾总是不表态，既不说同意也不提要求。除了缴到医院里的费用，陈平带来的钱老贾分文不收。叶子和陈平惶恐不已，担心老贾到最后来个狮子大开口。两口子决定走柔化路线，多讨好讨好老贾。这天，陈平又去医院送了两千块钱，说是给老贾补充营养。可老贾又让红粉塞还给了他。

回到家，叶子紧张地看着他问："这回收下钱了吗？"

"还是不肯收！"陈平叹了口气，"他们到底想怎么样呢？"

"该不会真的要敲我们一笔吧？"叶子也跟着叹了口气说，"早知道还是报警好了，省得现在提心吊胆的。"

"哎，你这话的意思是怨我处理错了？你若不喝酒我干吗要私了？"陈平原本就憋着气，听到叶子的抱怨，声音大了起来。

"好，好，好，都怨我！都是我的错！"

"本就该怨你！开车不能喝酒，开车不能喝酒，说了多少次你就是不当回事。一个女人家在外面喝什么酒，瞎逞英雄。"

"那是为我开的庆功宴啊，大家敬酒，我能不喝吗？你以为我想喝啊！"

"明知道你开车，还让你喝酒，都不是什么好人！"

"哎，你讲不讲理呀？骂人家干吗！"

"我就不讲理了！"

……

两口子越吵越激烈，吵得忘记了叶老师的归家时间到了，直到门被"砰"的一声推开，叶老师板着脸站在门口怒目而视时，两人才噤了声，愣在那里。

这下子再也瞒不住了。

叶老师决定亲自到医院去会一会这位不肯要赔偿的怪老头，看看他的葫芦里到底卖的是什么药。

叶老师来到病房，看到躺在病床上的人竟然是老贾，他立刻叫了起来："是你啊！老甲——贾！"叶老师大步跨到老贾床边，握住他的手说道："对不起，对不起！让你受苦了。都是小女的错。"

终于等来了叶老师，老贾笑得舒畅极了："啊！竟然是侄女？想不到，真是……大水冲了龙王庙……快请坐。"

一阵寒暄之后，叶老师转入正题："老贾呀，我来就是想表达一下歉疚之意。听说你不肯要赔偿？哎呀，这怎么行呢！让你遭了这么大的罪。"

"自家的侄女，说什么赔偿不赔偿的。就是不认识的人我也不能坑人家呀。"

"是，是，你老贾的为人我是知道的。但略表一下心意也是必须的！否则他们心里不安啊。"

"不用，不用，真的不用。"

"不行！不行！必须的。"

争执间，护士进来换药了。叶老师只好先起身告辞："你好好休息，过两天我再来看你。"

"好的，好的。慢走啊。"老贾叮嘱红粉把叶老师一直送出了病区大门口。

红粉回到病房，问："你俩认识？"

"老朋友了。"

"那赔偿款还要不？"

"哪能不要呢！我这腿可是生生地被她撞断的！至于怎么赔嘛，我自有主张。"老贾笑眯眯地摸捏着下巴。

红粉狐疑地看着老贾，但她对老贾的崇拜让她很快选择了坚信老贾，她又乐呵呵地提着水壶打水去了。

回到家，叶老师只是告诉女儿女婿自己和老贾是老相识，这件事应该没多大麻烦。他心里明白老贾"老甲鱼"的绰号可不是白来的，可这回老贾要死咬住不松口的又会是什么呢？莫非是那把二胡？

星期天，叶老师又来看望老贾了。他把水果放到床头柜上，然后坐在床边和老贾聊了起来。

提到赔偿问题，老贾照旧一通推让。见叶老师一再坚持，老贾呵呵地笑了两声，说道："这样吧，为了孩子们心安，我就提一个小要求吧。话说在先，这次补偿过了，以后可不许再提啦。"

"好，好，好。你说，你说。"

"兄弟啊，你也知道，我就喜欢搞个小收藏玩玩。如果你把那把二胡卖给我，"老贾顿了顿，看着叶老师先试探地说了半句，见叶老师并没有什么过激反应，他才放心地继续说下去，"我天天这么一看一摸呀，心里高兴，腿肯定就好得更快了。哎哎哎，说好了是卖给我，我可不想占你的便宜。"

虽然早有心理准备，但叶老师心里还是咯噔了一下。

"哈哈哈，原来是二胡？好，我把它送给你！能挡一挡你的断腿之痛该是它的荣幸。"叶老师嘴上说笑着心里却一阵厌恶，他拔脚就要离开，"我这就回去取二胡。"

"不行，我必须买，我不能占你的便宜。"老贾兴奋的叫喊声缠在他身后甩都甩不掉。

回到家，叶老师取出二胡，很是不舍地把二胡全身都摩挲了一遍，然后壮士断腕般毅然关上了琴盒。他来到客厅，把琴盒递给陈平："送到医院去吧。"

"他要的是这个？难怪一直不肯要赔偿呢。"陈平迟疑着不想接过琴盒。

叶子嗫嚅着："您为了它……"

"还不是你闯的祸？"陈平瞪着叶子说道。

"可是——"

"好了，好了，快送走吧。"叶老师摆摆手制止了他们的争吵，"别忘了让他签抵赔偿款的合同。"

老贾看到陈平带着琴盒走进了病房，心怦怦直跳。他故作镇静地接过琴盒的双手掩不住微微地颤抖着，老贾怀着揭开新娘红盖头的兴奋与庄严感慢慢打开了琴盒。二胡静静地躺在琴盒里任由老贾用目光扫视到琴筒处，老贾眼里的惊喜变成了狐疑："这，这不是蟒皮吗？不像是人皮二胡啊？"

"什么皮？什么皮的二胡？"陈平愕然反问道。

"你们家的人皮二胡啊！"老贾愤然叫道，"你们用一把假二胡糊弄我！"

见老贾这样的反应，陈平赶紧拨通了叶老师的手机，把情况汇报给叶老师。老贾顾不上腿伤，弹起上身一把抢过手机："老叶，叶老头，我要的是你那把人皮二胡！"

"啊？人皮二胡？哈哈哈哈……咳咳咳……"叶老师笑得呛咳了起来。

老贾听着叶老师的咳嗽声，如堕雾里，不知叶老师笑成这样到底是什么意思。

"老贾啊老贾，难怪你要给我兜这么大一个圈子。你竟然以为我的那把二胡是人皮二胡？多恐怖！再说了，你一个拉二胡的竟然不知道二胡对蒙皮的要求吗？人皮那么薄，毛孔那么细腻，蒙出来的琴能拉出声音吗？你真是聪明一世，糊涂一时啊！"

"这，这……"老贾一时语塞，但他还是心存侥幸，"是你亲口告诉我你有一把人皮二胡的啊。"

"唉，你这是被人皮迷了心窍啊！我说的是'赔偿'的'赔'，你听成了'人皮'的'皮'。在我们那儿'赔'和'皮'是同一个发音。"

老贾被叶老师口中蹦出的一个个"赔"和"皮"搅得晕头晕脑。他转过头来愣愣地看着自己的那条断腿，恍惚中人皮二胡又幻化成了纤弱女子静悄悄地趴在床尾看着他，眼含幽怨地窥探着他。

突然，老贾抓起《刺花的灯罩》狠狠地砸了过去。书落在了断腿上，一阵尖锐的疼痛在厚厚的石膏下突窜，他咬紧牙关拼命地忍受着，面部的肌肉却抑制不住地颤抖了起来，使那张麻脸尽显狰狞。

本文为毕飞宇工作室第15期小说沙龙讨论作品，

首发于《雨花》杂志2019年第4期。

后记

兴化是"中国小说之乡"，自古以来文风兴盛，文人众多，其中最知名的，当属四大名著之一——《水浒传》的作者施耐庵。20世纪80年代以来，以毕飞宇、王干、朱辉为代表的兴化籍作家成为中国文坛上一个不可忽视的群体，其中最具代表性的作家是两度获得鲁迅文学奖、一次获得茅盾文学奖、一次获得亚洲文学奖的毕飞宇先生。

毕飞宇工作室挂牌设立在兴化古城儒学广场1号，面积达788平方米，是古色古香的四合院。2014年10月，生活、工作在南京的毕飞宇先生决定牺牲自己宝贵的创作时间，充分发挥远在老家兴化的毕飞宇工作室的作用，以促进基层文学创作。他决定采用一季度一次"小说沙龙"的形式，以兴化本土作者的小说为讨论样本，邀请国内知名作家、评论家与兴化的文学爱好者一起对作品进行研讨。研讨的前提是小说沙龙必须匿名进行，没有虚誉，唯有实打实地批评和问诊。然后再通过修改，连同现场讨论内容一同发表在《雨花》杂志上。

从10月到12月，在毕飞宇先生的指导下，我们一直在筛选第一次小说沙龙的稿件。2014年12月6日，毕飞宇工作室迎来了第一场小说沙龙。毕飞宇先生要求大家对作品进行全面而尖锐的剖析，不谈人情，只谈作品。在这样的情况下，我们听到了许多作家、评论家与文学爱好者对文学不同的理解与真知灼见，创作者与评论者在一次次的活动中提升自己，小说思维一下子打开，也由此引领了全国文学沙龙的风范。小说修改稿和讨论内容在《雨花》

刊出后，全国很多文学沙龙也开始了务实的问诊把脉法的讨论风格。

自2014年12月6日在兴化第一次举办毕飞宇工作室小说沙龙活动以来，已整整过去了八年。小说沙龙研讨的作品和实录已刊发在杂志上，现在我们将其结集出版，这是小说沙龙里程碑式的一步。这本《好小说是改出来的——毕飞宇工作室小说沙龙》收录2014年至2018年间举办的15场小说沙龙实录和作品。书名《好小说是改出来的》出自第10期小说沙龙讨论实录，很契合我们的活动实情。第9期活动比较特殊，没有匿名讨论作家的作品，而是邀请余华与叶兆言对谈，成为小说沙龙成立以来"空前绝后"的一次。

毕飞宇工作室小说沙龙得到兴化市委宣传部的大力支持，从场地到宣传，可以说，小说沙龙能持续举办，离不开毕飞宇先生的无私奉献，离不开兴化市委市政府和兴化人民的大力支持。2022年以来，毕飞宇工作室小说沙龙合作媒体落地《青春》，自第21期小说沙龙起，沙龙实录和作品在《青春》刊发，《好小说是改出来的——毕飞宇工作室小说沙龙》一书也由《青春》杂志策划。在此，感谢兴化市委宣传部、南京出版传媒集团和《青春》杂志对毕飞宇工作室小说沙龙的支持，感谢支持小说沙龙的作家、评论家，感谢为小说沙龙顺利举办付出辛勤劳动的"义工"们。在这里，尤其要感谢一批兴化"义工"：邹祥龙、刘春龙、金倜、郭亚群、房干森、孙逸凡、陈荣香、杨桂宏、易康、汪夕禄、王锐、单玫等。感谢他们为毕飞宇工作室小说沙龙付出的辛劳。期待我们的小说沙龙越办越好，成为广大基层文学爱好者尤其是文学新人走向文坛的铺路石。

编者